Marie Matisek

Und ewig singen die Krabben

Marie Matisek

Und ewig singen die Krabben

Ein Küsten-Roman

List

Meinem Mann und seinem Vater

1991

Ein Herbstabend auf Süderum

Er lag mit weit aufgerissenen Augen im Bett und starrte an die Decke. Da oben leuchteten die Sterne. Mama hatte sie dorthin geklebt. Damit er keine Angst hatte, damit es nie ganz dunkel war.

Heini klammerte sich Abend für Abend an den schwach gelblichen Schimmer der glimmenden Plastiksterne. Vor wenigen Sachen hatte er so große Angst wie vor dem Einschlafen. Er hatte Angst vor bösen Zauberern oder Hexen, die es nur darauf abgesehen hatten, den kleinen sechsjährigen Heini Hinrichsen in seinem hellblau-weiß gestreiften Frotteepyjama zu entführen. Deshalb mussten Mama oder Papa immer unter dem Bett nachsehen, ob die Luft rein war. Sie mussten den Kleiderschrank durchsuchen und einen Blick hinter die Vorhänge werfen. Außerdem passte Lupo auf ihn auf, der große braune Plüschhund, der mal so groß wie Heini gewesen war. Mittlerweile überragte Heini Lupo um das Doppelte, aber dennoch war es der Plüschhund, der über den kleinen Jungen wachen musste. Lupo war beileibe nicht der einzige Aufpasser in Heinis Bett, aber der wichtigste. Da waren noch Schweini, Pieps und Muckelchen. Natürlich Monchichi, Kängu und Bibo aus der Sesamstraße. Viel kleiner als der echte Bibo, zu Heinis großem Verdruss. Ja, wenn er einen Bibo hätte, der so groß wäre wie der aus dem Fernsehen, dann könnte sich der arme Lupo abends auch mal aufs Ohr legen und mit Bibo beim Wacheschieben abwechseln. Aber so …

Es donnerte auf einmal so krachend, dass es sich anhörte, als wäre eine Bombe im Nebenzimmer eingeschlagen, und Heini verkroch sich noch tiefer unter die Bettdecke. Zu der Angst, die er ohnehin jeden Abend vor dem Einschlafen hatte, kam heute noch ein schreckliches Gewitter hinzu. Es zog bereits seit Stunden über die Insel, das Donnern und die Blitze waren mal weiter weg, mal näher dran.

Heini hatte überhaupt nicht ins Bett gehen wollen, aber nach »Meister Eder und sein Pumuckl«, einer warmen Badewanne und einem Teller Wurstbrote war Mama unerbittlich gewesen. Sie hatte ihn in sein Zimmer begleitet und sich an sein Bettchen gesetzt. Sie hatte mit ihrer leisen, etwas kratzigen Stimme gegen das schreckliche Gewitter angesungen, alle Schlaflieder, die sie kannte. Und sie hatte ihm dabei ganz sanft den Unterarm gestreichelt.

Heinis Mama hatte lange gepflegte Fingernägel, und wenn sie damit ganz zart auf der Innenseite der Unterarme hin und her fuhr, schlief Heini normalerweise binnen Minuten tief ein.

Aber nicht heute. Es krachte so entsetzlich draußen, dass Heini sicher war, sein letztes Stündlein habe geschlagen.

Schließlich aber hatte seine Mama geseufzt, ihm die Bettdecke übers Kinn gezogen, sie außenrum festgesteckt und war aufgestanden.

»Schlaf schön, mein Kleiner.«

»Mama! Du sollst nicht gehen!«

»Ich muss zur Generalprobe, mein Schätzchen. Aber schlaf du schön.«

»Ich kann nicht! Mama, ich hab Angst!« Heini schluchzte

ein paarmal theatralisch. Wie gerne hätte er ein paar Tränen verdrückt. Ihm war hundeelend zumute, er fürchtete sich über alle Maßen, aber leider blieben seine Augen trotz der hervorgepressten Schluchzer trocken.

Seine Mama beugte sich noch einmal zu ihm hinunter und küsste ihn zärtlich auf beide Backen.

»Papa ist zu Hause. Der guckt nach dir. Und wenn ich wiederkomme, schau ich auch sofort in dein Zimmer. Du wirst sehen: Dann schläfst du ganz tief. Mach dir keine Sorgen, das ist nur ein Sturm.«

Sie lächelte ihn an und dann verließ sie das Zimmer.

Und jetzt lag der kleine Heini hier in seinem Bettchen und fürchtete sich. Er dachte an den Häwelmann. Das Märchen hatte Mama ihm oft vorgelesen. Aber er mochte es nicht. Er konnte diesen Häwelmann einfach nicht verstehen. Wieso wollte der denn unbedingt hinaus aus seinem Bettchen, aus seinem Zimmer, weg von seiner Mama? Dieser doofe Häwelmann. Jedes Mal wenn Mama die Stimme nachmachte und rief: »Mehr! Mehr!«, wunderte sich Heini über ihre Begeisterung. Von ihm aus hätte der Häwelmann ruhig in dem See ertrinken können. Was fuhr er auch in der Nacht umher, noch dazu ohne sein Hemdchen und dann dem guten alten Mond über die Nase!

Heini wollte nachts um keinen Preis hinaus in die Welt, er wollte schlafen, ohne an Hexen, Zauberer und Gespenster denken zu müssen. Er wollte, dass Mama neben ihm saß und seinen Arm bis zum nächsten Morgen streichelte.

Jetzt zuckte ein Blitz über das schräge Dachfenster von Heinis Zimmerchen, gleichzeitig krachte es erneut. Von Papa hatte Heini gelernt, dass man zwischen Donner und Blitz zählen musste. Je mehr man zählen konnte, desto weiter war das Gewitter entfernt. Heini konnte locker bis hundert zählen, er wusste also Bescheid, aber gerade eben hatte er zum Zählen noch nicht einmal den Mund öffnen können, geschweige denn »Eins« sagen.

Panisch packte Heini seinen Lupo, schlug die Bettdecke zurück und flitzte auf nackten Füßen über die Holzdielen zur Tür.

Er riss die Tür auf und zögerte kurz. War es richtig, jetzt das Zimmer zu verlassen? Draußen im Treppenhaus war es stockfinster. Zum Glück befand sich der Lichtschalter gleich neben seiner Tür und Heini drückte ihn. Mit der anderen Hand presste er Lupo fest an sich.

Endlich wurde es hell, Heini musste blinzeln und seine Augen an das grelle Licht gewöhnen. Dann rief er angstvoll in das Treppenhaus: »Mama! Mama!« Keine Reaktion, natürlich, Mama war ja bei der Generalprobe. Und Heini wusste, wenn Mama beim Chor war, dann kam sie immer erst spät nach Hause. Also rief er nach seinem Vater. Er hoffte, dass dieser nicht vor dem Fernseher saß, denn dann hatte er immer so laut den Ton an, vor allem wenn er Fußball guckte, dass er außerhalb seines Fernsehsessels gar nichts hörte.

Heini beugte sich über das Geländer und schrie laut. Keine Reaktion.

Heini versuchte es noch mal, so laut, dass sich seine Stimme überschlug. »Papa!« Draußen donnerte es wieder, kurz darauf ein Blitz. Heinis kleines Herz schlug bis zum Hals. Er hörte, wie der Sturm ums Haus heulte, und vor seinen Augen sah er die Hexen auf ihren Besen den Schornstein umkreisen. Ob das Haus ihren Attacken standhalten würde? War der Kamin so breit, dass die Hexen hineinschlüpfen konnten? Schon oft hatte der kleine Heini sich gewünscht, dass er nicht das einzige kleine Zimmer unterm Dach bewohnen würde. Wäre es nicht viel besser, er hätte sein Zimmerchen im ersten Stock, direkt neben dem Schlafzimmer von Mama und Papa? Aber seine Eltern hatten es gut gemeint, als sie ihm das kleine Dachzimmerchen eingerichtet hatten. Papa meinte, es sei wie der Ausguck auf einem Piratenschiff, und an guten Tagen war es das auch. Heini konnte, wenn er sich auf einen Stuhl stellte, aus seiner schrägen kleinen Dachgaube über die Fontanestraße hinweg bis zum Meer sehen! Wenn Moritz zu Besuch kam, sein Freund aus dem Kindergarten, dann spielten sie meistens Piratenschiff, und natürlich war dort oben der Ausguck. Von hier konnten sie genau beobachten, ob sich feindliche Schiffe näherten, und aus ihren Pistolen auf die Angreifer feuern.

Aber im Moment war kein guter Tag, sondern vielmehr eine böse Nacht. Heini hatte weder Moritz noch eine Pistole zur Hand. Nur Lupo. Mama war nicht da und Papa hörte ihn nicht, also blieb ihm nichts anderes übrig, als barfuß durch das kalte und zugige Treppenhaus zu laufen, auf der Suche nach Hilfe.

Seine kleinen Füße tapsten flink über die Stufen in den ersten Stock. Badezimmer, Schlafzimmer, kleine Stube – rasch hatten Heini und Lupo alle Türen geöffnet. Dabei rief Heini ohne Unterlass nach seinem Papa. Aber die Räume waren dunkel, kein Papa, nirgends. Nun musste Heini hinunter ins Erdgeschoss. Mittlerweile war er schon ganz durchgefroren, die Füße waren eiskalt und er zitterte unter seinem Frotteepyjama.

Er presste Lupo an sich und lief zur Wohnzimmertür. Es war seltsam still dahinter, man hörte im ganzen Haus nur das Heulen des Sturms, Ächzen im alten Dachstuhl, Blitz und Donner.

Heini griff nach der kalten Messingklinke und drückte diese hinunter. Er musste nur einen kleinen Spalt öffnen, um zu sehen, dass sein Vater nicht vor dem Fernseher saß. Es war kein Licht im Wohnzimmer. Auch sah er nicht das bläuliche Flackern der Röhre. Das Wohnzimmer war menschenleer und Heini zog die Tür sofort wieder zu. Ein letzter verzweifelter Schrei nach seinem Papa entrang sich seiner Kehle, dann kauerte sich der kleine Junge auf der untersten Treppenstufe zusammen. Er wusste, was passiert war. Die bösen Geister und Hexen hatten seine Eltern geholt. Tief in sich drinnen war Heini alt genug, um zu wissen, dass diese Vorstellung irgendwie nicht der Wahrheit entsprechen konnte, und doch gab es keine andere Erklärung für die Abwesenheit seiner Eltern. Niemals hätten Mama und Papa ihn abends alleine gelassen. Niemals. Noch dazu, wo sie beide wussten, wie sehr sich ihr kleiner Sohn vor der Nacht und der Dunkelheit fürchtete.

Heini weinte ein paar bittere und ängstliche Tränen, aber davon bekam er fürchterlichen Durst. Er wischte seine Triefnase an Lupos Fell ab, das von den Tränen schon ganz nass war, und nahm die Küche ins Visier. Hier hatte er seinen Vater noch nicht gesucht, aber die Tür zur Küche stand immer offen, er hatte also gleich gesehen, dass auch dieser Raum dunkel war.

Heini stand auf und dachte sich, dass es sicher nicht schlimm war, wenn er jetzt, da sowieso alles vorbei war und er eine arme Waise, eine von Papas Colas trinken würde. In all seiner tiefen Verzweiflung über das schlimme Schicksal seiner Eltern durchzuckte ihn eine winzige diebische Freude, dass er tun und lassen konnte, was er wollte. Vielleicht hatten die Bösen ihn nur einfach nicht gefunden. Und er würde ab sofort ganz allein in dem großen Haus leben. Und niemand würde ihm sagen, wann er den Fernseher ausmachen sollte und dass er sich die Hände gefälligst waschen sollte, bevor er sich etwas zu essen nahm. Heini öffnete den Kühlschrank und wie erwartet stand neben der Packung Vollmilch die kleine

Flasche mit der Cola, die seine Mama stets für seinen Papa dort bereithielt.

In der Regel trank sein Papa nach der Arbeit Bier, aber ab und zu, meistens am Samstag nach dem Autowaschen, seufzte er und sagte: »Ach, jetzt könnte ich mal 'ne Cola vertragen.« Und dann zauberte Mama das kleine Glasfläschchen mit der geschwungenen Aufschrift aus dem Kühlschrank.

In Gedenken an seine Eltern schluchzte Heini pflichtschuldigst, aber bei dem Gedanken, jetzt gleich die absolut und unter Todesstrafe verbotene giftige Limo in sich hineinzuschütten, gerieten sowohl seine Eltern als auch das schreckliche Gewitter und alle bösen Geister sowieso in den Hintergrund. Jetzt galt es, diese Flasche aufzubekommen. Heini hatte wohl hundertmal bei seinem Vater zugesehen, wie dieser mit dem Flaschenöffner sowohl die Cola als auch seine Bierflaschen aufhebelte, aber jetzt, wo er mit seinen kleinen weichen Fingern an dem Verschluss zog, erwies sich die Sache als weniger leicht als gedacht. Irgendwann schließlich gelang es Heini, die Zunge in den Mundwinkel geklemmt, den Metallverschluss aufzuhebeln. Dabei hätte er um ein Haar die ganze Flasche ausgekippt, so unerwartet hob sich der Deckel vom Flaschenrand. Eine braune Pfütze breitete sich auf dem Küchenboden aus, aber Heini tapste nur drum herum, anstatt diese aufzuwischen. Er war ein armes Waisenkind, also wen scherte schon die klebrige Pfütze?

Als der kleine Junge wieder in die Diele zurückkehrte, bemerkte er, dass die Tür zu den Geschäftsräumen einen schmalen Spalt offen stand und dahinter Licht war.

Heinis Herzchen machte einen Sprung! Sein Papa war noch mal an die Arbeit gegangen! Natürlich, warum hatte er nicht gleich daran gedacht! Es kam öfters vor, dass sein Vater sich nach einem abendlichen Telefonanruf stöhnend aus dem

Fernsehsessel erhob und etwas von »… noch einen auf den Tisch gekriegt« murmelte. Dann küsste er Heinis Mama auf die Stirn, die diese nur böse runzelte und den Kopf schüttelte, und verschwand nach nebenan.

Die Geschäftsräume waren von ihrem Privathaus aus zugänglich, sie waren von der Diele der Hinrichsens nur durch eine dünne Tür getrennt. Manchmal hörte Heini, wie die Leute dort drüben bei seinem Papa weinten. Aber er ging selten nach drüben, es gefiel ihm dort ganz und gar nicht. Nur wenn Moritz drängelte, dann ließ er sich dazu herab, seinem Freund die Vorhalle zu zeigen. Moritz war so neugierig, er wollte immer alles sehen und alles wissen, was Heinis Vater so arbeitete. Aber Heini hatte selbst nur eine vage Vorstellung von dem, was sein Vater tat, und um sich selbst keine Blöße zu geben, überredete er Moritz immer ganz schnell, wieder in ihre privaten Räume zurückzukehren.

Aber jetzt blieb ihm nichts anderes übrig. Das Gewitter tobte mit unverminderter Kraft um das alte Haus und um nichts in der Welt wäre Heini jetzt alleine wieder ins Bett gegangen.

In der einen Hand die Cola, in der anderen Lupo, zwängte sich der kleine Junge durch die Tür, die zum Geschäft seines Vaters führte. Nun stand Heini in der Vorhalle, dort, wo sein Papa die Leute empfing, die zu ihm kamen. Dicke Auslegware dämpfte jedes Geräusch, der große Strauß mit den weißen Lilien, der immer in der Ecke stand, verströmte einen schweren süßlichen Geruch. Mama bestand darauf, dass die Lilien immer frisch waren, auch wenn Sune, Heinis Papa, fand, dass dies zum Fenster rausgeschmissenes Geld war. Aber Mama ließ keinen Widerspruch zu, lächelte sanft und arrangierte Woche um Woche einen frischen Strauß Lilien.

Die Vorhalle war nur matt erleuchtet, nicht die Deckenbeleuchtung war eingeschaltet, sondern die kleine weiße Tischlampe nahe des Eingangs. Aber Heini konnte dennoch erkennen, dass die Tür zum Keller offen stand, und von dort unten drang nicht nur Licht zu ihm herauf, sondern auch Musik. Heini hatte jetzt die Gewissheit, dass sein Papa im Keller war und arbeitete, aber er war dennoch verunsichert. Es war ihm nämlich streng verboten worden, jemals diese Kellertreppe hinabzusteigen. Sein Vater, der sich viel im untersten Stockwerk aufhielt, hatte Heini eindringlich davor gewarnt. Irgendwann, hatte Sune gesagt und mit seiner großen Hand Heinis Haare durchwuschelt, irgendwann sei Heini groß genug, dass er in den Keller dürfe. Aber niemals – und das musste Heini seinem Vater hoch und heilig versprechen –, niemals durfte er die Kellerräume ohne Erlaubnis betreten.

Heini stand also frierend in der Vorhalle und zögerte. Er hatte schreckliche Angst, das hatte auch die Cola nicht ändern können – die im Übrigen lange nicht so gut wie kalte Milch mit Kaba schmeckte –, und er wollte unbedingt, dass sein Papa kommen und ihn hochheben und ins Mama-Papa-Bett tragen würde.

Aber sein Papa war dort unten, im verbotenen Keller, und er schien die verängstigten Rufe seines Sohnes nicht hören zu können, weil er so laut Musik hörte.

Es donnerte, dass das Haus wackelte, und Heini überlegte nicht mehr weiter. Stattdessen lief er angsterfüllt die Kellertreppe hinunter und rief nach seinem Papa.

»*I am sailing*«, tönte es zunehmend lauter aus dem Keller, Sune Hinrichsens Lieblingslied, das er gerne aus voller Kehle mitgrölte.

Die Kellertreppe wand sich in zwei Drehungen nach unten, und je schneller Heini lief, desto lauter wurde die Musik und desto heller das Licht. Heini vergaß vor Erleichterung, gleich seinen Papa in die Arme zu schließen, dass er sich auf verbotenem Terrain befand, und rannte die Treppe hinab, so schnell ihn seine kleinen Beinchen trugen.

Unten angekommen, stand er vor einer geöffneten Tür, hinter der sich ein Gewölbekeller mit weißen Wänden und hellem Licht befand. In der Mitte des Raumes stand ein langer Tisch, dahinter sein Vater mit einem grünen Kittel und Gummihandschuhen. Vor ihm auf dem Tisch lag unter einem Tuch ein Mensch, nur der Kopf guckte aus dem Tuch hervor.

Im gleichen Moment, als Heini die Szene erfasst hatte, krachte ein Blitz ganz in der Nähe. Der Junge zuckte zusammen, ließ die Cola fallen, sein Vater, der sich an dem Menschen auf dem Tisch zu schaffen machte, guckte hoch, starrte Heini an und dieser begriff in der gleichen Sekunde, das der Mensch auf dem Tisch ein Toter war.

Er schrie so laut, wie er noch nie in seinem sechsjährigen Leben geschrien hatte, bevor es um ihn herum schwarz wurde.

1

Hamburg, August

Seit einer gefühlten Stunde kurvte Heini nun schon ums Karree. Er schlug wütend auf sein Lenkrad und fluchte leise. Er war drauf und dran, die Nerven zu verlieren. Ihm stand der wichtigste Termin seines Berufslebens bevor. Wenn Ali Hassan ihn nach der heutigen Sitzung pries, dann würden die Leute ihm die Bude einrennen!

Und dann so was. Kein Parkplatz. Natürlich nicht, man bekam in seinem Viertel nie einen Parkplatz. Schon gar nicht, wenn man einen uralten Volvo 240 fuhr, fast fünf Meter lang. In der Regel ließ Heini den Wagen einfach stehen, wenn er es mit viel Glück und Satans Willen geschafft hatte, irgendwo einen Platz zu ergattern, und vermied es anschließend tunlichst, damit zu fahren. Heute aber hatte er mit dem Auto fahren müssen, er transportierte die Jugger-Rüstungen seiner Mannschaft. Keiner von den Jungs und Mädels hatte eine Karre, in die so viel von dem Zeugs reinpasste wie in seine. Also stapelten sich um ihn Langpompfen und Schilder, Q-Tips und Stangen – alles, was man für ein Jugger-Spiel brauchte. Das Tor hatten sie auch noch hineingequetscht.

Susannenstraße, Blinker links gesetzt, in die Bartelsstraße eingebogen, immer noch nichts. Die Autos standen schon in zweiter Reihe, selbst die Einfahrten waren zugeparkt.

Heini sah schwarz für seine Zukunft. Wenn er zu spät zum Termin kam, dann war die große Chance mit Ali Hassan für immer vorbei. Und nicht nur das: Er würde niemals eine zweite bekommen. Denn das hier war Ali Hassans *Hood*. Und wenn der verbreitete, dass Heini ein Loser war, der es wohl nicht nötig hatte, den Boss der Bosse zu stechen, dann konnte Heini seinen Laden dichtmachen. Dann wären die Einzigen, die noch zu ihm kämen, die dämlichen kleinen Touristen-Teenies aus Paderborn oder Eisenach, die sich mit zwei Hanse-Pils so viel Mut antranken, dass sie sich von ihm ein Lippenpiercing machen ließen. Für 15 Euro. Dann kicherten sie und kamen sich wer weiß wie wild vor.

Heini stöhnte. Noch zehn Minuten, dann würde Ali Hassan auf seiner Harley angeknattert kommen, mitsamt seinem Tross, und sich in Heinis sensible Künstlerhände begeben. Er brauchte einen Parkplatz!

Und siehe da, es war, als ob seine Flüche erhört würden. Ein paar Meter weiter parkte ein Lieferwagen aus, schräg gegenüber seines Studios! Heini drückte aufs Gas und der schwere Wagen schoss nach vorne. Er wollte verhindern, dass ihm in letzter Sekunde einer den Platz streitig machte. Es war der einzige Behindertenplatz in der Straße, der frei wurde. Der Platz war für den einbeinigen Klaus reserviert, aber das ignorierte Heini. Wie eigentlich alle, die einen Parkplatz suchten und früher oder später auf dem von Klaus landeten. Der kannte das schon und wartete dann stoisch in der zweiten Reihe ab, bis der von ihm gerufene Abschleppdienst kam und den Falschparker einkassierte.

Das war es Heini heute wert. Alles war im Moment wichtiger, als Ali Hassan zu verärgern. Heini parkte hektisch ein und hastete dann quer über die Straße auf seinen kleinen Laden zu.

»The Grave – Tattoo« stand in kunstvoller Schnörkelschrift über dem winzigen Ladenlokal. »The Grave«, das war Heinis Spitzname von Jugend an. Moritz, sein bester Kumpel aus Kindertagen, hatte den Spitznamen irgendwann aufgebracht, als sie im pubertären Apfelschnapsrausch über die Westeruper Strandpromenade getorkelt waren. »The Grave«, das hatte sich Heini gerne gefallen lassen. Dieser Spitzname war alles andere als provinziell, ja er war düster, abgründig und auf alle Fälle international.

Als er vor fünf Jahren sein kleines Tattoo-Studio eröffnete, hatte es keinen Zweifel gegeben, wie es heißen sollte. Die Gestaltung des Schaufensters mit den stilisierten Raubtier- und Schlangenleibern, die Schrift, in der der Name über der Tür gestaltet war (und die nachts neonorange flackerte), und natürlich die Deko des Ladens selbst – all das war Heinis Werk.

Er hatte sich als Tätowierer – und da begriff er sich natürlich als Künstler – auf zwei große Themen spezialisiert: den Tod in all seiner Symbolik und Tiere. Heini »The Grave« Hinrichsen war im Herzen Hindu, er glaubte fest daran, dass alle Tiere eine alte Seele besaßen. Und Heinis Anspruch war es, mit seinen Tattoos diese Seele sichtbar zu machen.

Mit Blumen, nackten Frauen und Comicfiguren hatte Heini so seine Probleme. Diese Motive stach er nicht gerne und deshalb war er nicht besonders gut darin. Das sollten andere machen. Das Problem war, dass es in Heinis Kiez genug andere gab. Sankt Pauli, Altona, die Sternschanze – gepflastert mit Tattoo- und Piercing-Studios. Ein Künstler wie Heini, der sich auch noch spezialisierte und nicht einfach alles anbot, hatte starke Konkurrenz. Heini dümpelte seit Jahren mit seinem kleinen Laden vor sich hin und konnte gerade mal sich und seine Handvoll Tiere über Wasser halten. Immer wieder musste er Stütze beziehen, weil seine Einkünfte nicht reichten.

Und dann war eines Tages dieser Typ sturzbesoffen in Heinis Laden getorkelt. Ein Kosovo-Albaner, dem die schlechten Knasttätowierungen schon aus dem Ausschnitt lugten. Die Skizze der Königskobra aus der Schaufensterdekoration hatte es ihm angetan. Der Typ hatte sich bäuchlings auf Heinis Liege geschmissen, den Oberkörper entblößt und die Hose bis zum Maurerdekolleté heruntergezogen. Dann hatte er etwas gegrunzt und war schließlich laut schnarchend eingeschlafen. Heini hatte gerade so viel verstanden, dass der Typ wollte, dass die Kobra von dort unten emporsteigen sollte.

Heini hatte über dem stinkenden Körper des Typen gestanden und war sich nicht sicher gewesen, wie er mit der Situation umgehen sollte. Es kam öfter mal vor, dass ein Betrunkener in seinen Laden kam und sich irgendetwas stechen lassen wollte, aber Heini schaffte es immer, diese Kunden davon abzuhalten. Er wollte unbedingt vermeiden, dass die Leute im nüchternen Zustand ihre Absicht, sich stechen zu lassen, bereuten und Regressforderungen an ihn stellten. Also bat er Kunden, die einen gewissen Alkoholpegel überschritten hatten, am nächsten Tag nüchtern wiederzukommen – was sie so gut wie nie taten. Entweder weil sie einfach nicht nüchtern wurden oder weil sie es sich anders überlegt hatten.

Bei diesem Typen lag die Sache anders. Er war sternhagelvoll, das schon. Vielleicht wusste er auch nicht, was er tat, konnte schon sein. Aber ein Blick auf die völlig willkürlich angeordneten, sehr miserabel ausgeführten Tattoos sagte Heini, dass dieser Mann im Nachhinein nichts bereuen würde. Ja dass der Kosovo-Albaner froh sein konnte, etwas Heini-Kunst am Körper herumtragen zu dürfen.

So machte Heini sich ans Werk. Sein Kunde verschlief die gesamte Prozedur, als stünde er unter Vollnarkose. Sehr günstig für Heini, der sich in aller Seelenruhe künstlerisch austoben durfte. Eigentlich hätte das Motiv in zwei bis drei Sitzungen gestochen werden müssen, aber da der Mann einfach nicht aufwachte, arbeitete Heini still vor sich hin. Er wollte seine Sache gut machen, auch wenn ihm zwischendurch Zweifel kamen, ob der Betrunkene überhaupt in der Lage war, ihn zu bezahlen. Aber dann hatte er die auf dem Boden liegenden Kleidungsstücke des Mannes aufgehoben und säuberlich aufgehängt. Und dabei war ihm der Patch auf der Weste noch einmal ins Auge gestochen: »Hassan's Hades Bros«. Und er hatte schlagartig gewusst, dass es ganz egal war, ob der Mann bezahlen konnte oder nicht.

Die Hades-Brüder waren eine gefürchtete Motorradgang, die das Viertel kontrollierte. Prostitution, Schutzgelderpressung, Drogenhandel, Menschenschmuggel, wenn irgendetwas in diese Richtung hier lief, dann war es das Geschäft von Ali Hassan und seinen Hades Bros.

Normalerweise hatte Heini nichts mit diesen Typen zu tun, sein Laden war zu mickrig, als dass jemand Schutzgeld von ihm erpressen wollte, aber er kannte die Klagen aus seiner Stammkneipe. Die Wirtin des Stresemannstübchens, Hannelore, drückte regelmäßig Geld ab. Heini hatte die Geldübergaben auch schon das ein oder andere Mal beobachten können. Die Hades Bros machten keinen Hehl aus ihrem Geschäft. Sie kamen zu zweit in den Laden, griffen in Hannelores Kasse und holten sich heraus, was sie wollten. Dafür spendierte Hannelore ihnen noch einen Klaren – um gleich darauf in Tränen auszubrechen, wenn die fiesen Geldeintreiber weg waren.

Und so einer lag damals also betrunken vor Heini auf dem

Tisch. Der zahlte entweder oder er zahlte nicht, Heini würde sich mit allem zufriedengeben müssen. Das Einzige, was er tun konnte, war, so gut wie möglich zu arbeiten. Nach über zwei Stunden fand Heini, dass er sich selbst übertroffen hatte. Die aus dem Hinterteil züngelnde Kobra schillerte in allen Farben des Regenbogens, nur ihre zwei Giftzähne, die imposant aus dem weit aufgerissenen Maul ragten, strahlten weiß. Oder würden weiß strahlen, sobald alles abgeheilt war.

Heini hatte den Mann vorsichtig geweckt und ihm im Spiegel seine Arbeit gezeigt. Der Typ war begeistert gewesen! Er hatte Heini vor die Brust geboxt, sich angezogen, zwei 500-Euro-Scheine aus einem dicken Geldbündel gezogen und auf die Liege geworfen. Dann war er aus dem Laden gewankt, noch immer hackedicht.

Am nächsten Tag aber war Ali Hassans gesamter Tross vorgefahren. Acht Harleys, die die ganze Straße blockierten. Ali Hassan, der Hades Bro *himself*, war in Heinis Laden gekommen und hatte sich spöttisch umgesehen.

»Du hast die Kobra gestochen?«, hatte er gefragt. Heini war außerstande gewesen, den Mund aufzumachen, und hatte nur genickt.

Daraufhin hatte sich der Boss der Bosse, ein untersetzter Türke, der Heini nur bis zur Schulter reichte, auf den Behandlungsstuhl gesetzt und mit seinen dicken goldberingten Fingern geschnipst. Heini hatte das als Aufforderung begriffen, dem Hades-Bruder seine Skizzen zu zeigen. Der hatte ein wenig darin geblättert und Heini dann scharfsinnig gefragt, ob Tiere seine Lieblingsmotive seien.

Heini hatte genickt und dann erklärt, dass er eine bessere Beziehung zu Tieren als zu Menschen habe, er sei religiös eher so in Richtung Hindu und glaube an die Seelenwanderung. Damit war das Eis gebrochen.

Ali Hassan hatte ihm mit bebender Stimme verraten, dass er ebenfalls die tiefe Überzeugung hege, dass man keinem Tier etwas zuleide tun dürfe. Er sei der Buddhist unter den Mohammedanern, er esse natürlich kein Fleisch und - dann kam er auf den Grund seines Besuches zu sprechen - er halte sich eine Mopshündin, die er sehr liebe. Fatima, so hieß die Gute, sei sein Ein und Alles. Leider aber war sie an Krebs erkrankt. Da sein ganzes Herz an Fatima hing, als wäre sie seine Frau und Tochter zugleich, wollte Ali Hassan die Mopshündin auf seinem Körper verewigt wissen. Und als er nun die Kobra seines Mitarbeiters gesehen hatte - er sagte tatsächlich Mitarbeiter -, wusste er, dass er mit Heini den Künstler gefunden hatte, der dieser Aufgabe würdig war.

Heini fühlte sich unendlich geschmeichelt und verängstigt zugleich. Er erhielt von Ali Hassan ein Foto der Mopsdame und versprach, einen Entwurf anzufertigen. Man verabredete einen Termin und dann verschwand Ali Hassan, wie er gekommen war: mit ohrenbetäubendem Auspuffknattern seiner Harley.

Heute war dieser Termin also gekommen. Heini sperrte den Laden auf, in dessen hinterem Bereich er seine Wohnung hatte, begrüßte Pat und Patachon, die beiden Papageien, und vergewisserte sich, dass er alles für den großen Moment vorbereitet hatte.

Er hatte, wie von Ali Hassan gewünscht, ein Porträt der Mopshündin Fatima gezeichnet, ungefähr zwanzig auf zwanzig Zentimeter. Dabei hatte er es sich erlaubt, ihre Züge etwas zu idealisieren. Die dunklen Augen blickten den Betrachter nun ein bisschen weniger triefäugig an und die hängenden Backen hatte er auf seinem Porträt leicht »geliftet«. Eine Schönheit war sie trotzdem nicht, aber Ali Hassan schien das anders zu sehen. Heini würde den Teufel tun, ihm zu widersprechen.

Auch die Platzierung des Tattoos war seltsam – am Hals unter dem rechten Ohr. Heini hatte vorsichtig versucht, den Hades-Bros-Boss davon abzubringen, aber ihm war sehr schnell klargeworden, dass niemand Ali Hassan von irgendetwas abbringen konnte, wenn der sich etwas in den massigen Schädel gesetzt hatte.

Heini sah auf die Uhr: noch fünf Minuten zum vereinbarten Termin. Zeit genug, sich einen Kaffee zu kochen. Er füllte seine kleine Alu-Kaffeekanne mit Wasser und Espressopulver und stellte sie auf die Kochplatte, die er nur zu diesem Zweck im Studio hatte. Dann fütterte er Pat und Patachon mit Sonnenblumenkernen und musste sich wie gewöhnlich dafür unflätig von ihnen beschimpfen lassen.

Pat und Patachon waren Gelbbrustaras. Heini hatte sie in der elendigen Zooabteilung eines Baumarktes entdeckt. Der Verkäufer hatte ihm weismachen wollen, dass es sich um junge, frisch importierte Vögel handelte, aber Heini erkannte auf den ersten Blick, dass die beiden traurigen zerzausten Gestalten schon ein paar Jahre auf dem Buckel hatten – und es waren gewiss nicht die besten. Sie hockten so mutlos und stumpf in einem viel zu kleinen Käfig, dass Heini, der eigentlich nur ein paar Glühlampen hatte kaufen wollen, zusätzlich mit den zwei Vögeln zur Kasse ging.

Schon nach wenigen Tagen waren die Jungs allerdings zu neuem Leben erwacht. Sie hatten angesichts der intensiven und liebevollen Pflege, die Tierfreund Heini ihnen angedeihen ließ, ihre vornehme Zurückhaltung aufgegeben und gezeigt, was in ihnen steckte. Sie brabbelten und krakeelten in einem fort in einer für Heini unverständlichen Sprache. Einer seiner Kunden hatte das Kauderwelsch schließlich als Portugiesisch identifiziert. Das war stimmig, denn diese Art von Papagei kam im Süden von Brasilien vor.

Leider hatte Heini den beiden da schon den Namen des dänischen Komikerduos gegeben, was nun nicht mehr passend erschien, aber da die gelehrigen Vögel die Namen bereits nachsprachen, brachte er es nicht mehr übers Herz, sie umzubenennen. Die portugiesische Quasselei war es auch weniger, die Heini störte, als vielmehr die englischsprachigen und gut verständlichen Schimpfwörter, mit welchen die Vögel ihn belegten, wenn er es wagte, sie zu füttern. *Egghead* und *Fool* waren darunter die harmlosesten.

Während Heini den Jungs jeweils ein paar Sonnenblumenkerne unter die imposanten Schnäbel hielt und sich dafür ein liebevolles *Asshole* einfing, vernahm er das Knattern der Harleys in seiner Straße. Er strich Pat und Patachon zart über die türkis schimmernden Köpfe und wusch sich die Hände.

Schon bimmelte die Ladenglocke und der untersetzte Ali Hassan betrat in voller Rockermontur sein Studio. Er hatte die Arme weit ausgebreitet und begrüßte Heini mit einem strahlenden »Mein Freund!«.

Er drückte den Tätowierer an sich, wobei sein Kopf mit der tiefschwarzen, vor Fett starrenden Haartolle kurz auf Heinis Brust ruhte. Heini erwiderte die herzliche Begrüßung beklommen – er wollte um keinen Preis einen Fehler machen.

Dann fiel Ali Hassans Blick auf die Vorskizze von Fatima.

»Was soll das sein?« Sein fetter Zeigefinger zeigte auf das Bild und Heini schoss durch den Kopf, dass er von dem dicken Goldring darauf mindestens zwei Monate seine Miete würde zahlen können.

»Fatima?«, antwortete er verunsichert.

Ali Hassan trat näher an das Bild heran. Er musterte es einige lange Sekunden und schüttelte dann den Kopf.

»Aber sie ist viel fetter«, kritisierte er.

Heini fiel das Herz in die Hose. »Ah! Okay, kein Problem. Das kommt auf dem Foto nicht so rüber.«

Hassan nickte. »Kann sein. Mach sie fetter.« Er deutete mit seinen Händen eine Form in der Größe einer Bowlingkugel an.

Heini nickte beflissen.

»Sonst ist es gut«, befand der kleine Türke und kletterte auf den Behandlungsstuhl. Heini hatte gehofft, dass das Lob des Bosses etwas enthusiastischer ausfallen würde, er fand schließlich, er hatte nie zuvor so ein gefühliges Tierporträt skizziert. Der seelenvolle Blick der leidenden Fatima sollte den Hades-Boss zum Weinen bringen, so hatte Heini sich das in etwa ausgemalt.

»*Fuck you*«, krähten die Papageien und Ali Hassan guckte misstrauisch.

»Ich bring die Jungs nach nebenan«, beeilte sich Heini zu versichern und trug das Gestell, auf dem Pat und Patachon saßen, nach hinten in den ans Studio angrenzenden Wohnraum. Er stellte sie neben dem Terrarium von Gordon, dem dreibeinigen Gecko, ab. Der Glaskasten mit Nathalie, der Vogelspinne, stand etwas abseits.

Die Papageien protestierten lautstark wegen ihrer Abschiebung, aber Heini stellte sich taub und eilte zum wichtigsten Kunden, den er jemals gehabt hatte, zurück.

Der fette Ali Hassan hatte es sich in Heinis Behandlungsstuhl bereits bequem gemacht. Er lag völlig entspannt da, die Lider auf halbmast, und murmelte leise vor sich hin. Es dauerte etwas, bis Heini, der mit seinen Utensilien beschäftigt war, begriff, dass der Boss der Bosse unablässig in ein Headset sprach. Heini verstand kein Wort, deshalb nahm er an, dass Ali Hassan sich auf Türkisch unterhielt.

Die Stimmung in Heinis kleinem Studio war entspannt und ruhig. Heini, der am liebsten bei sehr lauter Metal-Musik arbeitete, hatte sich kurzfristig entschieden, Ali Hassan nicht mit seinem Musikgeschmack zu reizen, und die CD mit der Meditationsmusik eingelegt, die eine seiner Exfreundinnen bei ihm vergessen hatte. Im Moment erklang Meeresrauschen – wie von fern, sehr leise und dezent.

Den kugeligen Schwerverbrecher vor ihm auf dem Stuhl schien das zu beruhigen, er atmete tief, die beringten Pranken lagen entspannt auf seinem Bauch, und nun waren die Lider schließlich ganz geschlossen. Auch Heini merkte, wie ihn das gleichmäßige Rauschen der Wellen entspannte, ja er spürte sogar einen kleinen Schauer der Wehmut, weil er urplötzlich an seine Heimat Süderum denken musste.

Nun atmete er tief durch. Jetzt ging es um die Wurst. Mit leiser Stimme bereitete Heini Ali Hassan darauf vor, dass er nun die Nadel ansetzen werde. Der Boss nickte nur tiefenentspannt. Er wirkte wie ein Alligator, der in der Sonne schlief – behäbig und unbeweglich. Nur um dann urplötzlich nach vorne zu schießen und seine Beute zu schnappen und zwischen seinen gewaltigen Fängen zu zermalmen.

Heini war also auf der Hut. Obwohl er gesehen hatte, dass Hassan bereits jede Menge anderer Tattoos am Leibe trug, konnte er nicht sichergehen, dass der Mann auch schmerzunempfindlich war. In dieser Hinsicht hatte Heini schon alles erlebt. Riesige Kerle, denen der kleinste Pieks die Tränen in die Augen trieb. Und umgekehrt hatten sich zarte Frauen als wahrhaft zäh erwiesen.

Außerdem begann er an einer sehr empfindlichen Stelle mit der Vorzeichnung: nahe der Halsschlagader. Erstaunlich viele Menschen wollten Tattoos am Hals haben, aber Heini mochte diese Stelle nicht, zu dünn und empfindlich. Aber seinen Kunden schien das nicht zu stören, er atmete ruhig und gleichmäßig, so dass Heini mit den Umrissen des fetten Mopskopfes von Fatima gut vorankam.

Nur einmal gab es eine Unterbrechung. Das Handy von Ali Hassan klingelte, und nachdem dieser kurz gelauscht hatte, was der Anrufer von ihm wollte, hatte er plötzlich Heinis Hand umklammert und ihm bedeutet, seine Arbeit zu unterbrechen. Unvermittelt und behände war der Hades-Boss dann vom Behandlungsstuhl aufgesprungen und hatte ein paarmal aufgebracht den Stuhl umrundet. Dabei hatte er unablässig in sein Headset gebrüllt. Die Anweisungen, die er gab, dieses Mal auf Deutsch, waren alles andere als beruhigend. Irgendjemand sollte augenblicklich »kaltgestellt« werden, am besten »an den Füßen aufgehängt« oder wahlweise »das Fell abgezogen«. Ali Hassan war wirklich außer sich und Heini musste wieder an den Alligator denken. Ihn schauderte.

Ebenso plötzlich, wie der Ausbruch erfolgte, war er allerdings auch vorbei. Der Hades Bro beendete das Gespräch, atmete tief durch, kletterte erneut auf den Behandlungsstuhl und grinste Heini feist an. »Geschäfte«, meinte er lapidar und hob bedauernd die Schultern.

»Kenn ich«, sagte Heini mit gezwungenem Lächeln und dachte, dass er gar nichts kannte. Jedenfalls nichts von Ali Hassans Welt. Und er wollte sie auch nicht kennenlernen. Im Grunde genommen kannte er außer Süderum, wo er aufgewachsen war, und der Sternschanze, wo er seit zwölf Jahren lebte, gar nichts. Nicht richtig jedenfalls, nach Heinis Dafürhalten. Ein Jahr lang war er als Rucksacktourist und Aussteiger in der Weltgeschichte herumgegondelt, hatte dabei aber festgestellt, dass ihm alle fremden Länder, die er besuchte, auch fremd blieben.

Er war ein Junge von der Waterkant und würde es immer bleiben, da biss die Maus keinen Faden ab.

Heini hatte mit Ali Hassan verabredet, dass sie für das Porträt von Fatima drei Sitzungen brauchen würden. Er wollte es sorgfältig machen und das kam Ali Hassan nur zupass.

Nach einer Stunde war Heini mit den Umrissen und groben Linien fast fertig, der Boss döste auf dem Sitz und die CD mit dem Meeresrauschen leierte zum dritten Mal durch den Rekorder. Auf Bitten des Hades-Bosses hatte Heini starken schwarzen Tee gekocht, von dem er ein bisschen Herzrasen bekam und den sein Kunde stark gesüßt in winzigen Schlucken zu sich nahm.

Ali Hassan stellte sein Glas gerade ab, lehnte sich wieder genüsslich zurück und Heini setzte die Nadel erneut am Hals an, als der Gangsterboss unvermittelt gellend schrie und sich ruckartig aufsetzte. Heini war so erschrocken, dass er augenblicklich zusammenzuckte, dabei den rechten Arm hochriss und dem brüllenden Ali Hassan mit der Nadel quer durchs Gesicht fuhr. Dieser schien das noch nicht gemerkt zu haben, denn er starrte immer noch auf einen Fleck an der Wand und brüllte wie am Spieß. Jetzt erst sah Heini, was den Mann so entsetzt hatte: Nathalie kroch an der Wand entlang. Seine wunderschöne braun behaarte Eupalaestrus campestratus hatte sich wieder einmal aus ihrem Terrarium befreit und war auf Entdeckungsreise.

Aber bevor Heini beschwichtigend eingreifen, die Vogelspinne von der Wand nehmen und in ihre Behausung tragen konnte, fasste sich Ali Hassan an die fette Backe. Erst jetzt schien er zu spüren, welches Malheur dem Tätowierer Heini Hinrichsen widerfahren war. Der Boss hörte auf zu brüllen, stattdessen stieß er ein tiefes, durch und durch beunruhigendes Grollen aus und starrte Heini an.

Heini starrte angsterfüllt zurück. Er blickte in die tiefschwarzen Augen von Ali Hassan, Anführer der Hades Bros, Boss der Bosse, Beherrscher des Viertels, und erkannte, dass er in einen todbringenden Abgrund sah.

2

Als die Scheibe zu Bruch ging, lag Heini mit offenen Augen im Bett. Er war keineswegs erstaunt. Er hatte erwartet, dass etwas geschehen würde. Aber das Geräusch der detonierenden Schaufensterscheibe ließ ihn doch hochschrecken. Er saß augenblicklich aufrecht im Bett und spürte, dass sich die feinen Härchen auf den Oberarmen hochgestellt hatten.

Heini sah auf die Uhr. Mitternacht. Klar, dass Ali Hassan sich für seine Rache nicht irgendeine Zeit aussuchte, sondern exakt null Uhr wählte.

Pat und Patachon kreischten entsetzt und flatterten nervös auf ihrer Stange hin und her. Heini war froh, dass er sie nicht mehr zurück ins Studio verfrachtet hatte, wo ihr angestammter Platz war. Er schlug seine Bettdecke zurück und fütterte die Gelbbrustaras zur Beruhigung mit ein paar Nüssen. Dann schnappte er sich die große Taschenlampe, die er stets neben seinem Bett hatte, weil in dem alten Haus, in dem er wohnte, immer wieder mal der Strom ausfiel.

Er betrat vorsichtig sein Tattoo-Studio. Er wagte es nicht, das Licht anzumachen. Wer weiß, was der Hades-Boss sich für ihn ausgedacht hatte. Die Scheibe war vielleicht nur der Anfang. Ali Hassan würde sich damit nicht zufriedengeben. Schließlich verlief von nun an ein dünner dunkler Strich quer über seine rechte Gesichtshälfte.

Heini hatte keine Gelegenheit gehabt, sich zu entschuldigen.

Kurz nachdem er mit der Nadel abgerutscht war und Ali Hassan bemerkt hatte, was mit seiner Wange geschehen war, hatte sich der untersetzte Türke ohne ein weiteres Wort aus dem Behandlungsstuhl gewuchtet, hatte voller Wut die Tür aufgerissen und war aus dem Studio gestürmt. Noch auf seiner Harley sitzend, hatte er Heini mit seinen stechend schwarzen Äuglein fixiert und mit den Fingern das Satanszeichen gezeigt. Dann war er mit höllischem Lärm davongebraust.

Heini war angsterfüllt zurückgeblieben. Ihm war sofort klar gewesen, dass dies nicht das Letzte war, was er von Ali Hassan hören würde. Am liebsten hätte er sich sofort in seinem Laden verbarrikadiert, aber das alte Sperrgitter, das man zum Schutz vor Einbrüchen vor die Scheibe ziehen konnte, klemmte schon seit Urzeiten. Heini hatte es nie für nötig erachtet, es zu reparieren, was sollte man aus »The Grave – Tattoo« schon entwenden, aber nun wäre er sehr froh um ein wenig Schutz gewesen. Symbolisch zumindest. Denn Heini wusste: Die Hades Bros würden nicht eher ruhen, bis Heini voll und ganz für die Verunzierung ihres Bosses bezahlt hatte.

Nun also wagte er sich hinaus in den Laden. Im Licht der Taschenlampe fand er bestätigt, dass die große Frontscheibe zu Bruch gegangen war. Sie lag pulverisiert vor seinen Füßen, die feinen Glassplitter waren im gesamten Studio verstreut. Die Scheibe war mit roher Gewalt zerstört worden und die Ursache dafür erkannte auch ein Blinder mit Krückstock: In der Mitte des Studios lag ein Kopf aus Stein. Sah aus wie von irgendeiner Statue. Groß, schwer, massiv. Heini schaffte es alleine kaum, das Ding hochzuheben – wie hatten es die Jungs von der Gang bloß *geworfen*? Heini wagte es nicht, sich den Kopf näher anzusehen, er horchte erst einmal nach draußen. Vielleicht war das ein Hinterhalt, sobald er sich über das Ding beugte, zog ihm jemand von hinten einen Sack über den Kopf und verschleppte ihn ins Headquarter der Hades Bros. Aber draußen blieb alles still. So still jedenfalls, wie es in seinem Viertel um Mitternacht sein konnte. Von der Straße kam ein kalter Wind ins Innere des Studios und Heini schauderte erneut.

Schließlich tapste er Schritt für Schritt zu dem Kopf. Als er näher kam, bemerkte er, dass ein Zettel daran befestigt war. Mit zitternden Händen nahm er diesen an sich und entfaltete ihn. »1 Stunde«. Mehr stand da nicht.

Heini drehte das Blatt um, aber auf der Rückseite war es leer. Er wusste natürlich auch so, was die Botschaft bedeutete. Er hatte eine Stunde, um von hier zu verschwinden. Und zwar für immer. Auf Nimmerwiedersehen. Solange es Ali Hassan und die Hades Bros gab, brauchte er sich in diesem Viertel nicht blicken zu lassen. Nein, nicht nur in diesem Viertel. Das hieße, den Boss und seine Gang sträflich zu unterschätzen. In ganz Hamburg nicht.

Heini ließ den Zettel sinken, fegte die Glassplitter vom Behandlungsstuhl, schaltete die Taschenlampe aus und ließ sich auf dem Stuhl nieder. Er starrte nach draußen auf die Straße. Das hier war sein Traum. Er war so viele Jahre auf der Suche gewesen, hatte Verschiedenstes ausprobiert, bis er genau gewusst hatte, was er werden wollte: Tätowierer. Er hatte alles darangesetzt, als solcher zu arbeiten, und als er das Gefühl hatte, gut genug zu sein, hatte er das kleine Vermögen, das er nach dem Tod seiner geliebten Mutter auf einem Sparbuch angelegt hatte, genommen und sich davon dieses Studio eingerichtet. Den Behandlungsstuhl hatte er beispielsweise über eine Auktion in Istanbul erstanden, es war ein alter Stuhl aus einem Barbiersalon. Dann hatte Heini sich eine Grundausstattung zum Tätowieren gegönnt, die zum Besten zählte, was auf dem Markt war. Er hatte das ganze Geld von seiner Mutter in dieses Studio investiert, und plötzlich, nur weil er eine falsche Bewegung gemacht hatte, sollte alles vorbei sein?

Heini »The Grave« Hinrichsen stand vor dem Aus. Aber das würde er nicht akzeptieren. Er hatte im Moment, so ganz allein, keine Chance gegen Ali Hassan, aber er war ein Stehaufmännchen, immer schon gewesen. Er würde diesen Lebenstraum jetzt aufgeben müssen. Aber nur vorerst.

Heini stand auf und ging wieder zurück in seinen Wohnbereich. Der Stapel Papier auf dem Tisch hatte sich wundersam vermehrt, Werbeschreiben, Rechnungen, Prospekte, alles durcheinander. Aber Heini suchte ganz gezielt etwas. Einen Brief, den er vor ein paar Tagen bekommen hatte. Schließlich fand er ihn. Das fliederfarbene Papier mit dem schwarzen Rand und der zittrigen Schrift war schon weit nach unten gerutscht. Jetzt zog Heini es aus dem Stapel hervor und holte den Brief aus dem Kuvert. Seine Augen suchten, bis er die Stelle fand. »… findet die Beerdigung Deines Vaters Sune am Mittwoch um 11.00 Uhr auf dem Insel-Friedhof in Westerup statt. Ich bin sicher, er würde sich freuen, wenn Du kommst.«

Das Letztere ließ Heini mal dahingestellt, aber das hier war doch ein Anlaufpunkt. Ohne Frage. Ab nach Westerup, sein altes Zuhause. Dort würde ihn Ali Hassan bestimmt nicht vermuten, er könnte etwas Luft holen, bis er sich überlegt hatte, wie er weitermachen sollte.

Eine halbe Stunde später blickte Heini sich in seinem Laden um. Seine Tätowierutensilien und Farben hatte er weitestgehend mitgenommen. Dazu seine Klamotten und die paar Habseligkeiten, an denen sein Herz hing, das alles passte in einen großen Tramperrucksack und eine Seemannskiste.

Pat und Patachon saßen grummelnd in einem Käfig, der mit einem Tuch bedeckt war, Nathalie reiste in einer durchsichtigen Plastikbox mit Luftschlitzen und Gecko Gordon, der friedlichste Zeitgenosse unter Heinis Tieren, musste sich mit einer Schuhschachtel begnügen. Heini war selbst ein wenig verwundert darüber, dass sein dreißig Jahre währendes Leben nicht mehr an Gepäck erforderte. Den Behandlungsstuhl hätte er am liebsten noch mitgenommen, aber das war ohne großen Aufwand nicht zu machen.

Also nahm Heini zuerst die Tiere und machte sich auf den Weg zu seinem Volvo. Er überquerte die Straße und stutzte. Der Volvo war nirgends zu sehen. Aber er hatte doch heute hier geparkt! Direkt bevor Ali Hassan gekommen war. Auf dem Behindertenparkplatz vom einbeinigen Klaus … noch in derselben Sekunde war Heini völlig klar, was passiert war. Abgeschleppt. Natürlich. Er hatte nach der Sache mit dem Gangsterboss nicht mehr daran gedacht, den Wagen umzuparken, und das wurde ihm nun zum Verhängnis. In wenigen Minuten würden die Hades Bros kommen und sich versichern, ob er ihrer unmissverständlichen Aufforderung Folge geleistet hatte.

Heini musste augenblicklich verschwinden, samt seinen Tieren und Sachen. Aber wohin?

Hastig rannte Heini zurück. Aber er steuerte nicht das Studio mit der eingeschmissenen Scheibe an, sondern die Einfahrt daneben, die zum Hinterhof seines Hauses führte. Er rannte hindurch und setzte die Behältnisse mit seinen Tieren vorsichtig neben einer Mülltonne ab. Er beschwor die beiden zeternden Papageien inständig und vergeblich, endlich ihren Schnabel zu halten, und sauste zurück zum Laden.

Als er durch die eingeschlagene Scheibe in sein Studio trat, hörte er schon das Tuckern der Harley-Auspuffrohre. Die

Hades Bros nahmen Kurs auf die Bartelsstraße. In wenigen Sekunden würden sie hier sein. Heini packte Kiste und Rucksack, rannte in sein Zimmer, verschloss hastig die Tür hinter sich und öffnete das Fenster zum Hof. Er schmiss die Gepäckstücke hinaus und sprang selbst durch das Fenster hinterher. Keine Sekunde zu spät. Das Tuckern der Motoren erstarb, vermutlich waren die Typen in dem Moment vorne an der Eingangstür. Heini konnte gerade noch von außen einen Stein auf das Fensterbrett legen, der das Fenster daran hinderte, offen zu stehen, schnappte sich das Gepäck und hechtete ebenfalls in Deckung hinter die Mülltonnen.

Er machte sich so klein er konnte, damit die bösen Buben nicht sehen konnten, wo er sich versteckte. Er wagte es auch nicht, einen Blick zu riskieren, aber er hörte raue Stimmen, die sich in seinem Zimmer unterhielten. Sie hatten seine Bude gecheckt und jetzt festgestellt, dass der Vogel ausgeflogen war.

Schließlich erstarben die Stimmen und nur wenige Sekunden später drang das satte Harley-Glucksen in den Hinterhof. Die Hades Bros rauschten ab. Heini ließ ein paar Minuten verstreichen, dann nahm er Rucksack und Kiste und versteckte diese notdürftig auf einer Treppe, die von außen in den Keller führte. Es war mitten in der Nacht, Heini hoffte, dass seine Siebensachen hier ein, zwei Stunden in Sicherheit waren, bis er zurückkehren würde, um sie zu holen. Erst einmal müsste er die Tiere in Sicherheit bringen.

Er versuchte seine Gedanken zu ordnen. Das Erste, was ihm in den Sinn kam, war, dass er es bedauerte, nicht mehr zu rauchen. Das war schließlich ein klassischer Zigarettenmoment.

Heini schaffte es aber auch ohne Kippe, seine Lage glasklar zu analysieren. Erstens: Er hatte kein Auto. Der Volvo war abgeschleppt und stand so lange auf dem Parkplatz der Polizei, bis er seine Strafe bezahlt haben würde. Das konnte er erst am nächsten Morgen tun. Daraus folgerte er zweitens, dass er die nächsten sieben bis acht Stunden schutzlos mit zwei Gelbbrustaras, einem Gecko und einer Vogelspinne durch Hamburg irren musste. Er wagte es drittens nicht, irgendeinen Kumpel um diese Zeit aus dem Bett zu klingeln und als Argument anzuführen, dass die Hades Bros ihm auf den Fersen waren. Eine Parkbank kam viertens auch nicht in Frage, um die Zeit zu überbrücken, denn Heini hatte keine Lust, in dieser ohnehin verfahrenen Situation auch noch die Gefahr einzugehen, ausgeraubt zu werden.

Es blieb nur ein Ort auf der Welt, an dem er den kommenden Stunden weitgehend gefahrlos entgegendämmern konnte: Hannelores Stresemannstübchen. Hannelore hatte durchgehend geöffnet. Tagsüber stand ihr Sohn im Laden, am Abend kam die Chefin selbst. »Senile Bettflucht« hindere sie am Schlafen, sagte die beleibte Wirtin, die Heini auf Ende sechzig schätzte. Vor Ali Hassans Geldeintreibern war Heini hier auch sicher, denn die kamen zuverlässig am Monatsende, immer abends um zehn. Außerhalb dieser Zeit ließen sie sich nicht in der Kneipe blicken.

Hannelore schob Heini ein kleines Kännchen Filterkaffee, eine Tasse und zwei Döschen mit Kondensmilch über den Tresen. Dazu tätschelte sie ihm liebevoll die Wange. Das schwarze Gebräu schmeckte nach Eisen und war so bitter, dass es Heini den Magen umdrehte. Aber er trank tapfer weiter, denn er wusste, dass er die Zeit, bis die Kasse der Polizei öffnete und er seinen Volvo auslösen konnte, überstehen musste.

Pat und Patachon wurden von ihrem Tuch befreit, und anstatt sofort loszuschimpfen, wie es ihre Art war, gurrten sie und ließen sich durch die Gitterstäbe von Hannelore kraulen.

Heini ließ die beiden Papageien auf dem Tresen stehen und

zog sich in die Nische mit dem Bänkchen zurück. Dort trank er in winzigen Schlucken die schwarze Brühe, die bei zunehmendem Erkalten eine Note von Motoröl bekam, und dachte darüber nach, was ihn in den nächsten Tagen erwarten würde.

Süderum. Seine Heimat. Fast zwölf Jahre war er nicht mehr dort gewesen. Er war mit seinem Vater im Streit auseinandergegangen und hatte nicht vorgehabt, jemals wieder dorthin zurückzukehren. Wäre die Sache mit Ali Hassan nicht passiert, er wäre wohl auch nicht zur Beerdigung gekommen.

Als Heini sechzehn war, starb seine über alles geliebte Mutter an Brustkrebs. Sein Vater, Sune Hinrichsen, war mit dem Sohn, der in einer schweren Pubertätsphase steckte, überfordert und vergrub sich in seine Arbeit. Heini und sein Vater waren nie besonders eng gewesen, aber in den zwei Jahren nach dem Tod der Mutter wurden sie einander völlig fremd. Als Heini volljährig wurde und Sune seine Mitarbeiterin Elisabeth heiratete, packte der Junge einen großen Rucksack und trampte um die Welt. Er war nie wieder nach Hause zurückgekehrt. Einmal im Jahr, zu Weihnachten, hatte Heini eine Postkarte nach Süderum geschickt. Ab und zu, vielleicht zwei-, dreimal im Jahr, hatte er mit seinem wortkargen Vater telefoniert.

Der fliederfarbene Brief mit der Todesanzeige war seit seiner Abreise die erste Post aus seinem Elternhaus.

Trotz des Kaffees konnte Heini gegen vier Uhr morgens seine Augen nicht mehr aufhalten. Er streckte sich auf der schmalen Kneipenbank aus und schloss die Augen. Er hörte noch, wie aus der Ferne, dass Pat und Patachon liebevoll mit Hannelore flirteten, die die Jungs mit Obst fütterte.

Ein letzter Gedanke schoss durch Heinis Kopf. Er würde nach Süderum fahren, die Beerdigung überstehen, die Testamentseröffnung durchziehen, sein Erbe kassieren und sich schnellstmöglich mit einem Sack voll Geld vom Acker machen.

Der nächste Gedanke, der ihm durch den Kopf schoss, als er die Augen öffnete, war schon nicht mehr so positiv. Heini war eingefallen, dass er das Auto noch komplett beladen hatte. Die Utensilien vom letzten Jugger-Wettkampf. Der Volvo war bis unters Dach mit den Sportgeräten seiner Mannschaft vollgestopft. Er hatte aber nicht die Zeit, jeden Einzelnen seines Teams anzurufen und darauf zu warten, dass die Leute sich bequemten, irgendwann ihren Kram bei ihm abzuholen. Dann wäre er Ende der Woche noch nicht auf Süderum. Er beschloss also, ein letztes Mal in seine Wohnung zurückzukehren und den Krempel dort abzuladen.

Es war schon acht Uhr am Morgen, er hatte immerhin vier Stunden geschlafen und nun erwartete ihn ein üppiges Frühstück. Hannelore beendete ihre 12-Stunden-Schicht und es war üblich, dass ihr Sohn Kalle, der sie ablöste, seiner Mama frische Brötchen mitbrachte und die beiden gemeinsam aßen, bevor Hannelore sich verabschiedete. Dieses Mal war Heini dazu eingeladen.

Um diese Zeit war das Stresemannstübchen nicht besonders gut besucht. Es kam ab und an vor, dass ein letzter Kunde noch seinen Rausch ausschlief oder sich die Prostituierten aus der nahen Umgebung zu einem Schwätzchen einfanden, aber heute waren Hannelore, Kalle und ihr Gast Heini unter sich. Letzterer stärkte sich mit Orangensaft und Mettbrötchen, dann machte er sich auf den Weg zur Verkehrsdirektion. Diese lag ebenfalls in der Stresemannstraße, allerdings genau am ande ren Ende, und die Straße war lang. Dort angekommen, musste Heini auch noch eine längere Zeit warten. Bis er schließlich alles bezahlt und sein Auto in Empfang genommen hatte, war es halb elf.

Heini düste in die Bartelsstraße. Er hielt den Wagen, ohne nachzudenken, vor dem Tattoo-Studio an und begann, die Pompfen und Spieße und Schilder aus dem Auto in seinen Wohnbereich zu schleppen. Kurz hatte er darüber nachgedacht, Vorsicht walten zu lassen und die Lage erst mal zu checken, aber dann hatte er den Gedanken verworfen. Die Hades Bros hatten bestimmt Besseres zu tun, als die ganze Nacht in seinem zugigen Laden auszuharren und darauf zu warten, dass er zurückkam. Trotzdem arbeitete er so schnell er konnte, immer die Angst im Nacken. Als er die letzten Sachen auf den Haufen in seinem Zimmer geschmissen hatte, versperrte er die Tür. Er ging in den Hinterhof, legte von außen die Schlüssel unter den Stein, der noch immer das Fenster blockierte, und holte seine Gepäckstücke. Diese lagen unversehrt und nicht geplündert dort, wo er sie deponiert hatte. Als er schließlich den Zündschlüssel im Schloss drehte und die ersten Meter mit dem Wagen die Straße hinunterrollte, fiel Heini ein Stein vom Herzen. Er hatte es geschafft. Ab auf die Insel!

Doch er hatte die Straße noch nicht verlassen, als er hinter sich das charakteristische satte Auspuffgeräusch hörte. Beunruhigt blickte Heini in den Rückspiegel. Sie kamen in einer Fünferformation.

Heini erstarrte das Blut in den Adern, aber er machte sich klar, dass die Hades Bros zwar seine Fresse und seinen Laden kannten, nicht aber seinen Wagen. Dann dachte er nichts mehr, denn er beobachtete im Rückspiegel, dass einer der Motorradfahrer mit dem Arm ausholte – und anschließend sein Studio und die Wohnung in Flammen aufgingen.

3

Zwei Stunden später dachte Heini schon nicht mehr an das, was geschehen war. Oder besser: Er schaffte es, alles zu verdrängen. Im Moment genoss er die Luft, die Landschaft und den strahlend blauen Himmel. Er gondelte in gemächlichem Tempo über die B5, passierte Struckum, Bredlum und Bordelum und spürte, wie ihm – ein bisschen gegen seinen Willen – das Herz aufging. Durch die heruntergekurbelte Scheibe meinte er die nahe Nordsee riechen zu können und wurde wehmütig. Kein Meer auf der Welt konnte ihm die Nordsee ersetzen und er war wahrlich weit herumgekommen. Vor allem an der Westküste von Süderum oder oben, am nördlichsten Ende der Insel, wo die Nordsee bei Wind wild tobte und sich die Wellen hoch auftürmten, bis sie in schaumiger Gischt an den Stränden leckten – das war für Heini stets ein ganz besonderer Anblick gewesen. Nach dem Tod seiner Mutter hatte er die meiste Zeit alleine am Meer verbracht, war stundenlang an der Küste gewandert und hatte um seine Mutter getrauert. Aber seit er die Insel verlassen hatte, war er auch nicht mehr an die Nordseeküste zurückgekehrt. Hamburg und der Elbstrand mussten genügen.

Nun aber, während er wider seinen Willen in die Heimat zurückkehrte, spürte Heini, dass ihn die Sehnsucht übermannte. Er musste vor sich selbst zugeben, dass er sich freute, die Insel wiederzusehen.

Nach einer Snackpause auf einem Rastplatz – Heini wagte es nicht, mit Nathalie und Gordon irgendwo einzukehren – rumpelte er eine weitere Stunde später in Dagebüll auf die Fähre. Er reihte sich ein, zog die Handbremse an, holte sich einen Kaffee und setzte sich dann oben auf die Fähre ins Freie. Eine Stunde dauerte die Überfahrt nach Süderum und Heini genoss jede Minute. Man sah die Insel bereits am Horizont, platt wie ein Pfannkuchen, lediglich der Leuchtturm und die wenigen Hochhäuser am Rand von Westerup stachen hervor.

Das Kreischen der Möwen, der salzige Wind, der ihm um die Nase wehte, und das sanfte Schaukeln der Fähre schläferten Heini regelrecht ein. Er dachte daran, wie sehr er seine Insel als Junge geliebt hatte. Wie er sich mit Moritz auf den Rädern Rennen geliefert hatte, auf den flachen Asphaltstraßen, die sich zwischen dem platten Weideland hindurchschlängelten. Grasende Schafe, Hochlandrinder und Pferde hatten den beiden Jungs dabei zugesehen. Die schweren Wolken, die der Wind stets in rasender Geschwindigkeit über die Insel trieb, bargen immer die Gefahr, ihre Schleusen zu öffnen und sich mit heftigen Regenschauern zu entladen. Dann hatten sie sich zwischen die Sanddornhecken gekauert und Schutz gesucht. Kurz darauf riss der Himmel auf, die Sonne kam warm und leuchtend hervor und hatte die beiden trotz Gummistiefeln und Regenjacken pitschnassen Buben getrocknet. Süderum hatte knapp 20 000 Einwohner, fünf größere Ortschaften, von denen die »Hauptstadt« Westerup war, und mehrere kleine Weiler. Ein Kino, zwei Skaterparks und einen Sportverein. Das war nicht die Welt für einen Jungen, aber Heini war es genug gewesen. Er hatte Freiheit, die Natur und Moritz. Bis seine Mutter starb, war es ein idyllisches Leben gewesen, ein Leben voller Glück und schöner Tage.

Der Heini von heute hatte schon vergessen, wie das war: ein friedliches Leben. Er, der Weltreisende, der sich schließlich in der Großstadt Hamburg niedergelassen hatte, war Lärm und Hektik als ständige Begleiter gewohnt. Das hier fühlte sich nun tatsächlich an wie Ferien. Aber Heini wusste genau: Diese Idylle würde ihm schon wenige Stunden später gehörig auf den Geist gehen, so dass er froh sein würde, wenn er die Insel in ein paar Tagen wieder verlassen konnte.

Außerdem hoffte er auf den Nachlass seines Vaters. Das Geschäft von Sune war zeit seines Lebens gut gelaufen, und da der Alte stets bescheiden gelebt hatte und niemals gereist war, würde sich bestimmt eine erkleckliche Summe angesammelt haben, die sich Heini – so Gott oder Satan oder wer auch immer wollte – nun mit Elisabeth, Sunes zweiter Frau, teilen würde. Natürlich konnte sich Heini nicht sicher sein, dass das Vermögen zu gleichen Teilen zwischen ihm und seiner Stiefmutter aufgeteilt werden würde. Aber Sune war ein bequemer Mensch gewesen, der sicherlich kein ausgefuchstes Testament verfasst hatte. Außerdem hatte es keinen Grund gegeben, Heini zu enterben. Vater und Sohn hatten sich entfremdet, nicht mehr und nicht weniger.

Außerdem gab es da das Haus. Ein großes Wohn- und Geschäftshaus, in dem Sunes Unternehmen untergebracht war. Es war ein stattliches Kapitänshaus, über hundert Jahre alt, mitten in Westerup, beste Lage. Heini wollte es nicht behalten, der Kasten musste ein Vermögen wert sein, bei den Süderumer Immobilienpreisen. Was Elisabeth vorhatte, interessierte ihn nicht besonders, aber er nahm an, dass sie nicht mutterseelenalleine in dem Haus residieren wollte. Das Geschäft würde sie ohnehin aufgeben müssen. Sie musste jetzt Mitte sechzig sein, da war man doch noch voll dabei und wollte was vom Leben. Von dem Erlös des Hausverkaufs würde sie sich eine hübsche Wohnung für sich alleine kaufen können. Geldgierig, wie sie war, hatte sie bestimmt selbst schon auf die ein bis zwei Millionen spekuliert, die das Kapitänshaus sicher wert war.

Das nahm Heini natürlich nur an, es war schließlich lange her, dass er Elisabeth gesehen hatte, aber er hatte nie viel von ihr gehalten. Er hatte es ihr nie verziehen, dass sie an die Stelle seiner Mutter getreten war, und unterstellte ihr, dass sie sich wegen des Geldes an seinen Vater rangemacht hatte.

Als Heini in Westerup schließlich von der Fähre rumpelte, hatte er keinen langen Weg mehr zu seinem alten Zuhause. Das Geschäft seines Vaters lag mitten in der Stadt, »1a Sahneschnittchen«, wie dieser immer gesagt hatte. Heini fuhr die paar Straßenzüge im Schlaf. Zuletzt war er hier mit seinem Fahrlehrer unterwegs gewesen. Er stellte fest, dass sich seitdem einiges verändert hatte, aber die Atmosphäre war immer noch die gleiche.

Mit Herzklopfen parkte er schließlich direkt vor dem Laden.

Im Halteverbot, aber das interessierte Heini in dem Moment herzlich wenig. Er stieg aus dem Volvo, schlug die Fahrertür zu und blickte an dem stattlichen Klinkerbau empor. Der schwarze große Balken mit dem Geschäftsnamen dominierte das gesamte Haus: »Hinrichsen Bestattungen«. In goldenen Versalien. Vor und hinter der Schrift Taube und Ölzweig. Das Schild maß gut und gerne fünf Meter in der Länge und einen Meter in der Höhe. Es demonstrierte Selbstbewusstsein und das war es auch, was sein Vater stets im Übermaß ausgestrahlt hatte. Sein schwarzer Anzug, das weiße Hemd, die schwarze Krawatte, die glänzend gewienerten Schuhe, das gegelte Haar – alles an Sune Hinrichsen strahlte Selbstbewusstsein aus.

»Bisschen mehr Demut, Sune«, hatte Heinis Mutter oft gesagt, wenn sie ihrem Mann den Krawattenknoten richtete und ihm eine weiße Nelke in die Brusttasche des Anzugs steckte. »Bisschen mehr Demut.«

Aber Sune Hinrichsen hatte nur den Kopf geschüttelt. Er war stolz darauf, der einzige Bestatter auf der Insel zu sein, und das in dritter Generation.

Auch das war im Übrigen ein Grund gewesen, der zur Entfremdung von Vater und Sohn beigetragen hatte. Sune war wie selbstverständlich immer davon ausgegangen, dass sein Sohn Heini einmal das Geschäft übernehmen würde. Aber dieser hatte von Kindesbeinen an klargemacht, dass das für ihn keinesfalls in Frage kam.

Seit er im zarten Alter von sechs Jahren seinen Vater unversehens im Leichenkeller überrascht hatte, hatte er stets eine große Furcht vor dessen Beruf gehabt. Allein die Vorstellung, dass Papa dort unten im Keller an Toten herumhantierte, bereitete dem kleinen Heini jahrelange Alpträume. Da konnten seine Eltern ihm hundertmal erklären, dass sein Vater ein Künstler sei, der die Toten wieder schön mache und sie so herrichte, dass ihre Angehörigen sie ohne Furcht und Ekel ansehen und von ihnen würdevoll Abschied nehmen könnten – Heini hatte den Raum mit den Toten später nur betreten, wenn es unumgänglich war.

Ganz anders seine Freunde und Klassenkameraden, insbesondere Moritz. Für die Pubertierenden zählte es zu den heftigsten Mutproben, sich im Leichenkeller von Heinis Vater einsperren zu lassen. Heini erkannte irgendwann, dass sein Zuhause die größte Faszination auf die anderen Jungs ausübte, und schlug daraus Kapital. Gegen Geld sperrte er seine Freunde im Leichenkeller ein und die anderen Kumpels wetteten darauf, wer es wie lange aushalten würde. Natürlich ging das nur, wenn seine Mutter und sein Vater außer Haus waren. Trotzdem kam ihm Sune irgendwann auf die Schliche. Er war eines Abends unversehens verfrüht nach Hause gekommen. Moritz, der meistens Schmiere stehen musste, hatte Alarm geschlagen. Daraufhin waren alle Jungs über die Treppe in Heinis Zimmer geflitzt. Nur Heini blieb, um seinen Vater in Empfang zu nehmen und abzulenken. Was leider nicht gelang, denn der dicke Kalle, der damit geprahlt hatte, es mindestens zehn Minuten mit den Toten auszuhalten, verlor schon nach der Hälfte der Zeit die Nerven. Und während Heini in der Vorhalle wie besessen auf seinen Vater einquatschte, schrie und heulte der fette Kalle unten im Keller. Er schlug mit den Fäusten an die Tür und veranstaltete ein derartiges Spektakel, das Sune trotz Ablenkung nicht überhören konnte.

Misstrauisch geworden, stiefelte er in den Keller hinab und schloss die Tür auf. Der dicke Kalle fiel ihm wachsbleich und halb ohnmächtig in die Arme.

Heini bekam daraufhin drei Monate kein Taschengeld, eine Woche Fernsehverbot und besaß fortan keinen Schlüssel für den Kellerraum mehr. Letzteres war für ihn allerdings keine besonders schmerzhafte Strafe.

All das ging Heini nun durch den Kopf, während er vor der Fassade des Bestattungsunternehmens, das sein Zuhause war, stand. Er wollte sich soeben ein Herz fassen, als hinter ihm ein Auto hielt. Heini drehte sich um, die Bullen, ausgerechnet.

»Hier können Sie nicht stehen bleiben«, tönte es erwartungsgemäß.

Einer der beiden Polizisten hatte die Scheibe des Einsatzfahrzeuges heruntergelassen und hing lässig zur Hälfte aus dem Fenster.

»Schon klar, Meister«, konterte Heini und wollte noch eine kleine Frechheit nachschieben, da stutzte er. Der Bulle kam ihm bekannt vor. Da hatte dieser auch schon die Beifahrertür aufgerissen und sprang aus dem Wagen.

»Alter! *The Grave* ist wieder da!« Und schon fand sich Heini im Klammergriff des Uniformierten. Der drückte ihn und klopfte ihm ein paarmal auf den Rücken, dann hielt er Abstand und musterte Heini amüsiert.

»Moritz!« Nun fiel es auch Heini wie Schuppen von den Augen. Sein alter Kumpel war zur Polizei gegangen, er konnte es kaum glauben.

»Mann, du siehst aus«, Moritz schielte auf die Tattoos und Piercings – die sichtbaren – und schüttelte belustigt den Kopf. »Echt krass.«

Er hatte recht, größer konnte der Gegensatz zwischen den beiden alten Freunden kaum sein. Das war allerdings schon in ihrer Jugend so gewesen. Heini etwas introvertiert, aber voller verrückter Ideen. Moritz eher von schlichtem Gemüt, aber er hatte vor nichts Angst und war bei jedem verrückten Abenteuer vorne dabei. Wenn Heini befahl: »Spring«, dann sprang Moritz. Heini hatte immer eine leicht morbide Ader, er war ein zäher schmaler Kerl, hochgewachsen, aber immer blass um die Nase. Moritz sah dagegen stets aus, als hätte seine Mutter ihn mit Stahlwolle geschrubbt, er war rosig und proper und neigte dazu, Speck anzusetzen.

Das war heute nicht mehr zu sehen, es sei denn, die grüne Uniform war extrem gut geschnitten und verdeckte gnädig die Pölsterchen. Davon war aber eher nicht auszugehen, die Süderumer Polizeibeamten waren nicht gerade berühmt für ihre kleidsame Tracht. Moritz sah noch immer gesund aus, dazu war er schlank und durchtrainiert.

Heini konnte ebenfalls gut ausgebildete Muskeln aufweisen, und die zeigte er, weil er so gerne ärmellose T-Shirts trug, die seine kunstvollen Tattoos zur Geltung brachten. Außerdem hatte er festgestellt, dass dieser Look als halbes Hemd bei den Frauen auch nur halb so gut rüberkam. Also hatte er angefangen, Gewichte zu stemmen und ein bisschen durch den Volkspark zu joggen.

Er war fast einen Meter neunzig groß, hatte einen kahlen Kopf, Tunnel, die die Ohrläppchen zu Löchern weiteten, und ein paar Piercings in der linken Augenbraue. Keine Frage, Heini machte Eindruck. Wären seine großen haselnussbraunen Hamsteraugen und die schön geschwungenen Lippen nicht gewesen, er hätte furchterregend aussehen können. So aber starrten ihn die Leute hauptsächlich wegen der Tätowierungen auf Armen und Beinen an, ans Weglaufen dachte keiner.

Moritz zog jetzt ein kummervolles Gesicht. »Tut mir leid wegen deinem Alten. Herzliches Beileid.« Er zog sogar die Kappe ab.

Heini nickte. »Schon gut. War jetzt nicht so ...« Er brach ab. Moritz musste er das nicht erklären. Dass sich die Trauer über den Tod seines Vaters in Grenzen hielt. Sein alter Freund nickte verständnisvoll.

»Ich komm zur Beerdigung«, sagte er und machte seinem Kollegen im Auto ein Zeichen.

»Echt?« Heini war erstaunt.

Moritz lachte. »Die halbe Insel kommt! Was denkst du denn? Dein Vater war doch 'ne Nummer auf Süderum.« Dann zeigte er bedauernd auf den Volvo. »Hier kannst du trotzdem nicht stehen, sorry, absolutes Halteverbot.« Er setzte die Kappe auf, tippte an deren Schirm und grinste. »Bis morgen! Dann heben wir einen auf deinen Vadder.« Er setzte sich ins Polizeiauto und der Kollege gab Gas.

Heini blickte dem Wagen hinterher. Moritz also. Er merkte, wie sehr es ihn freute, seinen alten Kumpel wiederzusehen. Obwohl der Bulle war.

Er parkte den Wagen gehorsam um und ging dann wieder zurück zu seinem Elternhaus. In der Tür hing ein Schild: »Wegen Todesfall geschlossen«. Ein seltsames Gefühl, dieses Schild zu sehen, im Laden eines Bestatters.

Heini musste also klingeln. Er hörte die Glocke im Inneren des Ladens anschlagen, aber niemand rührte sich. Also ging Heini ein paar Schritte weiter nach rechts, dort war der private Eingang zum Wohnhaus. Aber auch hier reagierte niemand auf sein Läuten.

Zwischen der Ladentür und der privaten Eingangstür stand noch immer der große weiße Gipsengel. Er hatte die Hände zu Gebet gefaltet. Inmitten der Hände war ein kleiner Spalt, gerade groß genug, um einen Schlüssel darin zu verbergen. Heini tastete danach – und tatsächlich. Auch zwölf Jahre nach seinem Weggang von zu Hause hatte sein Vater – oder jetzt Elisabeth – die alte Gewohnheit, hier den Ersatzschlüssel zu verbergen, beibehalten.

Heini schmunzelte und schloss auf. Er hatte die Tür gerade so weit geöffnet, dass er eintreten konnte, da bot sich ihm ein bizarrer Anblick. Vom ersten Stock kam am Treppengeländer entlang eine Frau heruntergefahren. Sie saß auf einem Stuhl, es handelte sich offensichtlich um einen Treppenlift. Die Frau hatte schlohweißes Haar und starrte ihn böse an. Der Anblick war so unerwartet und irreal, dass Heini einen Schritt zurückwich.

»Was erlauben Sie sich?«, giftete die Frau, noch bevor der Treppenlift am unteren Ende angelangt war. »Verlassen Sie sofort mein Haus!«

An der Stimme erkannte Heini seine Stiefmutter sofort. Bei der Frau vor ihm handelte es sich um Elisabeth. Dic in den vergangenen zwölf Jahren um mindestens dreißig gealtert sein musste. Sie musste ungefähr Mitte sechzig sein und sah aus wie in ihren Achtzigern. Gebrechlich, vollkommen weißes Haar. Zitternde Hände. Allerdings kaum Falten.

Doch auch Elisabeth erkannte Heini erst auf den zweiten Blick. Als sie mit dem Treppenlift stoppte, griff sie nach einem Rollator und ging mit wackeligen Schritten, aber furchtlos auf ihn zu.

»Wer sind Sie? Ein Einbrecher?« Elisabeth kam trotz dieser Vermutung immer näher. »Hier gibt's nichts zu holen. Nur Tod und Verderben.«

»Hast du das aus einem Film?« Heini war belustigt. Was für ein Spruch.

Jetzt blieb Elisabeth stehen und kniff die Augen zusammen. »Heini?«

»Klar«, Heini lächelte. Die Situation war so absurd, er kam sich vor wie in einem sehr schlechten Horrorfilm. Nur dass die Frau vor ihm keine Kettensäge mit sich führte. »Wen hast du denn erwartet?«

»Dich jedenfalls nicht«, sagte Elisabeth bitter. Sie war in den Jahren nicht freundlicher geworden.

»Aber du hast mir doch geschrieben«, wunderte sich Heini.

Elisabeth zuckte desinteressiert die Achseln. »Nur pro forma. Alles andere gehört sich nicht.«

Genau das hatte Heini sich gedacht, als der Brief vor ein paar Tagen gekommen war. Dass Elisabeth ihn gar nicht dahaben wollte. Dass sie ihm nur der Form halber geschrieben hatte. Aber wenn er ehrlich war, musste er zugeben, dass er normalerweise ja auch nicht zur Beerdigung gekommen wäre. Wenn nicht die Sache mit Ali Hassan passiert wäre. Heini dachte kurz an den Molotowcocktail, der in seinen Laden geflogen war, und ihn schauderte.

»Tja, jetzt bin ich aber hier.«

Elisabeth nickte. »Kannst in deinem alten Zimmer schlafen«, sagte sie. Dann musterte sie ihn interessiert. »Wie siehst du eigentlich aus? Ist ja schauderhaft.«

»Das Gleiche könnte ich sagen«, gab Heini zurück und bereute es sofort, als er die Trauer auf dem Gesicht der Frau ihm gegenüber sah.

»Schlaganfall«, sagte Elisabeth schroff. Sie drehte Heini den Rücken zu und rollte in Richtung Küche. »Ich mach uns mal einen Tee«, murmelte sie. Es klang nicht wirklich einladend und Heini dachte sich, dass er jetzt schon froh war, wenn er wieder abhauen konnte.

Eine Viertelstunde später trug er seine Sachen nach oben ins Zimmer. Die Tiere zuerst, sie hatten schließlich eine lange Reise hinter sich und es war Zeit für ein paar Streicheleinheiten. Pat und Patachon und auch Gordon hatte er Elisabeth gezeigt, Vogelspinne Nathalie verschwieg er einstweilen. In der Regel reagierten die Leute nicht so begeistert. Der Letzte, der Nathalie zu sehen bekommen hatte, war Ali Hassan gewesen und das war nicht gut ausgegangen für Heini. Und für Ali Hassan.

Das Gespräch mit seiner Stiefmutter in der Küche war nicht sehr herzlich gewesen – er hatte nie ein inniges Verhältnis zu Elisabeth gehabt –, aber auch nicht feindselig. Sie hatte ihm von Sune erzählt, der an einem Aneurysma gestorben und von einer Sekunde auf die andere einfach tot umgefallen war. Übrig geblieben war sie. Obgleich viel jünger als Sune, hatte Elisabeth mit Anfang sechzig einen schrecklichen Schlaganfall bekommen, den sie um ein Haar nicht überlebt hätte. Eigentlich war sie der Pflegefall und nun war sie ganz allein auf sich gestellt in dem großen Haus. Aber Elisabeth klagte nicht, sondern versicherte, dass sie gut zurechtkäme. Sie hatte Hilfe, unter anderem von Freddy 1 und Freddy 2, den Angestellten von Sune.

Obwohl Heini Mitleid mit Elisabeth hatte, musste er doch dauernd daran denken, dass ihm die Gesamtsituation sehr zupasskam. Elisabeth konnte keine Treppen gehen und war auf ihren Treppenlift angewiesen. Sie würde also sicher in einen Verkauf des Hauses einwilligen. Heini würde höchstens bis zur Testamentseröffnung auf der Insel bleiben müssen. Alles andere, Hausverkauf und so weiter, würde dann ein Makler regeln. Und er würde sich irgendwo im Süden die verdammte Sonne auf den Bauch scheinen lassen. Neapel, Sizilien, Côte d'Azur, Portugal – er hatte alle Optionen. Hauptsache, er musste nicht in diesem deprimierenden Kasten sitzen. Das Haus war ganz schön heruntergekommen, fand er. Er hatte es besser in Erinnerung. Es machte ihn ein wenig traurig.

Als er den Käfig mit den Papageien und die beiden anderen Tierbehältnisse sowie seinen Rucksack bis unters Dach hochgeschleppt hatte, stellte er alles schnaufend vor der Tür seines Kinderzimmers ab. Daran hing noch immer das Schild mit Hein Blöd, das Moritz ihm mal geschenkt hatte.

Heini öffnete die Tür und traute seinen Augen kaum. In dem Zimmer hatte sich nichts verändert. Sogar das Bett war frisch bezogen. Er war wohl doch erwartet worden, dachte Heini. Auf dem Kissen lag sogar Lupo, sein altes Kuscheltier.

Es war, als wäre er nie weg gewesen.

4

Heini wurde von der Sonne geweckt, die durch das schräge Dachfenster auf das Bett schien. Er blinzelte und streckte sich, wobei er oben mit dem Kopf und unten mit den Zehen an die Ränder des Bettes stieß. Seine Papageien schliefen noch, er hatte sie mit einem dunklen Tuch gegen das Sonnenlicht abgeschottet.

Heini hatte hervorragend geschlafen. Seit Jahren zum ersten Mal, so kam es ihm vor. Er stand aus dem Bett auf und ging zum geöffneten Fenster. Die frische Seeluft strömte herein, vielleicht lag es daran. Er blickte hinaus und musste unwillkürlich schmunzeln. Die Zeiten, da er nur auf einem Stuhl stehend aus dem Dachfenster gucken konnte, waren definitiv vorbei.

Die Aussicht war nicht zu bezahlen. Er hatte von dort, wo er stand, freien Blick auf das Meer. Schon jetzt, am Morgen, herrschte Betrieb. Es war Saison und kaum war die Sonne aufgegangen, tummelten sich die ersten Urlauber am Strand. Heini warf einen Blick auf die Uhr. Acht. Um elf ging die Beerdigung los, eine halbe Stunde vorher wollte Elisabeth an der Aussegnungshalle sein. Er hatte also noch genug Zeit, dem Meer hallo zu sagen.

Eine Dreiviertelstunde später kam er verschwitzt und glücklich wieder zurück. Es war ein Traum gewesen, er joggte direkt an der Wasserkante. Es war noch keine Flut, so dass der Sand nass und fest war, der ideale Boden zum Laufen. Außerdem herrschte heute fast Windstille, was selten war auf Süderum. Nur ein angenehm leichter Luftzug kühlte seine Haut. Er war mit hohem Tempo gelaufen und hatte die salzige Meeresluft tief in seine Lunge gesogen. Das war etwas anderes als der Parcours durch den Hamburger Volkspark mit Hundekacke-Slalom und Kampfbikern. Heini freute sich jetzt auf eine Dusche und ein ordentliches Frühstück.

Von Elisabeth hatte er keinen Schlüssel bekommen, also fingerte er den Schlüssel wieder aus den gefalteten Händen des Gipsengels und trat schnaufend ein. Seine Stiefmutter schien ihn bereits erwartet zu haben. Sie stand hinter ihrem Rollator, in einem schwarzen Kleid, die weißen Haare hochgesteckt und leicht geschminkt. Trauer stand ihr gut, fand Heini.

Als er eintrat, musterte sie ihn. »Für die paar Tage hast du dein Sportzeug mitgenommen?«, erkundigte sie sich skeptisch.

Heini fühlte sich ertappt. Er hatte ihr natürlich nicht erzählt, was in Hamburg passiert war und dass er auf der Flucht war. Vor einer kriminellen Bikerbande. Dass er seinen gesamten Hausstand mit sich herumschleppte, hatte Elisabeth nicht bemerkt, die Seemannskiste hatte er ja im Auto gelassen.

»Ich fahr danach vielleicht noch in den Urlaub«, murmelte er und wollte schnell an ihr vorbei ins Bad.

Elisabeth sah nicht so aus, als ob sie ihm glaubte. Sie nahm offensichtlich und ganz richtig an, dass er nur so lang wie unbedingt nötig hierbleiben wollte – und das schien ihr nur recht zu sein.

Heini war bereits im ersten Stock, als sie von unten zu ihm hochrief. »Du hast doch wohl einen anständigen Anzug?«

Heini stockte. Natürlich nicht. So etwas besaß er gar nicht.

Er hatte sich überhaupt keine Gedanken gemacht, was er auf der Beerdigung tragen sollte.

Es entstand eine kleine peinliche Pause, die Elisabeth schließlich brach. »Du musst doch den Sarg tragen.«

»Okay …« Heini kam noch mal ein paar Stufen die Treppe herunter und wartete auf weitere Erläuterungen, die nicht lange auf sich warten ließen.

»Natürlich nicht allein. Die Freddys und Timo sind dabei.«

Timo! Sein grauenvoller Cousin! Dass der auch kam! Das war für Heini die noch schlimmere Ankündigung als die von Moritz gestern, dass die halbe Insel anwesend sein würde. Timo war ein eingebildeter Pinsel, der ihm jede Familienfeier zur Hölle gemacht hatte. Timo war das Idealbild, das ihm in seiner Kindheit und Jugend stets als leuchtendes Beispiel vorgehalten wurde: »Timo hat eine Eins in Mathe«, »Timo macht Amerikaaustausch«, »Timo spielt in der B-Jugend« – es gab nichts, was Timo, dieser blonde Schönling, in den Augen von Sune nicht besser gemacht hatte als Heini. Er hatte sogar vor ihm die Insel verlassen, weil er mit vierzehn in ein Internat auf dem Festland kam.

»Da musst du natürlich einen schwarzen Anzug anziehen«, ließ sich Elisabeth eben von unten vernehmen, »wie sieht das denn sonst aus?!«

»Ich habe aber keinen«, gab Heini zu. Ihm persönlich war es egal, was die Leute dachten, wenn er in Kapuzensweatshirt und Springerstiefeln dort antanzte, aber er war dreißig und ein Mann, kein Teenager mehr, und verstand durchaus, dass jedwede Provokation bei so einem Anlass nicht angebracht war.

Elisabeth nickte, als hätte sie mit nichts anderem gerechnet. »Na, dann wollen wir mal sehen«, sagte sie, setzte sich auf den Treppenlift und surrte nach oben.

Heini folgte ihr. Auch im ersten Stock stand ein Rollator für Elisabeth bereit und Heini stellte ihn ihr gentlemanlike zurecht. Elisabeth steuerte das Schlafzimmer an. Dort hing an der Schrankwand bereits ein passendes Teil für Heini bereit. Er schmunzelte. Die Frage von Elisabeth war natürlich nur rhetorisch gewesen. Sie war davon ausgegangen, dass er keinen Anzug besitzen würde. Wie sie ebenso davon ausgegangen war, dass er eventuell doch nach Süderum zur Beerdigung kommen würde, und dafür gesorgt hatte, dass jemand sein Zimmer hergerichtet hatte. Warum sonst war das Bett frisch bezogen?

Es war ein Anzug von Sune, und so wie er geschnitten war, stammte er original aus den sechziger Jahren: schmal geschnittenes Revers, schmal geschnittene Hose mit engem Bein – heute wieder ganz *up to date*. Darunter lugte ein strahlend weißes Hemd hervor.

»Der könnte dir passen«, murmelte Elisabeth und zog eine Schublade auf. Darin befanden sich Seidenkrawatten in allen Farben und Formen – die meisten allerdings waren schwarz.

Heini musste bei dem Anblick lächeln. Es war seine Mutter gewesen, die dafür gesorgt hatte, dass Sune diese umfassende Sammlung an edlen Seidenkrawatten gehabt hatte. Sune selbst hatte zwar Wert darauf gelegt, dass er einen ordentlichen schwarzen Anzug bei der Arbeit trug sowie ein sauberes weißes Hemd, alles andere aber war ihm piepegal. Privat trug er sowieso nur Flanellhemd und Wollpulli.

Heini musterte den Anzug, den Elisabeth ihm wohlweislich hergerichtet hatte – es schien tatsächlich seine Größe zu sein. Er wählte dazu eine flammend rote Krawatte aus, aber Elisabeths Miene versteinerte, als er sie aus der Schublade holen wollte. Also griff er, dem Anlass entsprechend, zu einem dezenteren dunkelgrauen Modell. Damit war sie zufrieden.

Als Heini sich kurz darauf im Spiegel seines alten Kinderzimmers begutachtete, erkannte er sich selbst nicht mehr. Natürlich, die kurzgeschorenen Haare, die Piercings in der Augenbraue und die Tunnel in den Ohren – das konnte nur Heini »The Grave« Hinrichsen sein. Aber im Körper eines anderen. Er war baff: Der Anzug passte nicht nur wie maßgeschneidert, er stand ihm ausgezeichnet. Er sah elegant und weltmännisch aus und fühlte sich wie James Bond. Als dieser noch von Sean Connery gespielt wurde, versteht sich. Er hörte sich sogar »Gerührt, nicht geschüttelt« in den Spiegel sagen. Zum Glück war niemand von seinen Hamburger Freunden hier, die hätten sich weggeschmissen, aber er selbst fand, dass er richtig cool aussah.

Die Krawatte musste er sich von Elisabeth noch ordentlich binden lassen; sie hatte in der Zwischenzeit auch passende Schuhe herausgesucht und konnte ihre Freude darüber, dass ihr Stiefsohn nun als einigermaßen anständig aussehender Mann zur Beerdigung ging, nicht verbergen.

Einige Zeit später stand Heini mit schmerzenden Füßen (die Schuhe seines Vaters waren eine Nummer zu klein) in der Aussegnungshalle und hörte dem Pastor zu. Zuvor hatte er unzählige Hände geschüttelt, von Bekannten und Unbekannten, die ihm alle ihr Beileid aussprachen. Sein alter Kumpel Moritz hatte recht gehabt: Die halbe Insel war gekommen. Viele Gesichter kamen Heini nicht mehr als vage bekannt vor, einige waren ihm nur allzu vertraut, wie das seiner alten Lehrerin, die nun weit über achtzig war und ihn noch immer behandelte wie den kleinen Bengel von nebenan.

Es gab aber auch einige gänzlich neue Gesichter, die offensichtlich zu Leuten gehörten, die seinen Vater gekannt hatten, weil er eine Bestattung für sie arrangiert hatte. Überhaupt war Heini überrascht, dass so viele Menschen so warme Worte für Sune Hinrichsen hatten. Bestimmt war sein Vater kein schlechter Mensch gewesen, auch Heini hatte ihn nie ungerecht oder übermäßig streng erlebt, aber eben sehr spröde. Die Wärme in der Familie – die hatte seine Mutter mitgebracht. Sune dagegen war wortkarg und selten emotional gewesen.

Während er da stand und die Worte des Pastors an sich vorbeiziehen ließ, dachte Heini darüber nach, warum jemand, der so verschlossen war wie sein Vater, einen Beruf ergriffen hatte, der wie kaum ein anderer Einfühlungsvermögen und Sensibilität verlangte. Die Menschen, die zu einem Bestatter kamen, waren immer in einer emotionalen Ausnahmesituation. Wie hatte es sein trockener Vater geschafft, diese Menschen aufzufangen? Sie zu trösten? Wie war er mit ihrer Trauer umgegangen? Denn offensichtlich war er in seinem Beruf nicht schlecht, eine Menge Leute hatten Heini heute versichert, wie sehr ihnen Sune Hinrichsen in der Not beigestanden hatte. Lag das in den Genen? Hatte Sune das so gut beherrscht, weil er von Kindesbeinen an nichts anderes kannte? Schließlich waren schon Vater und Großvater vor ihm Bestatter auf Süderum. Aber dann hätte sich das auch auf Heini vererben müssen und nichts lag diesem ferner als dieser Beruf.

Er blickte auf den Sarg, der neben dem Pastor stand und in dem die sterblichen Überreste seines Vaters lagen. Heini überlegte, wer die Zeremonie für Sune ausgesucht und geplant hatte. Hatte sein Vater selbst schon zu Lebzeiten den Sarg und die Musik ausgewählt? Wohl kaum. Der Sarg passte gar nicht zu Sune. Weißer Schleiflack mit goldenen Beschlägen. Wie oft hatte Heini seinen Vater sagen hören, dass er den klassischen Eichensarg allen anderen vorzog. Massiv, ohne Schnitzereien, mit einfachen Beschlägen. Der Kranz allerdings, der den Sarg zierte, war passend und geschmackvoll. Strahlend gelbe Sonnenblumen, blaue Kornblumen und zarter roter Mohn waren zu einem ebenso dekorativen wie einfachen Kranz geflochten.

Der Pastor war fertig mit seiner Rede, von der Heini nur die Hälfte mitbekommen hatte, aber das, was er gehört hatte, war durchaus warmherzig und originell.

Nun ertönte Verdis Requiem und das war das Zeichen für Heini, an den Sarg heranzutreten. Die beiden Freddys kamen ebenfalls und nickten ihm zu. Es war das erste Mal, seit er auf Süderum war, dass Heini die beiden zu Gesicht bekam, und er war auch nicht unfroh darüber. Freddy 1 und Freddy 2 – so nannte Sune die beiden Brüder, weil sie Krüger mit Nachnamen hießen, ihre wahren Vornamen waren wohl nur ihnen selbst bekannt – waren, seit er denken konnte, bei seinem Vater angestellt. Sie waren sehr bleich, sehr dürr und knochig, hatten schütteres weißblondes Haar und weiße Wimpern und Augenbrauen. Das verlieh ihnen ein wenig das Aussehen von Gespenstern, und als Heini sehr klein war und sich nachts in seinem Bett fürchtete, waren immer die Gesichter der beiden Assistenten seines Vaters vor ihm erschienen. Ihre eigenwillige Ausstrahlung wurde dadurch unterstützt, dass sie kaum redeten. Seit er sie kannte, hatten die beiden bestimmt nicht mehr als hundert Wörter gesagt, zusammen, und das war schon großzügig geschätzt. Und wenn sie denn sprachen, dann war es eher ein kehliges Raunen.

Auch als Teenager hatte Heini seinen Respekt vor den beiden Gestalten nicht verloren, insbesondere als er eine heiße Horrorfilmphase hatte, beflügelten die zwei seine Phantasie.

Wie die Freddys lebten, was sie außer dem Bestattungswesen trieben, das war nie Thema zu Hause. Seine Mutter war stets freundlich zu den beiden, aber man sprach im Hause Hinrichsen auch nicht mehr als nötig über die zwei.

Nun bezogen die beiden irgendwie alterslosen Gestalten an den hinteren Ecken des Sarges Position. Heini stellte sich vorne hin. Auf einmal war ihm sehr feierlich zumute und er spürte, dass er ergriffen war. Er trug seinen Vater zu Grabe, schoss es ihm durch den Kopf. Er würde Sune nie wieder sehen, nie wieder sprechen. Da wusste er, dass er ihn vermissen würde. Papa. Dass nun niemand mehr da war, dass er ganz allein war, diese Erkenntnis war plötzlich doch beängstigend.

Jetzt gesellte sich endlich der vierte Sargträger zu ihnen. Aus der Menge trat Timo Schütz hervor, Heinis ungeliebter Cousin. Das Sonnenlicht, das durch die farbigen Glasfenster in die Aussegnungshalle strömte, brach sich in seinem blonden Haar und ließ es so aussehen, als strahlte ein Heiligenschein über Timos Kopf. Der Cousin hatte sich kaum verändert. Er war großgewachsen, schlank, stattlich, aber sein Gesicht war noch immer das eines kleinen Jungen. Engelsgleich.

Timo sah zu Boden, hatte die Hände gefaltet und ging mit gemessenem Schritt auf den Sarg zu. Er hatte einen topmodischen und bestimmt sündhaft teuren schwarzen Anzug an, der leicht bläulich schimmerte. Schuhe, Krawatte, Hemd, die weiße Nelke in der Brusttasche – wie eh und je war Timo wie aus dem Ei gepellt.

Als sein Cousin den Sarg erreichte und an Heini vorbeiging, hob er plötzlich den Kopf und zwinkerte ihm zu. Dazu huschte ein schnelles Lächeln über sein Gesicht. Typisch, dachte Heini. Nach außen den Betroffenen spielen, aber eigentlich geht ihm der Tod von Sune doch wahrscheinlich am Allerwertesten vorbei.

Heini sah einen der Freddys an, die auf sein Signal warteten, dann nickte er und alle vier hoben daraufhin synchron den

Sarg an. Da sie ungefähr gleich groß waren, war das Gewicht gleichmäßig verteilt, und Heini erinnerte sich daran, dass so ein Sarg sehr viel schwerer war als gedacht.

So folgten sie mit gemessenen Schritten dem Pastor, während ihnen die gesamte Trauergemeinde folgte. Direkt hinter dem Sarg kam Elisabeth, sie saß im Rollstuhl, den der Süderumer Bürgermeister schob. Dann kam der Shanty-Chor, der den Trauerzug mit getragenen Seemannsliedern begleitete. Es war der Chor, in dem auch Heinis Mutter gesungen hatte. Eigentlich war es der Kirchenchor der evangelischen Gemeinde, aber der Chorleiter hatte sein Programm sowohl in Richtung Gospel als auch Shantys ausgebaut. So hatte der Chor zu jeder Gelegenheit das passende Lied auf Lager. Ob Gottesdienst, Beerdigung oder Kirmes, der Chor war stets dabei.

Die Sonne brannte vom Himmel herab, obwohl jetzt ein Wind aufgekommen war und einige Schäfchenwolken vor sich hertrieb. Heini schwitzte in dem schwarzen Anzug, die Schulter, auf der der Sarg lastete, schmerzte und er fluchte still, weil er keine Sonnenbrille aufgesetzt hatte. Der helle Kies auf dem Weg reflektierte das Sonnenlicht und brannte in den Augen. Heini fixierte den Rücken des Pastors, der vor ihnen ging, und schließlich bog dieser in einen beschatteten Seitenweg ein. Hier war bereits die Grube ausgehoben, Kränze waren links und rechts davon aufgebaut.

Der Pastor trat zur Seite und ließ die Sargträger vorbei. Heini und die drei anderen Männer positionierten den Sarg nun auf dem extra dafür hergerichteten Gestell. Heini wusste, wie das funktionierte, denn er hatte, kaum war er groß und stark genug dafür, sein Taschengeld ab und zu damit aufgebessert, dass er sich als Träger und Totengräber zur Verfügung gestellt hatte. Das war zeit seines Lebens der einzige Berührungspunkt geblieben, den er mit dem Bestattungswesen hatte.

Schließlich traten sie zurück, der Chor positionierte sich vor der offenen Grabstelle und sang nun inbrünstig »Junge, komm bald wieder«.

Timo drängte sich an den Rand, hinter die Kränze, und zog Heini mit sich, außerdem übernahm er vom Bürgermeister den Rollstuhl mit Elisabeth und schob ihn vor sich und Heini. Während der Chor nun mit dem Lied zum Ende kam, sich einige der Trauergäste vor Ergriffenheit die Nase putzten und der Bürgermeister ein Blatt Papier aus der Jackentasche nahm, knuddelte Timo abwechselnd Elisabeth und Heini. Dabei hatte er doch allen Ernstes Tränen in den Augen!

Heini war fassungslos. Markierte der peinliche Cousin hier etwa den betroffenen Familienangehörigen? Soviel Heini wusste, hatte Timo seinem Onkel Sune nicht besonders nahegestanden, aber wer weiß, was sich in den letzten zwölf Jahren, die Heini nicht mehr auf Süderum war, getan hatte? Vielleicht hatte Timo, der ja immer schon der bessere Junge gewesen war, es darauf angelegt gehabt, sich in das Herz von Sune zu schleimen.

Aus den Augenwinkeln beobachtete er seinen Cousin. Timo zog soeben ein dünnes Seidentuch aus der Anzugtasche und schnäuzte sich leise und dezent. Er bemerkte Heinis Blick und förderte nun ein zweites Tuch ans Licht, das er Heini anbot. Dieser lehnte ab. Seine Augen waren bis jetzt trocken geblieben. Da breitete Timo seine Arme aus, und bevor Heini sich wehren konnte, schloss sein Cousin ihn fest in seine Arme. »Lass deiner Trauer freien Lauf«, murmelte er in Heinis Ohr. Der aber roch nur das Aftershave mit der aufdringlichen Veilchennote und hatte augenblicklich starke Fluchtreflexe. Er schaffte es, sich aus der Umarmung zu befreien, und richtete seine Aufmerksamkeit auf den Bürgermeister, der mit seiner Rede begonnen hatte.

Dieser beklagte den großen Verlust für die Insel und gab

seiner Hoffnung Ausdruck, dass das Familienunternehmen bestimmt auch in der vierten Generation noch weitergeführt werden würde. Dabei sah der Bürgermeister Heini freundlich lächelnd an. Auch die übrigen Trauergäste richteten ihren Blick nun auf Heini. Der erwiderte die Aufmerksamkeit und lächelte steif zurück, erst dann sickerten die Worte in sein Gehirn. Vierte Generation? Weitergeführt? Meinte der etwa ihn? Heinis Lächeln gefror.

Timo stieß ihn in die Seite. »Find ich super«, raunte er. »Ich kann dir vielleicht unter die Arme greifen.«

Ja, waren die jetzt alle verrückt? Er und den Laden übernehmen? So weit kam es noch. Heini verdrehte nur die Augen und schüttelte leicht den Kopf. Wenn Timo so super war, sollte der doch den Job übernehmen, bitte gerne.

Schließlich war die Rede beendet und Heini, Timo sowie die Freddys ließen den Sarg hinunter. Anschließend rollte Elisabeth an den Rand des Grabes, um eine Schaufel Erde auf den Sarg zu werfen. Natürlich wollte Timo ihr behilflich sein, und Heini ließ ihm gerne den Vortritt. Wenn sein Cousin sich gerne in Position bringen wollte, sollte er das tun. Er selbst wäre sowieso bald von der Insel verschwunden.

Nun war er an der Reihe. Er nahm eine Handvoll Erde und dann holte er den kleinen Kronkorken aus der Hosentasche. Er hatte ihn in seinem alten Kinderzimmer in einer Krimskramskiste gefunden. Es war der Verschluss der Flasche Cola, die er vor vierundzwanzig Jahren verbotenerweise aus dem Kühlschrank genommen hatte. Es war die Nacht, in der er das erste Mal seinen Vater bei der Arbeit gesehen – und ihn für Doktor Frankenstein gehalten hatte.

Er drückte den Kronkorken in die schwere Erde und warf diese dann auf den Sarg. »Tschüs, Papa«, sagte er ganz leise. »Sorry, aber das hier ist nichts für mich.«

Dann trat er vom Grab weg und übergab die kleine Schippe an den nächsten Trauergast. Es war eine sehr weiße, sehr zarte Hand, die die Schaufel entgegennahm. Heini guckte zur Seite und blickte in das Gesicht des wunderbarsten und schönsten Wesens, dem er jemals begegnet war. Blasse, durchscheinende Haut, glatte, glänzende und rabenschwarze Haare, leuchtend grüne Augen, umgeben vom einem Kranz langer dichter Wimpern, eine schmale Nase und üppige Lippen.

Neben ihm stand Schneewittchen. Und lächelte ihn an.

Um Heini war es augenblicklich geschehen.

5

Heini saß inmitten von belegten Broten, Torten und Nudelsalat und hatte nur Augen für Schneewittchen. So nannte er sie insgeheim: Schneewittchen. Zu seinem Glück war die unbekannte Schöne mit zum Leichenschmaus gekommen. Und ganz offensichtlich war sie nur für ihn unbekannt: Alle anderen Anwesenden kannten sich untereinander. So plauderte Schneewittchen mal mit dem, mal mit jenem. Heini war nicht schüchtern und er hätte sie am liebsten schon auf dem Friedhof angesprochen, aber er kam gar nicht dazu. Die Trauergäste belagerten ihn förmlich. Jeder sprach ihm sein Beileid aus und viele, die jetzt mit ins Lokal kamen, wollten ein, zwei Takte mit ihm reden. Über Sune natürlich, aber auch über ihn, Heini, den verlorenen Inselsohn. Wo er so lange gesteckt habe, ob er in der Zwischenzeit eine Familie gegründet habe und wann er den Betrieb übernehme.

Jedes Mal wenn Heini versicherte, dass er genau das nicht vorhatte, sah ihn sein Gegenüber kritisch an, lachte dann und haute ihm auf die Schulter, ganz nach dem Motto »Guter Witz«. Heini schwieg dann stets. Zum einen, weil er im Moment ein bisschen planlos war, er konnte dank Ali Hassans Jungs nun nicht auf sein prosperierendes Tattoo-Studio auf der Sternschanze verweisen. Zum anderen, weil er bei der Beerdigung seines Vaters keinen Streit vom Zaun brechen wollte.

Er saß neben Elisabeth am Kopfende der Tafel und sie war auffallend still und traurig. Er wollte nicht pietätlos sein und ihr vor allen auf die Nase binden, dass ihn das Geschäft nicht die Bohne interessierte. Denn Elisabeth war nicht nur die zweite Frau seines Vaters, sie war auch dessen Angestellte gewesen. Sie war für die Buchhaltung zuständig, und das schon, als Heinis Mutter noch gelebt hatte. Damals, als sie mit Sune zusammengekommen war, hatte Heini sie gehasst.

Er blickte zu ihr hinüber. Jetzt tat sie ihm leid. Sie war vor der Zeit gealtert und nun musste sie auch noch den Tod ihres Lebensgefährten verkraften. Heini hätte sie gerne getröstet, aber er wusste nicht, wie.

»Na, Keule, jetzt trinken wir aber mal auf die alten Zeiten!«

Moritz ließ sich neben Heini auf den Stuhl plumpsen. Er war nicht in Uniform, sondern in Zivil, trug wie Heini einen schwarzen Anzug und zog sich gerade ungeduldig die Krawatte vom Hals. Er hatte zwei Klare mitgebracht, die er jetzt vor sich und Heini stellte.

»Auf Sune!«

Jeder von ihnen nahm ein Glas, sie stießen an und tranken auf ex. Heini musste sich danach schütteln. »Pah! Gewöhne ich mich nie dran.«

Moritz grinste. »Dabei siehst du nach wildem Leben aus.« Er musterte seinen alten Kumpel unverhohlen.

Heini hatte das Sakko bereits abgelegt und die Ärmel seines weißen Hemdes hochgekrempelt, denn im Lokal herrschte eine Bullenhitze. Nun konnte man die großflächigen Tattoos, die seine Arme bedeckten, bestens bewundern.

»Die Zeiten sind vorbei.« Heini nickte zu den Schnapsgläsern hin.

Moritz grinste. »Nicht, wenn du hier bist.«

»Das sagt der Richtige.« Heini grinste. »Ich denke, du bist Bulle.«

»Und das heißt automatisch, dass ich keinen Alkohol trinke?« Moritz knuffte Heini mit der Faust in den Arm. »Wer's glaubt … Nee, mal im Ernst. Siehst du überall so aus?« Er meinte die Tattoos.

»Noch nicht. Aber wer weiß. Ich lebe ja noch lange genug.«

Tatsächlich beschränkten sich Heinis Tattoos auf die Arme bis hin zur Schulter, den Rücken und die Unterschenkel. Er hatte sie seit vielen Jahren sorgsam gesammelt. Gerade weil er selbst Tätowierer war, wusste er, wie bedeutsam die Bilder waren, die man ein Leben lang mit sich herumtrug. Nie hätte er sich aus einer Laune heraus etwas stechen lassen.

Moritz guckte nun genauer hin. Er war neugierig. »Keine nackte Frau dabei«, konstatierte er mit Kennerblick. »Nur Tiere. Und Ornamente.«

Heini rollte den rechten Hemdsärmel höher und zeigte auf den Bizeps. Dort war ein farbenprächtiger, sehr zarter Kolibri zu sehen. »Mein Erstes«, erklärte er Moritz. »Aus Mexiko.«

»Wow«, staunte Moritz ehrfürchtig. »Richtig krass.«

Aus den Augenwinkeln sah Heini, dass er nicht nur Moritz' ungeteilte Aufmerksamkeit hatte. Auch Schneewittchen, die sich am anderen Ende des Raumes mit einer älteren Dame unterhielt, sah zu ihnen herüber. Heini lächelte sie an. Schnell blickte sie weg. Ertappt.

Heini spürte, dass sein Herz einen kleinen Sprung gemacht hatte. Er hoffte, dass er irgendwann an diesem Nachmittag noch die Gelegenheit haben würde, mit ihr zu sprechen.

Aber erst einmal saß Moritz hier und der war neugierig darauf, wie es Heini ergangen war, seit er die Insel verlassen hatte. Und Heini freute sich darüber. Er und Moritz, das war

»ein Pick und ein Ei«, wie seine Mutter immer gesagt hatte. Sie hatten von Kindesbeinen an zusammengeklebt, aber nachdem Heini mit achtzehn die Insel verlassen hatte, war der Kontakt von einem Moment auf den anderen abgerissen. Heini wusste, dass es an ihm gelegen hatte. Er war weggegangen, ohne zurückzublicken, und jetzt tat es ihm leid. Allerdings schien Moritz ihm nicht gram zu sein. Er freute sich genauso, seinen alten Freund wiederzusehen, und es war, als wäre Heini nie weg gewesen.

»Sune hat gesagt, du bist um die ganze Welt gereist«, meinte Moritz nun, ohne den Blick von den Tattoos zu lassen.

Heini rollte den Hemdsärmel wieder hinunter. »So, das hat Sune gesagt?« Er wunderte sich darüber, dass sein Vater über ihn gesprochen hatte. Er hatte ja nicht einmal *mit* ihm gesprochen.

Aber Moritz bekräftigte: »Der war bannig stolz auf dich.«

»Das wüsste ich aber.«

Moritz sah ihn an. »Dein alter Herr war schon okay, weißt du. Ich meine, dafür, dass er diesen Job hatte. Und 'ne Frau verloren.«

»Lass gut sein, Moritz, wir trinken noch einen.« Heini hob die Hand, zeigte auf die beiden Schnapsgläser, woraufhin der Kellner mit der Flasche kam und ihnen nachschenkte.

»Hast du Familie?«, erkundigte sich Heini bei seinem Freund, um das Thema zu wechseln.

Moritz machte einen zerknirschten Gesichtsausdruck. »Nee. Hat sich nicht ergeben.«

Heini lachte. »Na hör mal, ist doch noch nicht zu spät. Du kommst jetzt erst ins beste Alter. Wo ein Wille ist, ist auch ein Weg.« Er hob sein Glas auf Moritz, aber der schien seltsam bedröppelt zu sein. Er guckte in sein Glas und zuckte nur mit den Schultern.

Heini seufzte. »Bei mir läuft auch nichts in der Richtung. Schätze, ich bin nicht so der Familientyp.«

Jetzt sah Moritz ihn an und grinste. »Na denn, auf die Junggesellen!«

In dem Moment bemerkte Heini, dass sein blonder Cousin den Raum zielstrebig durchquerte und auf Schneewittchen zuging. Die beiden schienen sich zu kennen, jedenfalls strahlte sie plötzlich, als Timo auf sie zukam. Das war typisch. Kaum hatte Heini ein Auge auf eine Frau geworfen, kam ihm dieser Geck in die Quere. Aber er würde sich nicht die Butter vom Brot nehmen lassen! Er war fest entschlossen, Schneewittchens Bekanntschaft zu machen. Heute noch. Vielleicht lief ja was. Ein kleiner Flirt. Er war schließlich nicht mehr lange hier. Timo jedenfalls würde er dieses Feld nicht kampflos überlassen!

»Entschuldige«, sagte Heini zu Moritz und stand auf. Er würde jetzt da hinübergehen und sie ansprechen. Timo sollte gefälligst das Weite suchen.

Aber erstens läuft es anders und zweitens als man denkt, denn Timo ließ von Schneewittchen ab und kam stattdessen freudestrahlend mit ausgebreiteten Armen auf Heini zu.

»Mein Lieber!« Und ehe Heini sichs versah, hatte Cousin Timo ihn schon im Klammergriff. Er setzte sich neben Elisabeth, drückte Heini auf einen Stuhl und nahm von beiden eine Hand in die seine.

»War das eine schöne Zeremonie!« Timo seufzte theatralisch.

»Also, wenn ich ehrlich bin«, hob Heini an, »hatte das alles verdammt wenig mit meinem Vater zu tun.«

Timo war leicht entsetzt. »Findest du? Das war doch stimmungsvoll, der Chor, die Rede vom Pastor …«

»Die Rede war okay«, unterbrach Heini ihn. »Aber der

Chor? Papa ist schon damals nicht zu den Konzerten gegangen, obwohl meine Mutter mitgesungen hat. Und erst der Sarg! Weißer Schleiflack, das geht ja mal gar nicht. Papa mochte die einfachen Holzsärge am liebsten.«

Timo guckte jetzt richtig betroffen. »Das wusste ich nicht. Ich hab's gut gemeint.«

»Du?«

Timo zuckte mit den Schultern. »Ich habe die Planung übernommen. Elisabeth war ein bisschen überfordert damit, da bin ich ihr zur Seite gesprungen.« Timo tätschelte nun Elisabeths Hand. Diese guckte dankbar. Dann sah sie Heini an.

»Du warst ja nicht da. Wer hätte das sonst machen sollen? Ich habe es nicht geschafft.« Dann trocknete sie sich mit einem Taschentuch die Augen.

Damit hatte sie Heini natürlich getroffen. Sie hatte ja recht: Er hatte sich um gar nichts gekümmert, seit Jahren nicht. Es stand ihm also nicht zu herumzumeckern.

»Was hättest du denn für eine Musik ausgesucht?« Timo ließ nicht locker.

»Rod Stewart«, kam es wie aus der Pistole geschossen. »*I am sailing*. Hat er immer bei der Arbeit gehört.«

Timo sah Elisabeth an und diese nickte bestätigend.

Timo zuckte mit den Schultern. »Beim nächsten Mal.«

Da konnte sich sogar Heini das Schmunzeln nicht verkneifen.

»Hört mal zu, ihr beiden Hübschen«, sein Cousin senkte jetzt vertraulich die Stimme, »ohne euch vorgreifen zu wollen, aber ich möchte euch gerne ein Angebot machen. Egal, wie ihr euch entscheidet, aber ich würde den Laden jederzeit übernehmen. Das sollt ihr wissen.«

Elisabeth nickte dankbar. »Das ist so lieb von dir. Du guter Junge.«

Ja, ja, der gute Junge. Immer dieselbe Leier. Heini winkte ab. »Danke, Timo, aber dazu wird es nicht kommen. Wir müssen erst einmal sehen, was der Notar sagt. Und dann … ich glaube nicht, dass wir das Bestattungsunternehmen weiterführen.« Vom Verkauf des Hauses wollte er nicht reden, schließlich war die Erbschaft noch nicht geklärt und das war eine Sache nur zwischen ihm und Elisabeth. Die sah ihn jetzt auch ziemlich kritisch an. Wenn er Pech hatte, bestand sie darauf, dass der Laden weiterlief.

»Aber das will ich doch auch nicht!«, sagte Timo jetzt. »Ich bin doch kein Bestatter!« Er lachte und strich sich mit großer Geste die blonden Haare aus der Stirn.

Heini verstand nicht. »Was denn dann?«

»Na, ich würde eine Filiale eröffnen. Süderum fehlt mir noch in meinem Portfolio.«

Heini sah verständnislos zwischen Timo und Elisabeth hin und her. Timo seufzte und klärte ihn auf: »Schütz' Brautmoden. Das bin ich. Zwölf Filialen in ganz Schleswig-Holstein.«

Heini blieb die Spucke weg. Timo war ein erfolgreicher Geschäftsmann! Das war ja wieder mal so klar wie Kloßbrühe. Während er es mit Ach und Krach geschafft hatte, auf Sankt Pauli ein winziges Tattoo-Studio zu eröffnen, das ihm nun unterm Hintern abgefackelt worden war, hatte ihn sein doofer Cousin mal wieder links überholt und führte ein Brautmoden-Imperium. Heini fühlte sich wie eine Laus. Winzig und überflüssig. Deshalb fiel seine Antwort an den ungeliebten Verwandten auch schroffer aus, als er wollte.

»Danke, Timo. Du kannst deine Kröten behalten. Wir kommen auch so zurecht.« Ohne eine Antwort abzuwarten, stand Heini auf. Er brauchte jetzt etwas Tröstliches. Schönes. Einen Erfolg. Streicheleinheiten für die Seele. Zielstrebig nahm er Schneewittchen ins Visier.

Als Heini den Raum durchquerte, war ihm, als bewegten sich alle anderen nur noch in Zeitlupe. Er nahm die Töne, die an sein Ohr drangen, gar nicht mehr richtig wahr, er hörte lediglich sein Blut rauschen. Und sein Herz klopfen. Schneewittchen hatte bemerkt, dass er auf sie zukam, und blickte ihn an. Eine zarte Röte erschien auf ihren weißen Wangen und das machte sie noch unwiderstehlicher. Heini hatte sie fast erreicht, da trat Moritz in sein Blickfeld.

»Sorry, Kumpel, aber du musst dein Auto wegfahren. Du stehst im Halteverbot. Schon wieder.«

Das war der Gipfel! »Ich denke, du bist nicht im Dienst?« Heini war sauer und warf Schneewittchen über Moritz' Schulter einen enttäuschten Blick zu. Sie lächelte zart und hob kurz die Schultern. Dann drehte sie sich von Heini weg und wandte sich wieder ihrem Gesprächspartner zu. Einem älteren Mann mit roter Gesichtsfarbe und wässrigen Augen, der wohl schon zu tief ins Glas geguckt hatte.

»Nicht jetzt, Moritz, echt. Das nervt.«

Moritz guckte streng. Polizistenblick. »Alter, ich sag's nur einmal.«

Heini seufzte. Er hatte tatsächlich ganz blöd in einer Einfahrt geparkt, damit Elisabeth möglichst nahe am Lokal aussteigen konnte. Es blieb ihm also nichts anderes übrig, als Moritz Folge zu leisten.

Als er fünf Minuten später ins Lokal zurückkam, lief Musik. Ein paar Tische waren an die Seite gerückt worden und auf der improvisierten Tanzfläche wurde getanzt. Auf dem halb leer gegessenen Büfett stand ein gerahmtes Bild von Sune, der lächelte und die Tanzenden zu beobachten schien.

Heini dachte an seinen Vater und fragte sich, ob er mit diesem Leichenschmaus wohl glücklich wäre. Er beantwortete die Frage für sich mit Ja. Und erinnerte sich daran, dass sein

Vater immer ziemlich spät und obendrein ziemlich angeheitert von den Feiern zurückgekommen war. »Gestorben wird immer«, hatte er dann gesagt, »aber das Leben geht weiter!«

»Tanzt du?«

Überrascht drehte Heini sich um. Und sah in leuchtend grüne Augen, die wie Saphire funkelten. Als wäre sie einen Schritt zu weit gegangen, schlug Schneewittchen die Augen nieder. Ohne zu antworten, nickte Heini und legte seine Rechte leicht um die schmale Taille der jungen Frau. Er zog sie sanft zwischen die Tanzenden. Es lief irgendeine Freddy-Quinn-Schmonzette, aber das war ganz egal. Er hielt die wunderschönste Frau, der er jemals nahe gekommen war, im Arm und schob sie sanft über die improvisierte Tanzfläche. Sie war leicht wie eine Feder und bewegte sich, als schwebten ihre Füße über dem Boden. Heini konnte sie nur anstarren. Er war wahrlich kein begnadeter Tänzer, bei einem einfachen Walzer wäre er schon überfordert, aber diesen langsamen Foxtrott kriegte sogar er noch hin. Ihre Bewegungen waren absolut synchron und er spürte die Wärme, die von ihrem schmalen Körper ausging. Sie roch zart nach Maiglöckchen und ein bisschen nach Thymian, stellte er fest und sog den Duft ihres Parfums ganz vorsichtig ein.

»Und jetzt alle!«, tönte Timos Stimme plötzlich durch den Saal. »Ein Tänzchen für unseren Sune!«

Heini verdrehte genervt die Augen. Sein Cousin war ein echter Stimmungskiller. Stühlerücken und Fußgescharre folgten, dann war die winzige Tanzfläche plötzlich voll. Er wollte etwas zu Schneewittchen sagen, sie nach ihrem Namen fragen, schließlich hatten sie noch kaum ein Wort gewechselt. Aber bevor es dazu kam, wechselte die Musik. *»I am sailing«*, tönte es durch das Lokal und Heini warf einen erstaunten Blick dahin, woher die Musik kam. Der DJ war Timo, der Heini ansah, auf sein Smartphone zeigte, an welches eine kleine Box angeschlossen war, und Heini verschwörerisch zuzwinkerte. Instinktiv zwinkerte Heini zurück. Aber dann gab er sich der Musik hin, schloss die Augen und legte seinen Kopf sehr vorsichtig auf Schneewittchens Scheitel. Und spürte zu seiner großen Freude, dass sie noch ein Stückchen näher an ihn heranrückte und ihre Wange an seine Brust schmiegte. Sehr leicht, sehr sanft, wie ein kleiner Vogel.

Heini war im siebten Himmel. Er wurde von seinen Gefühlen hinweggetragen und ihm war für einen kurzen Moment, als wäre er in seinem Leben noch nie so glücklich gewesen.

6

Das Zimmer des Notars roch muffig. Heini hatte sich ein Notariat immer etwas seriöser, abgehobener, irgendwie offizieller vorgestellt und war sehr erstaunt, dass das Büro des Notars, der ihnen Sunes Testament eröffnete, wie eine bessere Rumpelkammer aussah. Überall standen meterhohe Aktentürme. Nur schmale Pfade führten durch die eng stehenden Papierstapel hindurch. Es sah aus wie in einer Messie-Wohnung, immerhin ohne Müll. Es roch trotzdem nicht viel anders, hier war seit Urzeiten schon nicht mehr gelüftet worden, Heini wurde fast schwindelig, so stickig war es.

Elisabeth kam mit dem Rollator gar nicht durch, und so stützte Heini seine Stiefmutter und lavierte sie sehr vorsichtig zu den zwei einander gegenüberstehenden Holzschreibtischen. An einem nahm der Notar Platz – ein älterer Herr mit Strickweste und goldrandiger Nickelbrille –, an dem anderen standen zwei Stühle für sie bereit.

Der Notar hielt sich nicht lange mit Grußformeln auf. Er ratterte seinen Spruch herunter, zitierte Paragraphen und wies auf dieses und jenes hin, bis er schließlich ein Dokument aus seiner Mappe nahm und mit schnarrender Stimme vorlas.

Es war das, was Heini erwartet hatte. Das gesamte Vermögen, bewegliches und unbewegliches, wie es so schön hieß, also das Vermögen und die Immobilie, fielen zu gleichen Teilen an Elisabeth und Heini. Weitere Erben gab es nicht und auch keine überraschenden Entdeckungen. Heini fiel ein Stein vom Herzen. Er war sich gewiss, dass er sich mit Elisabeth auf einen guten Kompromiss einigen könnte, der sie beide zufrieden machen würde. Als der Notar sie also fragte, ob sie das Erbe annehmen wollten, antwortete er ohne Umschweife mit »Ja«.

Nicht so Elisabeth. Sie starrte den Notar an, ihr Gesicht zeigte keine Regung.

Heini legte vorsichtig eine Hand auf ihren Arm. Der Notar blickte sie durch die Gläser seiner Nickelbrille streng an.

»Frau Späth?!«

Jetzt erwachte sie aus ihrer Erstarrung und kramte ein Taschentuch hervor, mit dem sie sich die Nase putzte. Sie hatte sich noch immer nicht zur Frage geäußert.

Der Notar schien Derartiges gewohnt, vermutlich hatte er bei Testamentseröffnungen schon oft seltsame Reaktionen erlebt, dachte Heini. Er hingegen war etwas befremdet. Die Nachricht, dass sie beide zu gleichen Teilen geerbt hatten, schien Elisabeth nachhaltig zu schockieren. Heini interpretierte das auf seine Weise: Vermutlich hatte sie gehofft, Sune würde seinen Sohn nur mit dem Pflichtteil bedenken. Und jetzt war die Rechnung nicht aufgegangen. Darüber hätte sich der Heini von vor zwölf Jahren gefreut, aber der heutige Heini hatte einfach nur Mitleid mit Elisabeth. Vielleicht, so dachte er, hätte sie auch das größere Stück vom Kuchen verdient. Er hatte sich schließlich einfach vom Acker gemacht, während Elisabeth viele Jahre an der Seite des wortkargen Sune ausgehalten und mit ihm das Beerdigungsinstitut weitergeführt hatte.

Er tippte ihr vorsichtig auf den Handrücken. »Elisabeth? Willst du dich äußern?«, fragte er behutsam.

Sie wandte den Kopf zu ihm und starrte ihn seltsam an. Sie schien zu überlegen.

»Heinrich«, sagte sie ernst. »Du hast mich nie gefragt, wie groß das Vermögen ist.«

Heini zuckte mit den Schultern. Der Notar sah ihn jetzt aufmerksam an. »Ja, weiß nicht. Keine Ahnung. Ich wollte nicht … Ich dachte, wir bringen erst mal die Beerdigung hinter uns. Es war irgendwie kein guter Zeitpunkt.«

Elisabeth wechselte einen Blick mit dem Notar. »Es ist so: Es gibt kein bewegliches Vermögen.«

»Wie?« Heini war völlig verblüfft. Er hatte in der Tat nicht darüber nachgedacht, wie hoch das Vermögen, das er erben würde, sein könnte. Weil er davon ausging, dass es auf alle Fälle sehr viel mehr sein würde, als er in den letzten Jahren gehabt hatte. Schon 10 000 Euro waren für Heini beinahe unvorstellbar viel Geld. Und er dachte, dass sein Vater, wenn schon nicht reich, so doch vermögend war. Das Institut war immer schon gut gelaufen, wie konnte es auch anders sein, es hatte immerhin eine Monopolstellung. Vater und Großvater von Sune waren angesehene Bürger der Oberschicht gewesen. Heini hatte mit mindestens 50 000 Euro Erbe gerechnet – nach oben offen. Auf einmal kam er sich ziemlich dumm vor.

»Du meinst, es ist kein Geld da?« Er konnte es nicht fassen.

Elisabeth schüttelte den Kopf. »Kein Geld. Keine Aktien. Kein Gold. Ein bisschen was in der Portokasse, damit das Geschäft läuft.«

Eine kalte Hand fasste nach Heinis Kehle. »Und das Haus?«, krächzte er. »Ist das beliehen?«

Zu seiner großen Erleichterung schüttelte seine Stiefmutter den Kopf. »Nein. Alles, was wir haben, ist das Haus.«

»Ja, okay, also … Ich habe das Erbe ja schon angenommen,

ich bleibe dabei.« Heini war flau im Magen. Wieso hatte Sune kein Geld? Wo war das alles hin?

Elisabeth wandte sich nun an den Notar. »Ich nehme das Erbe auch an.«

Der Notar schob ihnen Dokumente über den Tisch, sie mussten mehrfach unterzeichnen, erhielten schließlich diverse beglaubigte Dokumente und standen eine halbe Stunde später wieder auf der Straße.

Heini atmete erst einmal tief ein. »Puh, war da eine Luft!«, sagte er. Bloß um das Eis zu brechen. Elisabeth aber blieb seltsam abwesend.

»Wollen wir was essen gehen?«, fragte er sie. Es schadete schließlich nicht, es sich ein bisschen angenehm zu machen, wenn man über Geld sprechen musste. Gerade wenn es das Geld nicht gab.

Elisabeth schüttelte den Kopf. »Fahr mich nach Hause. Ich muss mich erst einmal sortieren. Und dann …«, jetzt war es an ihr, tief Luft zu holen, »… kannst du einen Blick in die Bücher werfen.«

Er nickte. Elisabeth hatte die Buchführung gemacht. Geschäftlich und privat. Wenn kein Geld mehr da war, hatte sie es zu verantworten. Verständlich, dass es ihr nicht leichtfiel, darüber zu sprechen. Aber irgendwo tief drinnen hätte Heini sie jetzt am liebsten gepackt und geschüttelt, sie angebrüllt, nur dafür fehlte ihm die Kraft.

Wenig später kamen beide in dem großen Kapitänshaus an, das nun ihres war. Elisabeth begab sich gleich in ihr Schlafzimmer, sie hatte Migräne und wollte sich hinlegen. Wäre sie nicht ohnehin schon so gebrechlich gewesen, Heini hätte sofortige Aufklärung verlangt, aber so blieb ihm nur, den Aufschub zu akzeptieren.

Er ging in die Küche, setzte Wasser für einen starken Kaffee auf und schlug sich zwei Spiegeleier für einen strammen Max in die Pfanne.

Dann setzte er sich an den Küchentisch, aß und dachte nach. Er hatte gestern, noch während des Leichenschmauses, einen Anruf von der Hamburger Polizei bekommen, die ihn darüber aufgeklärt hatte, dass sein Laden ausgebrannt war. Man hatte nach ihm gesucht und wollte, dass er auf dem Revier eine Aussage machte. Heini gab sich vollkommen arglos und überrascht – er gab an, dass er auf Süderum war, bei der Beerdigung seines Vaters. Er datierte seine Abreise ein paar Stunden vor und versicherte, dass er absolut keine Ahnung habe, wie es zu dem Brand in seinem Laden gekommen sei. Der Polizist versicherte ihm daraufhin, dass die Brandursache geklärt werden müsse und man auf seinen Besuch auf der Wache vorerst verzichte – vorausgesetzt, sein Alibi sei hieb- und stichfest.

Nach dem Anruf hatte Heinis Herz bis zum Hals geschlagen. Das Letzte, was er wollte, war, ins Schanzenviertel zurückzukehren. Jedenfalls nicht so schnell. Er hatte daraufhin seinen Vermieter angerufen, um auch dem gegenüber den Ahnungslosen zu markieren, aber es stellte sich heraus, dass der über den Brand gar nicht so unglücklich war. Den Schaden werde ohnehin die Versicherung zahlen und so sei er endlich in der Lage, die marode Bude zu sanieren. Und zum doppelten Preis wieder zu vermieten, fügte Heini insgeheim hinzu. Der Typ war also froh, dass er ihn und sein kleines Tattoo-Studio los war, das verschaffte ihm etwas Luft. Von der Seite hatte er keinen Stress zu befürchten.

Heini wischte das Eigelb mit dem letzten Rest des Brotes vom Teller. In Hamburg war er jetzt heimatlos. Das Einzige, was er noch hatte, war dieses große alte Haus. Es war sein Zuhause und seine Heimat. Auch wenn es ihm nicht allein gehörte. War es richtig, es zu verkaufen?

Er sah sich um. Die Küche war schrecklich altmodisch. Sune hatte seiner Frau stets angeboten, etwas Modernes anzuschaffen, eine Mikrowelle, Einbauschränke und eine Dunstabzugshaube. Aber seine Mutter, die doch einen Großteil ihres Lebens mit Backen und Kochen in der Küche verbrachte, wollte nicht. Und so war die Küche ein gemütliches Sammelsurium aus den vergangenen Jahrzehnten. Delfter Kacheln, klassisch weiß mit blauen Motiven, zierten die Wände vom Boden bis in Augenhöhe. Oberschränke aus den fünfziger Jahren mit pastellfarbenen Oberflächen hingen neben einem dunklen Küchenbüfett aus der Gründerzeit. Auf dem Fußboden abgetretenes Linoleum. Das doppelte Spülbecken aus weißer Keramik stammte aus der Zeit seiner Großmutter, lediglich der Herd und eine Spülmaschine waren jünger als zwanzig Jahre. An den Fenstern hingen in halber Höhe weiße Spitzenvorhänge, die seine Mutter immer zur Seite geschoben hatte, wenn sie Heini aus dem Garten ins Haus rief. Alles war noch so, wie er es vor zwölf Jahren verlassen hatte, dachte Heini gerührt. Es roch sogar noch immer wie damals. Diese charakteristische Mischung aus gebohnertem Linoleum, Spülmittel und Essen. Heini spürte, wie gern er zu Hause war. Er hatte es einfach über all die Jahre hinweg vergessen.

Vielleicht sollte er darüber nachdenken, statt des Beerdigungsinstitutes einfach ein Tattoo- und Piercing-Studio zu eröffnen? Mitten in Westerup-City, Kundschaft gab es sicher genug. Jedenfalls in der Hochsaison. Vielleicht wollten sich Touristen gerne ein Andenken an ihren Urlaub stechen lassen? Er könnte sich auf maritime Motive spezialisieren. Er müsste schließlich keine Pacht und keine Ladenmiete bezahlen.

Heini ließ sich den Gedanken auf der Zunge zergehen, bis

er ihn verächtlich ausspuckte. War es das, was er wollte? Gefällige Andenken-Tattoos? Auf Nummer sicher gehen? Dann hätte er damals gleich auf Süderum bleiben können. Er war ein freiheitsliebender Mensch, er war ungebunden und konnte machen, was er wollte – und das sollte auf absehbare Zeit auch so bleiben.

Abgesehen davon, dass Elisabeth bestimmt nicht begeistert wäre. Außerdem hieße das für ihn, dass er mit ihr in dem Haus bleiben müsste. Wenn sie aber vorhatte auszuziehen, müsste er sie auszahlen, und dazu fehlten ihm die Mittel. Nein, die einzige Möglichkeit war, sich von dem Haus zu verabschieden. Dann wären sie beide flüssig, er und Elisabeth. Eineinhalb bis zwei Millionen würde die Immobilie in Süderums bester Lage bestimmt bringen. Dann hätte er ausgesorgt.

Die Zukunft lag vor ihm, auf zu neuen Ufern!

Das brachte Heini in Gedanken zu Schneewittchen. Der gestrige Abend war nicht ganz so verlaufen, wie er es sich gewünscht hatte, aber was nicht war, konnte ja noch werden.

Nachdem der Song und ihr Tanz zu Ende gewesen waren, hatte Heini dringend mal austreten müssen, und als er zurückkam, war Schneewittchen verschwunden.

»Das war Sheila!«, gab Moritz ihm zur Antwort, nachdem Heini ihn gefragt hatte. »Von Flowerpower.«

Heini sah ihn fragend an, woraufhin Moritz etwas erschöpfender Antwort gab. »Sheila Jürgens. Die müsstest du eigentlich von früher kennen. Na ja, obwohl, ist ein paar Jährchen jünger als wir. Vielleicht ist sie auch erst gekommen, als du schon weg warst. Die hat den Blumenladen in der Schinkelstraße. Eben Flowerpower.«

Der Name sagte Heini nichts und er war sicher, dass ihm Sheila schon damals aufgefallen wäre, egal, wie alt sie war, als er wegging. Da er Moritz nicht unter die Nase reiben wollte, dass er sich Knall auf Fall in die schöne Floristin verliebt hatte, fragte er nicht weiter. Er hatte ihren Namen und wusste, wo sie arbeitete, also hielt ihn nichts davon ab, sie aufzusuchen. Er hatte sich mit der knappen Auskunft zufriedengegeben.

Heini sah auf die Uhr. Es war kurz vor drei. Aus dem Tag konnte noch was werden, dachte Heini. Irgendwie musste er das Ruder rumreißen.

Er ging rasch nach oben, die Tiere füttern. Nathalie saß sehr unglücklich in ihrer kleinen Plastikbox. Er würde ihr eine bessere Unterkunft besorgen, dachte Heini. Sie musste sich dringend einen Unterschlupf bauen. Zum Trost gab er ihr eine Heuschrecke zu fressen.

Gecko Gordon hatte er bereits am Morgen freigelassen. Bei geschlossener Tür und Fenstern durfte der nach Herzenslust im Zimmer herumklettern. Im Moment saß er starr auf dem Käfig der Papageien, seinem Lieblingsplatz, was diese zur Weißglut brachte. Sie beschimpften den Gecko aufs übelste und versuchten, ihn mit ihren krummen Schnäbeln zu zwicken, aber Gordon blieb ungerührt auf dem Käfig sitzen. »Motherfucker« gehörte vermutlich nicht in sein Vokabular.

Sanft nahm Heini Gordon vom Käfig und brachte die beiden fluchenden Aras nach unten. Es war zu langweilig für sie im Zimmer. Sie waren es gewohnt, dass immer etwas los war. Jahrelang hatten sie im Tattoo-Studio gehaust, wo ständiges Kommen und Gehen herrschte. Dazu hatte Heini laut seine Death-Metal-Musik gehört, die Tätowiermaschine hatte gebrummt und von draußen war der Straßenlärm in den Laden gedrungen. Hier oben, so ganz allein in Heinis altem Kinderzimmer, wurden die umtriebigen Papageien schwermütig.

Heini stellte die beiden ins Wohnzimmerfenster, das zur

Straße hinausging. Nun konnten Pat und Patachon nach Herzenslust über die Passanten herziehen, ohne dass sie jemand hörte und sich ärgern musste. Er schrieb Elisabeth noch einen erklärenden Zettel, dann machte er sich auf den Weg in die benachbarte Schinkelstraße, zu Flowerpower.

Zu seinem Leidwesen war bei Flowerpower alles dunkel. Ein Schild hing im Fenster, das darauf hinwies, dass an diesem Wochentag der Laden grundsätzlich geschlossen blieb. Ausgerechnet.

Heini warf einen Blick ins Innere. Flowerpower war ein kleiner, aber anscheinend ausgesprochen liebevoll gestalteter Blumenladen. Überall standen nicht nur Blumen und Arrangements, sondern auch Zinkwannen, die bepflanzt waren, ausrangierte Teekisten, besondere Dosen, verschnörkelte Stühle, auf denen Holzkisten mit Blumengestecken standen – kurz, jede Menge Accessoires, die zeigten, dass hier jemand mit Herz und Kreativität bei der Sache war. Heini musste grinsen, als er an seinen Laden dachte. Auch er hatte sein Studio liebevoll gestaltet und sich größte Mühe bei der Deko gegeben, allerdings war das Pendel eher in die Gegenrichtung ausgeschlagen. Nicht so lieblich …

Gerade als er sich von dem Schaufenster zurückzog, trat jemand aus der Haustür. Es war Timo. Geistesgegenwärtig versteckte Heini sich in der Einfahrt neben dem Blumenladen. Auf seinen Cousin hatte er so gar keinen Bock. Eigentlich wollte der auch schon abgereist sein, er lebte schließlich in Kiel, wo auch der Hauptsitz seines Brautmoden-Imperiums war. Heini lugte aus seinem Versteck. Hinter seinem blonden Cousin kam noch jemand aus der Haustür – es war Sheila Jürgens, das Schneewittchen! Heini starrte zu den beiden hinüber. Sie redeten ein paar Takte miteinander, schließlich verabschiedeten sie sich mit einer Umarmung. Timo schlenderte dann genau in seine Richtung.

Heini wich zurück und presste sich an die Wand der Durchfahrt, um ja nicht gesehen zu werden. Timo ging beschwingt vorbei, ohne ihn zu bemerken.

Heini blieb noch ein paar Sekunden stehen. Das, was er gesehen hatte, hatte ihm den Tag endgültig verhagelt. Timo und Sheila. War ja klar. Sein Cousin kam ihm überall zuvor. Und dabei hatte Heini geglaubt, dass die schöne Floristin an ihm nicht ganz uninteressiert war. Wie sie sich beim Tanz an ihn geschmiegt hatte ... War wohl alles Einbildung. Er hatte immer schon eine etwas zu rege Phantasie gehabt. Und er musste zugeben: Sie waren ein hübsches Paar. Rein äußerlich jedenfalls. Dieser blonde Schönling und die feenhafte Schwarzhaarige.

Wütend haute Heini gegen die Wand. Er musste sich jetzt irgendwie abreagieren. Das war nicht nur nicht sein Tag, es war auch überhaupt keine gute Idee, auf Süderum zu bleiben. Nichts hielt ihn mehr hier. Er würde sich jetzt auspowern und ablenken, später alles mit Elisabeth klären und gleich morgen früh den Verkauf des Hauses einem Makler übergeben. Und dann: Tschüssikowski, Insel!

Zwei Stunden später hatte Heini seinen Groll fast vergessen. Er war zum Strand hinunterspaziert und hatte sich einer Beachvolleyball-Mannschaft angeschlossen. Es fanden sich immer ein paar Leute zusammen, die gegen- und miteinander spielten. Stets gab es irgendwo die Möglichkeit mitzumachen. Eine freundliche Frage genügte und schon wurde man herzlich aufgefordert, sich einfach aufs Spielfeld zu stellen. Heini geriet an eine gemischte Gruppe junger Männer und Frauen, die sich nur zum Teil untereinander kannten. Vermutlich waren es alles Touristen, denn welcher Einheimische konnte schon am Nachmittag einfach so am Strand Volleyball spielen. Heini wurde von seinen Mitspielern folgerichtig auch für einen Urlauber gehalten und das war ihm nur recht. Sie lagen damit ja auch gar nicht so falsch.

Nach zwei Stunden war er völlig durchgeschwitzt und hatte erreicht, was er erreichen wollte: Die Anspannung war weg. Jetzt war er bereit für ein Gespräch mit Elisabeth. Und die Sache mit Schneewittchen: Sein Herz blutete, aber andererseits war es besser so. Er würde Süderum schließlich verlassen und hatte auch nicht vor, jemals wieder zurückzukehren. Unter diesen Bedingungen war es besser, er vergaß sie.

Als er nach Hause kam, bot sich ihm ein eigenartiges Bild. Elisabeth saß eingesunken auf dem Treppenlift. Allerdings weder am Fuß der Treppe noch oben, sondern in der Mitte, genau in der Biegung. Sie hatte das Kinn auf der Brust und es sah aus, als schliefe sie.

Heini rief sie vorsichtig, da hob Elisabeth den Kopf. »Oh, zum Glück! Ich hatte gehofft, dass du bald kommen würdest.«

Heini ging zu ihr auf die Treppe und zeigte auf den Stuhl. »Warum sitzt du hier? Warum bist du nicht runtergefahren?«

Elisabeth seufzte. »Weil der Lift hängt. Das passiert ab und zu. Der Zahnkranz ist an der Stelle nicht ganz in Ordnung.«

»Und dann sitzt du hier und niemand kommt? Was machst du denn, wenn du alleine bist?«

»Sune war ja immer da«, Elisabeth sah mit geröteten Augen zu ihm hoch. Sie hatte geweint, kein Zweifel. »Seit er tot ist, haben mir die Freddys geholfen. Aber weil das Geschäft geschlossen ist, sind sie auch nicht da.« Sie zuckte mit den Schultern und wirkte wie ein Häufchen Elend.

»Ich kümmere mich nachher darum.« Heini hob sie vom

Stuhl und trug sie ins Wohnzimmer. Dort setzte er sie aufs Sofa, neben Pat und Patachon, die ihn mit einem liebevollen »Idiot« begrüßten.

»Ich habe eine schöne Flasche Bordeaux bereitgestellt«, sagte Elisabeth und lächelte vorsichtig. Es war das erste Mal, dass Heini sie lächeln sah. »Die kannst du nachher aufmachen und dann erzähle ich dir alles«, sagte sie.

Eine Stunde später saßen sie im Wohnzimmer beisammen. Elisabeth hatte noch etwas zu knabbern und italienische Antipasti bereitgestellt sowie ihnen beiden von dem edlen Rotwein eingeschenkt. Nun drehte sie das Glas in ihren Händen und wusste nicht, wo sie anfangen sollte.

Heini half ihr auf die Sprünge. »Du wusstest also, dass kein Geld mehr da ist«, begann er.

»Natürlich. Ich mache seit fünfzehn Jahren die Buchhaltung.«

»Anscheinend nicht mit Erfolg«, konnte sich Heini nicht verkneifen.

Elisabeth sah ihn an. »Du hast keine Ahnung.«

»Nein. Aber ich wüsste gerne, was los ist. Deshalb sitzen wir ja hier.« Heini wollte freundlicher sein, aber es gelang ihm nicht. Er war wütend auf Elisabeth. War sie schuld, dass ein erfolgreiches Unternehmen gegen die Wand gefahren war?

»Das Institut hat immer profitabel gearbeitet, Heini, ich möchte, dass du das weißt.«

»Was ist passiert?«

»Dein Vater hat gespielt. Das ist passiert. Und zwar schon immer. Aber mit den Jahren ist es schlimmer geworden. Ich dachte, ich könnte das Übelste verhindern. Aber ich habe es nicht geschafft.« Seine Stiefmutter sah ihm direkt in die Augen, als sie das sagte. Sie war dabei ganz ruhig. Und ernst. Heini war baff.

»Skat? Ich weiß, dass Papa seine Kartenrunde hatte, aber …«

Elisabeth schüttelte den Kopf. »Es hat mit Glücksspiel angefangen. Ganz harmlos, Lotto und solche Sachen. Er dachte immer, er hätte ein System. Dann hat er mit Automaten geliebäugelt, einarmigen Banditen. Da hat deine Mutter noch gelebt, Heini.«

Heini fiel aus allen Wolken. »Sie hat das gewusst?«

»Ich musste mit ihr reden. Sune hat damals schon Gelder aus dem Geschäft abgezweigt. Allerdings nie große Summen. Und als deine Mutter krank wurde, hat er eine Zeitlang ganz aufgehört. Ich dachte, er hätte es im Griff.«

»Aber …?« Heini war fassungslos. Er glaubte Elisabeth. Spielsucht passte zu seinem Vater, dennoch …

»Als deine Mutter gestorben war, gab es kein Halten mehr«, gestand Elisabeth. »Er ging ins Casino, Roulette, später Poker. Irgendwann hatte er dort Hausverbot, dann hat er im Internet gezockt. Ich habe alles Mögliche versucht, Geld auf andere Konten umgeleitet, aber er war der Inhaber des Instituts, ich konnte ihm den Zugriff auf sein Geld nicht verwehren.«

Heini schwieg. Das Ganze war so irreal, gleichzeitig hatte er nicht die Kraft, das, was Elisabeth ihm offenbarte, anzuzweifeln. Ihm war klar, dass es die einzig mögliche Erklärung dafür war, dass das Geld verschwunden war. Aber eine Frage drängte sich ihm doch auf. Er musste sie stellen.

»Und du hast weitergemacht, obwohl du das wusstest? Du bist bei ihm geblieben?«

Jetzt traten Elisabeth die Tränen in die Augen. Sie vermied es, Heini direkt anzusehen. »Ich habe Sune geliebt, Heini. Er war ein guter Mann.« Ihre Stimme zitterte. »Deshalb bin ich bei ihm geblieben. Ich dachte immer, ich könnte ihm dabei helfen aufzuhören. Das ist eine Sucht, wie bei Alkohol. Ich habe denselben Fehler gemacht wie die meisten Angehörigen. Ich habe geglaubt, dass meine Liebe ihn davon abhalten könnte. Aber er konnte nicht aus seiner Haut.«

Die Tränen liefen nun in Strömen und Heini reichte Elisabeth eine Serviette. Er war so bestürzt, dass er nicht wusste, was er sagen, wie er sie trösten sollte. Diese ganze Geschichte warf ein völlig neues Licht auf seinen Vater. Aber auch auf seine Stiefmutter. Die schniefte jetzt, dann sprach sie weiter.

»Letzten Endes glaube ich, dass ihn der Beruf gebrochen hat. Er hat nie darüber geredet, er wollte nicht. Aber das macht doch was mit einem, wenn man täglich mit dem Tod zu tun hat!«

Diesen Gedanken hatte Heini schon oft gehabt. Einerseits konnte er sich nicht vorstellen, wie das war, wenn man immer mit Tod und Leiden zu tun hatte, wenn die Angehörigen weinend zu einem kamen und Trost brauchten. Wenn man kleine Kinder bestatten musste, Unfallopfer, Menschen, die geliebt wurden.

Andererseits war sein Zuhause immer heiter gewesen. Es war keineswegs so, dass im Hause Hinrichsen stets gedämpfte Stimmung geherrscht hatte. Sein Vater war zwar wortkarg und nicht gerade emotional gewesen, aber er hatte sich stets Humor bewahrt. Wie oft hatte Heini das glockenhelle Lachen seiner Mutter durchs ganze Haus gehört, weil Sune wieder einen seiner trockenen Scherze gemacht hatte. Nein, Heini hatte ganz und gar nicht das Gefühl gehabt, in einem Trauerhaus groß geworden zu sein.

»Was meinst du, warum hat er weitergemacht? Er war über siebzig, er hätte sich zur Ruhe setzen können. War es wegen des Geldes?«

Elisabeth schüttelte den Kopf. »Nicht nur. Er war natürlich auch verantwortungsbewusst. Er wusste genau: Wenn er es nicht macht, dann gibt es für die Süderumer nur noch Internet-Bestattungen.«

Sie schwieg, aber Heini sah ihr an, dass das nur die halbe Wahrheit war.

»Außerdem …«, Elisabeth holte tief Luft, »hat er immer gesagt: Sein Sohn soll einmal ein bestelltes Haus übernehmen.«

Heini schluckte. Er hatte so etwas geahnt. In all den Jahren, die er fort gewesen war und nur selten mit seinem Vater gesprochen hatte, in all diesen Jahren hatte er gespürt, was der sehnlichste Wunsch von Sune gewesen war.

Und deshalb war er nie nach Süderum zurückgekehrt.

7

»Ich kann das nicht.« Heini fühlte sich nicht gut, als er das sagte. »Ich kann das Institut nicht übernehmen.«

Elisabeth nickte und schniefte in ihre Serviette. »Ich weiß.«

»Ich habe keine Ahnung von dem Job«, fuhr Heini fort. »Es hat mich noch nie interessiert, es interessiert mich auch jetzt nicht. Wir müssen den Laden dichtmachen.«

»Und dann?« Jetzt sah seine Stiefmutter ihn an. Heini wurde schlagartig klar, dass Elisabeth sich keine Gedanken über die Zukunft gemacht hatte. Sie sah vollkommen hilflos aus. Vermutlich hatte sie über dem Tod seines Vaters alles andere verdrängt, auch den Gedanken daran, was aus dem Geschäft und ihr werden sollte. Es war Heini sofort klar, dass er nun behutsam vorgehen musste.

»Schau mal, du kannst hier nicht alleine bleiben. Du kommst noch nicht mal ohne Hilfe in den ersten Stock … Vielleicht wäre es besser für dich, wenn du irgendwo wohnst, wo du dich frei bewegen kannst.«

Elisabeth starrte ihn an. »Ich soll ausziehen?«

Das Gespräch nahm eine Wendung, die Heini nicht gefiel. Offensichtlich verstand seine Stiefmutter nicht so ganz, worauf er hinauswollte.

»Äh, na ja. Ich sag nur, es wird vielleicht schwierig, wenn du so ganz alleine hierbleiben willst.«

»Wieso alleine? Wo bist du denn?«

Heini war baff. Offenbar hatte Elisabeth sich wirklich vorgestellt, dass er für immer zurückgekommen war.

»Ich bin doch nur zur Beerdigung gekommen.«

»Mit so viel Gepäck? Und den ganzen Tieren?«

»Den ganzen …« Sie war also in seinem Zimmer gewesen. Seine Stiefmutter schnüffelte in seinen Sachen herum. Heini fühlte Wut in sich aufsteigen. Diese Sache hier lief ganz und gar nicht so, wie er geplant hatte. Er musste wohl deutlicher werden.

»Elisabeth«, sagte er mühsam beherrscht, »ich will das Haus verkaufen. Jetzt, wo kein Geld mehr da ist, geht es auch nicht anders. Wir bekommen ein Heidengeld dafür. Du kannst dir eine kleine behindertengerechte Wohnung kaufen, ich hau ab und du siehst mich nie wieder.«

Elisabeth starrte ihn fassungslos an. Dann richtete sie sich auf und griff sich ihren Rollator. »Niemals«, sagte sie. Ihre Stimme zitterte. »Ich gehe hier nicht raus. Da musst du dir schon was anderes überlegen, wenn du mich loswerden willst.« Sie ging mit wackligen Schritten zur Tür. »Wahrscheinlich wolltest du mir deine Vogelspinne ins Bett legen. Aber nicht mit mir.«

»Elisabeth«, Heini war mit zwei Schritten bei ihr, »sei doch bitte vernünftig. Ich gehe auf jeden Fall, und wenn du das Haus nicht verkaufen willst, musst du mich auszahlen und das Geld hast du nicht.«

Sie ging gar nicht auf ihn ein, sondern steuerte den Treppenlift an. »Und wer begräbt die Toten? Wir haben noch Urnenbestattungen, außerdem liegt Frau Schmiedecke im Kühlfach. Hast du darüber mal nachgedacht?«

»Nein«, Heini war echt sauer. »Darüber habe ich nicht nachgedacht und es geht mich auch nichts an. Das sollen die Freddys machen. Außerdem gibt's doch Bestatter im Internet. Die Leute können sich an die wenden. Aber nicht an mich.«

Elisabeth warf ihm einen seltsam schrägen Blick zu und ruckelte dann langsam auf ihrem Stuhl nach oben.

Heini sah ihr nach. Trotz seiner Wut tat sie ihm leid. Wie demütigend musste es sein, nicht einmal einen schnellen Abgang hinlegen zu können. Stattdessen saß sie auf diesem Stuhl, der sich langsam, Zentimeter für Zentimeter, die Treppe hochschob. Um sie nicht noch mehr zu demütigen, wandte Heini sich ab. Er guckte auf die Uhr. Kurz vor halb neun. Eine gute Zeit, um dem Scheißtag noch eine anständige Wendung zu geben. Er wählte die Nummer von Moritz.

Keine halbe Stunde später saßen sie gemeinsam in der Kneipe. Moritz war sofort bereit gewesen, sich mit Heini zu treffen, und kam bestens gelaunt zum vereinbarten Treffpunkt. Gerade bestellte er zwei Pils. Sie hatten sich in einer gemütlichen Kneipe verabredet, die zwar jede Menge nautisches Ambiente bot, aber von einer »Touristenklitsche« weit entfernt war. Das Bier war bezahlbar, der Barmann war gut gelaunt, die übrigen Gäste schienen allesamt von der Insel zu stammen. Genau die richtige Umgebung, um Heinis Seele zu streicheln.

Sie prosteten sich zu. Nachdem er sich den Schaum von der Lippe geleckt hatte, fragte Moritz: »Und? Wie lange bleibste?«

Heini erzählte ihm daraufhin, womit er sich an dem Tag herumgeschlagen hatte. Ohne es zu wollen, textete er seinen Kumpel zu und war erst fertig, als sein Bierglas leer war.

Moritz sah ihn an und grinste. »Schon klar. Du brauchst heute 'nen Mülleimer.«

Heini beteuerte, dass er sich eigentlich nur ablenken wollte, aber Moritz orderte schon die nächsten zwei Biere. »Kein Problem. Ich habe morgen frei und Zeit ohne Ende. Außerdem –

wer weiß, wann ich dich wiedersehe.« Er grinste und schob Heini das perfekt gezapfte Pils rüber. »Wann haust du ab?«

Heini zuckte mit den Schultern. »So schnell wie möglich. Wenn ich mich mit Elisabeth geeinigt habe.«

»Na dann. Auf dein diplomatisches Geschick!« Moritz hob sein Glas in die Höhe und prostete Heini zu.

Sie prosteten sich noch oft zu. Es wurde nicht nur ein feuchter, sondern auch ein fröhlicher Abend. Moritz war noch immer ein Kumpel für alle Gelegenheiten, dachte Heini – solange er noch denken konnte. Ein Freund, mit dem man durch dick und dünn gehen konnte. Er war ein guter Zuhörer und interessierte sich für sein Gegenüber. Er hatte Heini eine Menge Fragen gestellt, so dass dieser seine ganze Lebensgeschichte vor ihm ausgebreitet hatte. Erst als der Barkeeper »Schicht im Schacht, Jungs« rief, fiel Heini auf, dass Moritz gar nichts von sich erzählt hatte.

»Die Rechnung geht auf mich«, lallte Heini großzügig und rutschte langsam von seinem Barhocker. In der Kneipe herrschte mächtig Seegang, fand er und bemühte sich, gerade stehen zu bleiben.

»Komm, halt dich bei mir fest«, sagte Moritz und kippte ansatzlos nach hinten.

Der Barkeeper schüttelte den Kopf, gab Heini das Wechselgeld und half ihm dann, den betrunkenen Polizisten außer Dienst wieder auf die Beine zu stellen.

Heini hakte Moritz unter und gemeinsam verließen sie die Kneipe. Sie wankten durch die nächtlichen Westeruper Straßen und kicherten wie Kleinkinder.

»Hömma«, sagte Heini mit schwerem Zungenschlag, »du hass gar nix von dir erzählt ...«

Moritz winkte ab, wodurch er fast das Gleichgewicht verlor. »Da gibs nix.« Er kicherte. »Alles schick.«

Ein Laternenmast kam ihnen entgegen. Leider hatte er nicht die Absicht auszuweichen, so dass die beiden Männer ihn in die Mitte nahmen und sich daran festklammerten.

»Glaub ich nich.« Heini wollte den Kopf schütteln, aber die Idee war nicht eine seiner besten. Der Laternenpfahl tanzte vor seinen Augen mit Moritz Pogo.

»Wohl!«, bekräftigte der tanzende Moritz. »Nach'm Abi zur Bullerei. Un da bin ich immer noch.« Er kicherte unmotiviert. »Bin 'n Langweiler, Keule. 'n langweiliger Bulle. So issass.«

Heinis Kopfkarussell drehte sich nun langsamer. Er packte seinen Freund wieder am Arm und so torkelten sie weiter in Richtung Hinrichsens Bestattungen.

»Du warss nie 'n Langweiler, Mo.« Heini bemühte sich um deutliche Artikulation, aber in seinem Mund lag leider eine dicke Wurst aus Wolle, die ihn beim Sprechen behinderte. »Du warst immer 'n Kamikaze.«

Moritz zog ein Gesicht, als würde er gleich anfangen zu heulen. Deshalb hielt Heini es für besser, das Thema zu wechseln. »Weissu noch? Der Keller von meim Alten? Du hass immer am längsten ausgehalten.«

Moritz blieb wie angewurzelt stehen und wollte Heini mit dem Zeigefinger auf die Brust tippen. Da seine Koordination nicht mehr so ganz reibungslos funktionierte, pikste er ihn damit ins Gesicht. »Das reimt sich!«, rief er erfreut. »Meim Alten, ausgehalten!« Dann begann er zu kichern.

Heini fand den Reim auch ganz großartig und kicherte ebenfalls. Das beiderseitige Kichern artete sowohl bei Heini als auch bei Moritz in einen Lachkrampf aus. Sie hielten sich nur mühsam auf den Beinen, und als sie endlich Heinis Haus erreichten, konnten sie kaum noch atmen. Heini fingerte erschöpft den Schlüssel aus den Händen des Engels.

Moritz guckte strafend. »Das geht aber nich!«

Heini ignorierte den Einwand und konzentrierte sich darauf, den Schlüssel in das dafür vorgesehene Loch zu stecken. Es wäre gut, wenn er auch nur annähernd eine Ahnung hätte, wo sich dieses befand, dachte er. Oben? Unten? In der Mitte? Während Moritz angestrengt darüber dozierte, dass die Nachlässigkeit der Mitmenschen die Hälfte aller Einbrüche verschuldete, hatte der Schlüssel endlich sein Ziel gefunden und Heini konnte aufsperren. Da sich beide Männer an die Tür gelehnt hatten, fielen sie mit einem Krachen in den Flur. Moritz fluchte laut und Heini hielt den Finger an die Lippen. »Pscht! Elli…dings, du weissschon.«

Moritz nickte und flüsterte. »Gehn wir in den Keller? Wie früher? Du schperrst mich ein und guggss auf die Uhr …?« Dann kicherte er erneut.

Heini schüttelte entsetzt den Kopf. »Auf gar keinen Fall! Ich geh da nich runter.«

Aber Moritz hatte schon etwas Neues entdeckt. »Geilomatiko!« Damit stolperte er auf den Treppenlift zu. Der Stuhl war im ersten Stock geparkt und Moritz schaffte es trotz seines Zustandes, die Treppe bis dahin unfallfrei zu nehmen.

Heini bemühte sich hinterherzukommen, aber er stolperte bereits auf dem ersten Absatz und haute sich das Schienbein an. Von dem Gerumpel wachten die Papageien auf, jedenfalls hörte Heini ein schlaftrunkenes »Höllenhunde« aus dem Wohnzimmer. Darauf folgte Gemurmel, dann Stille.

Schließlich rappelte Heini sich auf, um seinen Freund von einer blöden Idee abzuhalten, aber Moritz hatte die Fernbedienung bereits entdeckt. Er saß auf dem Stuhl des Treppenlifts und ruckelte in Zeitlupe in den obersten Stock – zu Heinis Kinderzimmer. Moritz konnte sich vor Freude kaum halten. Er wackelte begeistert auf dem Stuhl hin und her. Es grenzte an ein Wunder, dass er unfallfrei oben ankam.

Heini erreichte das Stockwerk nach Luft schnappend erst, als Moritz die Tür zu seinem Zimmerchen bereits geöffnet hatte. Er konnte ihn nicht mehr davon abhalten, das Dachfenster weit aufzureißen und »Alles klar zum Entern!« in die Süderumer Nacht hinauszubrüllen. Heini klappte auf dem Fußboden zusammen und schnappte nach Luft. Ihm war schlecht und obendrein hatte er Seitenstechen. Moritz dagegen schien es hervorragend zu gehen. Er plumpste selig aufs Bett und sagte, mit Blick in den Sternenhimmel: »Scheiße, Kumpel. Weissu noch, wie wir Pirat gespielt haben?«

Heini nickte. Gordon krabbelte zur Begrüßung erst auf seine Hand, dann schlüpfte er ihm unters T-Shirt. Heinis Sixpack war Gordons zweiter Lieblingsplatz – nach dem Käfig der zeternden Papageien. Heinis Atem kam langsam zur Ruhe. Er sah jetzt auch nach oben in den Sternenhimmel. Dabei dachte er an Sheila-Schneewittchen und wie schade es war, dass sie so einen schlechten Männergeschmack hatte.

Das Nächste, was er hörte, war das nervenzerfetzende Geräusch einer Kreissäge, die direkt in seinem Kopf zu explodieren schien. »*The bloody war begins …*«, schrie die Kreissäge mit blecherner Stimme und Heini riss die Augen auf. Er schreckte hoch und haute sich den Kopf so übel an, dass ihm schwarz vor den Augen wurde. Rasch legte er den Kopf wieder ab und schloss die Augen.

»*… evil comes in the dark night*«, brüllte die Kreissäge weiter und Heini war nun wach genug, um zu begreifen, dass es sein Handywecker war, der ihn mit seinem Lieblings-Death-Metal-Song zu wecken pflegte. Halb ohnmächtig tastete er nach seinem Handy, das irgendwie neben seinen Kopf geraten war, schaltete den Wecker aus und blinzelte in das grelle Tageslicht. Eine erste Orientierung ergab, dass er auf dem

Boden seines Kinderzimmers lag. Den Kopf hatte er sich an der Bettkante gestoßen. Von diesem Bett hing ein Fuß herab, ein riesenhafter Sneaker, und Heini wollte im ersten Moment partout nicht einfallen, woher der Schuh kam und wer an ihm dranhing.

Er richtete sich vorsichtig auf. Das allerdings war eine sehr, sehr schlechte Idee. Die Messer, die tief in seinem Schädel steckten, wurden nun ein paarmal umgedreht.

Das Zimmer kippte einmal von oben nach unten, Heini schloss kurz die Augen. Dann öffnete er sie wieder und warf einen Blick auf das Bett. Dort lag ein Mann, der ihm erst auf den zweiten Blick bekannt vorkam. Sein Freund Moritz. Alle viere von sich gestreckt, den Mund halb geöffnet, schnarchte er durchdringend. Er war weder optisch noch olfaktorisch eine Freude.

Heini stöhnte und richtete sich sehr langsam auf. Vom Teppich her starrte Gordon der Gecko ihn missbilligend an, als wollte er sagen: »Junge, muss das sein?!«

Er hatte ja recht, dachte Heini. Sie hatten gestern ganz schön über die Stränge geschlagen. Er beschloss, für sich und Moritz erst einen Kaffee aufzusetzen und dann zehn Minuten kalt zu duschen. Er musste unbedingt auf die Beine kommen, schließlich wollte er nachher einen Makler suchen und sich noch einmal mit Elisabeth unterhalten. Vielleicht war sie heute zugänglicher.

Mit Puddingbeinen stolperte Heini in T-Shirt und Boxershorts die Treppe hinunter, als er unten in der Diele eine Gestalt sah. Einen Mann, der einen Elbsegler in den Händen hielt und nervös drehte. Heini wischte sich über die Augen. Wer war der Typ?

»Hallo?« Seine Stimme schien nicht aus ihm zu kommen. Sie klang, als spräche er durch eine Dose.

Der Mann nickte und räusperte sich. Heini tastete sich auf der Treppe nach unten. Er musste einen unmöglichen Anblick bieten, aber dieser Typ da vor ihm war offenbar unbefugt eingedrungen, also konnte er auch nicht damit rechnen, dass Heini ihm wie aus dem Ei gepellt gegenübertrat.

»Ich hab den Schlüssel genommen«, sagte der Mann nun und zeigte entschuldigend hinter sich auf die Eingangstür. Jetzt erkannte Heini ihn. Es war der ältere Mann mit den wässrigen Augen, mit dem sich Schneewittchen auf dem Leichenschmaus so lange unterhalten hatte.

»Carsten Reimers«, stellte sich dieser nun vor und hielt Heini eine Hand hin.

Heini nahm und schüttelte sie. Die Augen von Carsten Reimers waren immer noch wässrig und rot, aber die seinigen sahen heute vermutlich nicht anders aus.

»Heinrich Hinrichsen«, sagte Heini förmlich und spürte gleichzeitig, wie eine morgendliche Übelkeit in ihm aufstieg, als wäre er schwanger. »Kann ich was für Sie tun? Das Institut ist geschlossen.« Mühsam unterdrückte er den Brechreiz.

Herr Reimers lächelte schüchtern. »Das weiß ich. Aber wir wollten heute über die Beisetzung sprechen.«

Heini schüttelte nur verständnislos den Kopf. Aua.

»Von Annika, meiner Frau«, setzte Reimers nach und dabei füllten sich seine Augen bedenklich mit Tränen.

Da Heini immer noch bestürzt schwieg, erklärte sich sein Gegenüber zaghaft. »Sie ist doch kurz vor Sune …«, er schluckte, »verstorben. Sie ist schon eingeäschert und Elisabeth hat mir versprochen, dass Sie das Weitere dann schon machen. Alles wie mit Sune abgemacht. Die Beisetzung ist ja schon nächste Woche.«

Heini nickte. Wider Willen. Dann schüttelte er den Kopf. Ganz schlechte Idee. Jetzt bloß nicht den Mund aufmachen.

»Ich wollte über die Musik sprechen«, fuhr Reimers fort. »Ich habe schon was ausgesucht …«

Mit zittriger Hand reichte Carsten Reimers Heini eine altmodische Kassette. Heini sah, dass dem alten Mann eine dicke Träne über die Backe rollte. Das war zu viel. Er rannte in die Küche und schaffte es gerade noch bis zum Spülbecken.

8

Eine Viertelstunde und ein ausgiebiges Duschbad später goss Heini dem Witwer frischen Kaffee in die Tasse. Er selbst blieb heute lieber bei Kamillentee. Dann setzte er sich, mittlerweile auch vollständig bekleidet, zu Reimers an den Tisch und entschuldigte sich wortreich. Aber Carsten Reimers, der bis dahin nur leicht verwirrt herumgestanden hatte und sich ganz offensichtlich über die Zustände im Hause Hinrichsen wunderte, lächelte leicht.

»Ich versteh das«, sagte er mit norddeutschem Zungenschlag, »ich war auch mal jung gewesen.« Er sah versonnen in seine Kaffeetasse.

»Trotzdem, Herr Reimers. Sie müssen ja Gott weiß was von mir denken.« Hallo? Wer sprach da? Hatte er, Heini »The Grave«, jemals darauf Wert gelegt, was andere von ihm dachten? Heini wunderte sich selbst über die Töne, die er da anschlug. Auf der anderen Seite war es genau das, was er in diesem Moment spürte. Er schämte sich in Grund und Boden für die Art und Weise, in der er dem armen Mann gegenübergetreten war. Natürlich war es seine Privatsache, ob er sich verkatert in seinem Haus bewegte, und wenn man es genau nahm, war Reimers ja unbefugt eingetreten. Aber Heini fand, dass man einem trauernden Menschen unbedingt respektvoll begegnen und seine Gefühle nicht noch zusätzlich verletzen sollte.

»Was meinst du, wie oft ich deinen Vater schon nach Hause getragen habe«, schmunzelte Reimers nun. »Wir haben ja zusammen Karten gespielt, nich wahr?!«

Jetzt erinnerte sich Heini plötzlich dunkel an den Mann. Die Skatrunde seines Vaters hatte ab und an auch bei ihnen im Haus stattgefunden. Heini hatte manchmal Knabbernachschub in das rauchgeschwängerte Wohnzimmer gebracht und ehrfürchtig gelauscht, wenn die erwachsenen Männer ihre Karten auf den Tisch gedonnert hatten und »Grand« oder »Herz ist Trumpf« gerufen hatten.

Carsten Reimers war der Besitzer des Fischladens um die Ecke, er hatte Heinis Mutter immer ein Gastgeschenk gemacht. »Wunderbarer Kabeljau, ganz frisch.« Damals war Carsten Reimers groß, breitschultrig und schwarzhaarig gewesen. Nun saß ein alter Mann vor ihm, mit gekrümmtem Rücken und schütterem Haar. Was war passiert?

»Ich erinnere mich an Sie«, sagte Heini freundlich. »Sie haben meiner Mutter immer Fisch mitgebracht.«

»Jo«, sagte Reimers und lachte kurz auf. »Kabeljau. Tja, den gibt's jetzt auch nicht mehr«, fügte er bedrückt hinzu. Dann musterte er Heini genauer. »Ich kenn dich schon, da warst du noch 'n ganz Lütter.« Reimers hielt seine großen Hände ungefähr einen halben Meter voneinander entfernt. »Du warst ein guter Junge, Heini.«

Heini schwieg betroffen. Wie sollte er dem Mann, der ihm gegenübersaß, der ihn kannte, seit er auf der Welt war, der mit seinem Vater und seiner geliebten Mutter befreundet gewesen war, wie sollte er dem beibringen, dass er sich wegen der Bestattung seiner Frau an ein Internet-Unternehmen wenden sollte?

Aber Heini kam um eine Antwort herum. Denn in diesem Moment kam ein großer, halbnackter, nicht minder verkaterter Mann in die Küche. Moritz hatte anscheinend schon geduscht, denn er trug lediglich ein Handtuch um seine Hüften und stellte ansonsten seinen sehr gut trainierten Oberkörper zur Schau.

»Moin Moin!«, rief er fröhlich, bevor er den Kühlschrank öffnete, die Milch herausnahm und einige gierige Schlucke aus der Verpackung trank.

Carsten Reimers starrte ihn mit geöffnetem Mund an und Heini wollte im Erdboden versinken. Es war klar, wie das hier aussah. Nicht, dass es ihm peinlich war, für schwul gehalten zu werden. Ihm war erstens nichts peinlich und zweitens hatte er nichts gegen Schwule. Aber dass der trauernde Witwer den Eindruck gewinnen musste, als habe Heini Hinrichsen nichts Besseres vor, als kurz nach der Beerdigung seines Vaters den Dorfpolizisten betrunken in sein Bett zu zerren, das beschämte Heini zutiefst. Auch noch in einem Beerdigungsinstitut! Das kam so pietätlos rüber, als tanzte er Pogo auf dem Grab seiner Eltern. Nackich.

»Na, Carsten, wie geht's dir heute?«, sagte Moritz und gab dem Rentner einen liebevollen Klaps auf die Schulter, bevor er sich an den Tisch setzte – die Milchpackung noch immer in der Hand.

»Muss ja«, stotterte Reimers verdattert und blickte unsicher von Heini zu Moritz und von Moritz zu Heini.

Er benimmt sich, als wäre er hier zu Hause, dachte Heini, als er seinen Kumpel ansah. Das hatte Moritz allerdings schon immer getan. Er hatte sich so ungezwungen im Haus seines Freundes bewegt, dass man ihn für Heinis Bruder halten konnte. Heinis Mutter hatte sich stets darüber amüsiert. »Tu dir nur keinen Zwang an«, hatte sie liebevoll lächelnd zu Moritz gesagt, wenn dieser sich, ohne zu fragen, aus dem Schrank eine Packung Kekse geholt hatte.

Jetzt beugte sich Moritz zu Reimers und tätschelte dessen Unterarm. »Das wird schon wieder.« Und zu Heini gewandt fragte er: »Wann ist denn die Beisetzung?«

Auch Reimers blickte Heini daraufhin an. »Mittwoch nächste Woche«, sagte er. »Ich wollte mit dem Heinrich heute alles besprechen.«

Heini gab sich einen Ruck. »Nein«, sagte er halbwegs resolut. »Das ist ein Missverständnis. Ich weiß nicht, was Elisabeth Ihnen versprochen hat …« Jetzt fing Heini den Blick von Moritz auf. Es war ein Ich-brech-dir-das-Genick-wenn-du-den-armen-Mann-verletzt-Blick. Er kam ins Stottern. Er hatte doch gestern den ganzen Abend seinem Kumpel lang und breit erklärt, warum er auf gar keinen Fall ins Bestattergeschäft einsteigen würde. Und nun fiel Moritz ihm in den Rücken.

»Ich kann das gar nicht, Herr Reimers«, fuhr Heini dennoch fort und bemühte sich, nicht in die feuchten Augen des Witwers zu blicken. »Ich habe von dem Geschäft absolut keine Ahnung, also … das geht nicht.«

Moritz räusperte sich vernehmlich.

»… aber wir finden eine Lösung«, gab Heini nach. »Mir fällt etwas ein. Keine Bange, die Beisetzung Ihrer Frau findet nächste Woche unter allen Umständen statt.« Ich habe zwar keinen Schimmer, wie ich das bewerkstelligen soll, fügte er im Geiste hinzu, aber seine Antwort schien sowohl Moritz als auch Carsten Reimers zu besänftigen.

Der alte Mann holte aus der Jackentasche erneut die Musikkassette, die er vorhin nicht losgeworden war. »Da ist alles drauf«, sagte er und schob sie Heini über den Tisch zu. »Unsere Lieblingslieder. Ach, und Heini: Wir sagen uns du.«

Heini scheute sich, die Kassette zu nehmen. Ihm kam es so vor, als hätte er damit sein Schicksal besiegelt. Aber Reimers blickte ihn so treuherzig an, dass er schließlich seufzte, die Kassette nahm und freundlich nickte.

»Jo«, sagte Reimers und erhob sich. »Dann will ich mal nicht weiter stören.« Er warf Moritz einen vielsagenden Blick zu.

»Oh nein!«, beeilte sich Heini zu widersprechen. »Sie stören kein bisschen. Mein Freund, äh, der Kumpel hier, also Moritz – der wollte sowieso gerade gehen.«

Jetzt kam Elisabeth in die Küche gerollt. Sie warf Heini und Moritz einen missbilligenden Blick zu. »Ihr habt ja einen Heidenlärm gemacht, letzte Nacht«, beschwerte sie sich.

Und Heini war klar, dass sich die Kunde von Sunes tätowiertem Homosohn, der im Beerdigungsinstitut ein Sodom-und-Gomorrha-Leben führte, wie ein Lauffeuer über die Insel verbreiten würde.

Ein Grund mehr, so schnell wie möglich die Biege zu machen.

Zwei Stunden später starrte er in die wimpernlos wirkenden Augen der beiden Freddys. Sie saßen ihm im Bestatterbüro von Sune gegenüber und hatten bisher keinen Ton gesprochen.

Heini hatte nach dem Gespräch mit Reimers seinen Freund Moritz freundlich hinauskomplimentiert und sich Gedanken darüber gemacht, wie er dem Witwer helfen konnte. War im Internet herumgesurft, aber ohne Ergebnis. Alles, was er gefunden hatte, war zu unpersönlich, zu wenig Süderum, wurde der Beziehung des alten Kartenkumpels zu seinem Vater Sune nicht gerecht. Carsten Reimers hatte verdammt noch mal ein Anrecht darauf, dass jemand, der ihm nahestand, seine Frau ordentlich beisetzte. Und so war Heini auf die Assistenten seines Vaters gekommen. Er hatte sie angerufen und in sein Büro gebeten. Besser gesagt: in das Büro seines Vaters, das er bis zu diesem Zeitpunkt noch nicht betreten hatte.

Nun saß er in dem schweren schwarzen Ledersessel an dem großen Schreibtisch, an dem bereits sein Urgroßvater gesessen und Trauernde beraten hatte.

Die beiden Männer ihm gegenüber wirkten automatisch wie zwei Schüler, die wegen einer Dummheit zum Rektor gerufen wurden. Heini fand, dass diese Tisch-Stuhl-Anordnung nicht zeitgemäß war, um mit trauernden Angehörigen zu sprechen. Dann verwarf er den Gedanken rasch wieder, denn er hatte im Moment einen anderen Job.

»Carsten Reimers war heute bei mir«, fing er an, den Faden aufzunehmen.

Die Männer ihm gegenüber nickten respektvoll.

»Es geht um die Beisetzung seiner Frau. Die Urne ist wohl schon bei uns.«

Erneutes Nicken. Heini kam ins Stocken.

»Äh, also, ich weiß nicht so recht, was ich da jetzt machen soll«, packte er den Stier bei den Hörnern. »Ich habe von eurem Business keine Ahnung, Elisabeth ist die Buchhalterin, also … bleibt nur ihr.«

Keine Reaktion. Die Freddys starrten ihn nur an. Heini starrte zurück. Was war daran so schwer zu begreifen?

»Also, ich will sagen, ihr müsst das abwickeln. Ich weiß ja gar nicht, was da so passiert bei einer Urnenbestattung.«

Jetzt guckten die Freddys sich an. Sie zuckten die Schultern, grinsten, guckten wieder zu ihm.

»So schwer ist das nicht«, sagte einer der beiden.

Heini war erleichtert. »Na, das ist doch prima. Dann kann ich mich ja auf euch verlassen. Ihr bringt Frau Reimers unter die Erde«, mit diesen Worten schob er die Musikkassette über den Tisch, »hier ist die Musik. Ich wusste, dass ihr das könnt.«

Aber keiner der beiden machte Anstalten, die Kassette zu nehmen oder sich sonst wie zu rühren.

»Noch Fragen?« Heini war verunsichert. Was ging bloß in den beiden Typen vor?

Jetzt schob der eine die Kassette wieder zu Heini. »So wird das nichts«, sagte er, lehnte sich zurück und verschränkte die Arme vor der Brust. Sein Bruder tat es ihm gleich.

»Wie jetzt?«

»Wir werden nich fürs Reden bezahlt.«

»Also, wenn das so ist: Ich leg noch was drauf.«

Die beiden Brüder starrten ihn einfach an. Nicht feindselig. Aber auch nicht gerade entgegenkommend. Schließlich gab sich der eine einen Ruck. »Wir heben das Grab aus, wir transportieren die Urne …«, sagte er.

»… aber für die Zeremonie war Sune zuständig«, ergänzte der andere. »Für das Reden und das alles. Das machen wir nicht …«

»… das musst du schon selber machen.«

Damit standen sie auf, strichen ihre schwarzen Anzüge glatt, nickten ihm zu und verließen das Büro.

Heini blieb sprachlos sitzen und starrte ihnen hinterher. Elisabeth erschien plötzlich mit ihrem Rollator an der Tür des Büros.

»Das kannst du nicht von ihnen verlangen«, sagte sie. »Die können vieles, sie sind die besten Präparatoren in ganz Schleswig-Holstein. Aber du kannst sie nicht auf die Angehörigen loslassen.«

»Aber sie sind Angestellte! Mein Vater hat sie bezahlt. Die werden doch einmal so eine Zeremonie übernehmen können.«

Elisabeth kam nun ganz ins Büro. »Erstens ist das Reden nicht ihre Stärke. Das siehst du doch. Und zweitens … mit der Bezahlung …«

»Was?«

»Zum Schluss haben sie nur noch auf Minijob-Basis gearbeitet.«

Heini war sprachlos. Das Beerdigungsinstitut hatte nur zwei Mitarbeiter, von Sune und Elisabeth abgesehen, und die wurden noch nicht mal richtig bezahlt? Er war entsetzt.

»Sie bessern ihre Rente auf«, sagte Elisabeth. »Und die dürfte nicht gerade üppig ausfallen.«

»Aber vierhundert Euro«, stammelte Heini, »das ist ja völlig unwürdig.«

Elisabeth gab ihm recht. »Vor allem für die Arbeit, die sie machen. Sie sind immer hier. Und sie gucken nie auf die Uhr. Ich weiß, dass Sune sich geschämt hat. Er wollte ihnen immer einen ordentlichen Bonus zahlen. Aber am Ende des Tages hat er den Bonus meistens verspielt.«

Es war Heini nun sonnenklar, dass er von den Freddys nichts verlangen konnte. Nun schämte er sich, stellvertretend für seinen Vater.

Elisabeth schien es nicht anders zu gehen. »Sie leben für das Institut. Sie würden auch kommen, wenn es gar kein Geld gäbe. Allerdings weiß ich nicht, wie sie dann überleben würden. Ich frage mich sowieso schon, wie die beiden finanziell über die Runden kommen.«

Da es draußen, passend zu seiner düsteren Stimmung, angefangen hatte zu regnen, verbrachte Heini die nächste Stunde mit seinen Tieren auf dem Zimmer. Also mit Gordon und Nathalie, denn Pat und Patachon schienen sich im Wohnzimmer mehr als wohl zu fühlen. Elisabeth hatte großen Spaß an den zwei Radaubrüdern und stopfte sie den ganzen Tag mit kleinen Obsthäppchen voll. Bei ihr schlugen sie plötzlich auch ganz andere Töne an. Heini hatte letztens genau gehört, wie Patachon »Sweetie« durch die Käfigstäbe geflötet hatte. Schon bei Hannelore, der Wirtin aus Hamburg, waren die Störenfriede handzahm gewesen. Offensichtlich hatten sie ein Faible für ältere Damen.

Heini legte sich Gordon auf den Bauch, stopfte sich Kopfhörer in die Ohren und hörte schweren, schleppenden Gothic Dub. Er versuchte, seine Gedanken zu sortieren, wie er mit Carsten Reimers und der Urne seiner Frau, aber auch den anderen Urnen, die auf ihre Beisetzung warteten, umgehen sollte. Vor allem aber mit Frau Schmiedecke im Kühlraum. Die Angehörigen wollten laut Elisabeth eine Erdbestattung, und zwar möglichst schnell. Heini war klar, dass er umgehend einen Bestatter anheuern musste. Übers Arbeitsamt oder einschlägige Jobportale im Internet. Der große Pferdefuß dabei war: Er musste dessen Entlohnung aus der eigenen Tasche bezahlen. Unten im Büro seines Vaters lag ein Stapel unbezahlter Rechnungen, die hatte er kurz mal durchgesehen, bevor er mit den Freddys redete. Alles in allem war die Situation mehr als unbefriedigend.

Nach einer Stunde des Brütens war Heini noch schlechter drauf als zuvor. Sein Blick fiel auf die Musikkassette, die Herr Reimers ihm übergeben hatte. Heini dachte, dass es nicht schaden könnte, wenn er sich anhörte, was drauf war.

Sowohl im Haus als auch im Büro suchte er aber vergebens nach einem Kassettenrekorder – überall nur Abspielgeräte für CDs. Logisch, Kassette war vollkommen aus der Mode, höchstens noch Gummihüllen für Handys in Kassettenoptik. Zum Glück gab es aber noch den Volvo. Heini war konservativ, was seinen alten Kombi anging. Er hatte ihn mit einem original Kassettenradio gekauft und das sollte auch drinbleiben bis zum bitteren Ende.

Heini ging nach draußen, wo der Volvo parkte, und setzte sich hinein. Kaum hatte er die Kassette eingelegt, erfüllte die dunkle traurige Stimme von Lale Andersen den Innenraum des Autos. Es waren Aufnahmen mit ihren Seemannsliedern, »Blaue Nacht am Hafen«, »Ich war nur ein Mädchen vom Hafen« und »Auch Matrosen haben eine Heimat«. Natürlich auch »Lili Marleen«.

Heini stellte den Fahrersitz in eine halbe Liegeposition, schloss träge die Augenlider und gab sich der melancholischen Stimme hin. Im Nu beschlugen von innen die Scheiben und Heini fühlte sich gemütlich geborgen in seinem alten Wagen. Als Lale ein Lied anstimmte, das er noch nie gehört hatte – »Lat mi gahn« –, sah er durch die halbgeöffneten Lider draußen eine Gestalt auf das Auto zukommen. Die Gestalt war schmal und trug langes schwarzes Haar, mehr konnte er durch die beschlagenen Scheiben nicht erkennen. Erst als Sheila Jürgens die Tür der Beifahrerseite öffnete und sich ohne ein Wort auf den Sitz setzte, wusste er, dass sie es gewesen war.

Ihre Haare waren nass vom Regen, sie leckte sich mit der Zunge ein paar Tropfen von der Oberlippe ab, warf Heini einen kurzen Blick aus ihren grünen Augen zu und lauschte dann still dem Song. Sie trug einen quietschgelben Südwester, der klatschnass war. Das Wasser lief an ihr herab und sammelte sich auf dem Sitz und im Fußraum.

Und Lale sang.

Heini wagte kaum zu atmen, geschweige denn sich zu bewegen, er hatte Angst, die unvermutete Erscheinung zu vertreiben. Als das Lied vorüber war, zeigte er auf das Kassettendeck. »Von Carsten Reimers. Die Lieder sollen bei der Beisetzung seiner Frau gespielt werden.«

Nun drehte die schöne Floristin ihr Gesicht zu ihm. Sie war weiß wie Schnee, die Haare schwarz wie Ebenholz und die Lippen rot wie Blut. Sie war wirklich die schönste Frau, der Heini jemals begegnet war.

»Anni liebte Lale Andersen. Sie hat immer gesungen.«

Und sie lispelte. Sheila Jürgens lispelte so stark, dass Heini beinahe in Lachen ausgebrochen wäre. Vor Erleichterung. Sonst hätte er ihre Perfektion vielleicht nicht ertragen. Aber mit diesem Sprachfehler hatte sie einen reizenden Makel.

»Du hast sie gekannt? Frau Reimers?«

Sheila lächelte. Die Regenwolken verzogen sich und die Sonne ging auf.

»Natürlich. Wir kennen uns doch alle.«

»Ich weiß nicht, wie ich das machen soll«, platzte Heini heraus. »Die Bestattung. Ich kann das nicht, ich habe keine Ahnung …«

Sheila legte eine Hand auf seinen Unterarm. Er schwieg augenblicklich.

»Sie mochte Ranunkeln. Und kleine Buschröschen. Dunkelrosa war ihre Lieblingsfarbe.«

Heini nickte nur.

»Wenn du möchtest, mache ich den Blumenschmuck. Musik hast du auch.« Sie grinste nun breit. Zähne wie Perlen an der Schnur. »Das schaffst du schon.«

Heinis Herz pochte so stark, dass es sich aus dem engen Brustraum befreite, eine fröhliche Runde über den Strand drehte, und als es zu ihm zurückkehrte, wusste er, dass er alles schaffen würde, wenn nur diese Frau in seiner Nähe blieb.

9

Zuallererst rief er Carsten Reimers an. Der Witwer war überglücklich. Zumindest so glücklich, wie man sein konnte, wenn man eigentlich tief trauerte. Heini sprach mit ihm noch einmal alles durch, was Sune mit seinem Kartenkumpel bereits festgelegt hatte. Im Grunde war es gar nicht mehr viel, was Heini tun musste. Er hatte lediglich für eine saubere Überführung der Urne und den reibungslosen Ablauf bei der Beisetzung zu sorgen. Mit dem Friedhof war bereits alles ausgemacht, Trauerrede würde es keine geben und für den Blumenschmuck war Sheila zuständig. Carsten Reimers wollte, bis auf die Musik von Lale Andersen, eine kleine und beschauliche Bestattung für seine Frau. Er verzichtete auf den Leichenschmaus im Anschluss, es würde lediglich Kaffee und Kuchen für die wenige Verwandtschaft und die Leute von Hinrichsen Bestattungen geben.

Heini war erleichtert. Er würde das mit der Hilfe seiner Leute schon wuppen. Er saß im Moment an Sunes monströsem Schreibtisch und sah sich um. Hier hatte sein Vater gearbeitet. Jeden Tag. Von neun Uhr an bis zum Abend. Oft am Wochenende, an Feiertagen oder bis spät in die Nacht. Wenn jemand gestorben war, wurde der Bestatter geholt. Nach dem Arzt oder gegebenenfalls der Polizei. Wie oft hatte er seinen Vater alarmmäßig aufspringen sehen, nachdem ein Anruf eingegangen war. Sune war hochgelaufen ins Schlafzimmer und keine zehn Minuten später, »Der Tod duldet keinen Aufschub!«, wieder in Arbeitskleidung heruntergekommen. Dann hatte er sich in den Beerdigungswagen gesetzt, einen Mercedes-Kombi, schwarz und hinten mit Vorhängen, und war losgefahren, um die Freddys abzuholen.

Apropos die Freddys. Heini musste ihnen Bescheid geben, dass er sich durchgerungen hatte, die Bestattungen, die noch ausstanden, durchzuziehen. Die beiden Gehilfen waren dabei unabkömmlich, ohne sie wäre Heini aufgeschmissen. Er würde sie anrufen müssen.

Lange musste Heini in den Unterlagen seines Vaters kramen, um fündig zu werden. Trotzdem fand er keine Telefonnummer. Und das im Handyzeitalter! Lediglich eine Adresse in Westerup förderte er zutage. Leider fand er bei seiner Suche noch andere, deprimierende Dinge. Unbezahlte Rechnungen. Mahnbriefe von Inkassounternehmen. Notizen von Sune, in welchen er festgehalten hatte, wie hoch seine Schulden waren und welche Beträge er in Kürze erwartete, um diese zu tilgen. Es war ganz offensichtlich, dass sein Vater bis zuletzt gehofft hatte, die Misere in den Griff zu bekommen.

Aber nicht nur das drückte Heini aufs Gemüt. Das Büro seines Vaters, der Trauerraum für die Angehörigen, wo sie Abschied nehmen konnten, die Eingangshalle des Instituts – all das atmete den staubigen Geist der Vergangenheit. Alles war so muffig und stehengeblieben. Heini hatte das dringende Bedürfnis, den ganzen alten Krempel, der sich seit drei Generationen Hinrichsens angesammelt hatte, zu packen und zum Fenster hinauszuwerfen. Ihm schien, als verstärkte die gedrückte Atmosphäre im Institut die Traurigkeit der Angehörigen noch mehr. Tröstlich war irgendwie nichts daran.

Heini musste an »The Grave-Tattoo« denken. War auch nicht gerade der freundlichste Laden gewesen. Aber sein eigener. Nach seinem, zugegebenermaßen etwas morbiden Geschmack gestaltet.

Heini fragte sich, wie sich die Kunden, die sich von ihm tätowieren oder piercen ließen, gerne bestatten lassen würden. Bestimmt nicht so konventionell. Man las ja immer wieder mal von verrückten Bestattungsideen, aber das betraf wohl eher den amerikanischen Markt. Wenn Heini sich die Kataloge und Broschüren, die in dem Bestatterbüro herumlagen, so ansah, dann war daran wenig Ausgefallenes. Das mit der Lieblingsmusik, die zur Beerdigung gespielt wurde, hatte sich wohl auch auf deutschen Friedhöfen durchgesetzt, aber die Särge zum Beispiel waren durchweg so, dass Heini sich keinen von ihnen als letzte Ruhestätte vorstellen konnte.

Aber ihm konnte das egal sein. Er hatte einen Job zu tun.

Heini erreichte den Wohnblock zu Fuß, das Auto konnte er stehen lassen. Es handelte sich um eine Siedlung mit Mehrfamilienhäusern, die seit vielen Jahren nicht touristisch genutzt wurden, sondern dem sozialen Wohnungsbau vorbehalten waren.

Dies war die andere Seite der Insel. Die Seite, die die wenigsten Touristen kannten oder kennenlernen wollten. Denn auf Süderum gab es einige Menschen, die nicht vom Tourismus direkt profitierten. Die Dienstleistungsberufe ausübten, im Supermarkt an der Kasse saßen, als Kindergärtner oder Polizist arbeiteten oder gar keine Arbeit hatten. Kurz gesagt: Menschen, die sich die horrenden Wohnungspreise auf ihrer Heimatinsel schlichtweg nicht leisten konnten.

Vor diesen Problemen hatte die Politik bis vor wenigen Jahren noch die Augen verschlossen, aber seit einiger Zeit stand das Programm, Wohnraum für weniger gut Verdienende zu schaffen, im Fokus.

Der Wohnblock, in dem die Freddys wohnten, gehörte aber nicht zu den Prestigeprojekten Süderums. Heini suchte auf dem Klingelbrett den Namen Krüger – das nämlich war der Nachname der beiden Bestattergehilfen –, aber bevor er fündig wurde, kam ein beleibter Mann aus dem Haus geschlurft. Er musterte Heini interessiert und fragte ihn dann freundlich, zu wem er wolle.

»Krüger. Zu den beiden Herren …«

»Vom Beerdigungsinstitut?« Der Mann nickte erst und brachte sein Mehretagenkinn zum Wackeln. Dann ging er dazu über, den Kopf zu schütteln. »Da kommen Sie vergeblich.«

»Ach ja?«

»Die sind zu der Zeit immer bei der Tafel.« Der Dicke zeigte mit der rechten Hand irgendwo ins Ungewisse.

»Bei der Tafel?«, fragte Heini einfallslos nach.

»Evangelisches Gemeindezentrum, gleich um die Ecke.« Der Mann war so freundlich, Heini den Weg zu beschreiben.

Das Gemeindezentrum lag nur zwei Straßen weiter. Als Heini dort ankam, sah er, dass sich etwa vierzig bis fünfzig Leute dort versammelt hatten. Einige hatten sich bereits Lebensmittel abgeholt und saßen nun im Hof und tranken Kaffee. Andere standen noch in der Schlange. Heini erkannte die beiden Freddys, die ein wenig abseits an einem Tisch in der Nähe der Rosenhecke saßen und die Tüte mit den gespendeten Lebensmitteln inspizierten. Zuerst wollte Heini auf sie zugehen, aber dann besann er sich anders. Er wollte die beiden nicht in eine peinliche Lage bringen. Er würde sie später am Nachmittag zu Hause aufsuchen, schließlich hatte die Nachricht, die er ihnen überbrachte, keine Eile. So wie sich Elisabeth geäußert hatte, hatten die beiden nicht viel anderes zu tun.

Er wandte sich bereits zum Gehen, da sah er, dass jemand, der ihm bekannt vorkam, aus dem Gebäude trat und eine Kiste zu den Frauen trug, die die Esswaren ausgaben. Das lange schwarze Haar … Heini guckte genauer hin. Tatsächlich, es war Sheila Jürgens. Sie trug eine Kiste mit Orangen und stellte sie auf den Tisch. Offensichtlich half sie bei der Süderumer Tafel. Das nötigte Heini Respekt ab und im Geiste gab er der schönen Floristin einen weiteren Punkt auf seiner nach oben offenen Bewunderungsskala.

»Ich mache es, Elisabeth. Wir bringen die Bestattungen, die Papa vereinbart hat, hinter uns.«

Seine Stiefmutter strahlte ihn an. Kurz schien sie den Impuls zu haben, ihn zu umarmen, aber dann beschränkte sie sich doch darauf, ihm die Hand zu drücken.

»Ich wusste es!« Sie lächelte. »Ich wusste, dass du uns nicht hängenlässt. Hast du Carsten schon Bescheid gesagt?«

Heini nickte. »Mit ihm ist alles geklärt. Die Nächsten sind die Angehörigen von Frau Schmiedecke. Das muss ich wohl so schnell wie möglich machen.«

Elisabeth nickte. »Und ich glaube, mit dem Mann ist noch nicht viel besprochen. Die Frau kam direkt vor Sunes Ableben hier rein.«

»Okay.« Das machte die Sache nicht einfacher. Heini würde ein Beratungsgespräch führen müssen. Dafür sollte er sich ein wenig vorbereiten. Er beschloss, sich ein paar Unterlagen aus dem Büro zu holen und sich damit an den Strand zu setzen. Wenn er sich schon mit so deprimierenden Sachen beschäftigen musste, wollte er es sich dabei wenigstens so schön wie möglich machen.

»Ach, eins noch«, hielt Heini Elisabeth auf. »Die Freddys müssen bezahlt werden. Anständig.«

Elisabeth nickte. »Schön, dass du das so siehst.«

»Ich hab nicht viel Geld, aber irgendwie muss es gehen. Ich habe die beiden vorhin im Gemeindezentrum gesehen.«

Elisabeth schien sofort zu wissen, was Heini meinte, sie verzog traurig das Gesicht. »Ja, ich weiß. Ich habe natürlich auch noch ein bisschen Erspartes. Mein eigenes Geld, Rente. Da hatte Sune keinen Zugriff. Es war das, was ich in den Jahren davor verdient habe. Davon gebe ich gerne was dazu.«

»Einverstanden«, sagte Heini. »Wir schaffen das schon.«

»Kackspecht«, krakeelten die Papageien aus dem Wohnzimmer. Heini schien es, als wäre dies ein neues Wort in ihrem Vokabular.

Wenig später parkte er seinen Volvo in Dünsand. Die Adresse war eindeutig eine bessere als die der beiden Freddys. Er stand vor einem großen Reetdachhaus neueren Datums. Hier schien nicht nur eine Familie zu wohnen, der Garten war in kleinere Parzellen unterteilt, die zu drei verschiedenen Erdgeschosswohnungen führten. Auf den Terrassen standen jeweils ein Strandkorb, Tisch und Stühle. Die Schmiedeckes vermieteten ganz offensichtlich Ferienwohnungen. Im Garten lag diverses Kinderspielzeug, unter einem Carport standen Mieträder und auf der Wäscheleine trockneten Surfanzüge.

Heini klingelte und sofort öffnete sich die Tür. Ein Mann im mittleren Alter, höchstens vierzig, schätzte Heini, starrte ihn missbilligend an. Er hatte ein kleines Kind auf dem Arm und ein Geschirrtuch über der Schulter.

»Ja bitte?«, fragte er gehetzt.

»Herr Schmiedecke?« Heini kam ein paar Schritte auf dem gekiesten Weg näher.

Der Mann zog skeptisch die Augenbrauen zusammen. Sein Blick wurde noch feindseliger.

»Worum geht's?«

»Heinrich Hinrichsen.« Heini streckte seine Rechte aus und versuchte, so gewinnend wie möglich zu lächeln. »Ich bin der Sohn von Sune Hinrichsen. Bestattungsinstitut.«

Herr Schmiedecke stöhnte. Das Kind auf seinem Arm fing an zu quengeln. »Es passt gerade schlecht.« Der Mann zeigte auf das Kind und dann unbestimmt um sich herum.

Heini nickte. Er sah, dass der Witwer fertig mit den Nerven war. »Kein Problem. Ich kann zu einem anderen Zeitpunkt wiederkommen.«

Der Mann vor ihm schloss kurz die Augen. Das Kind, vielleicht drei Jahre alt, quengelte noch lauter. »Ich weiß nicht …«

Heini ging noch ein paar Schritte näher an die Tür. Er wollte nicht aufdringlich wirken, nicht wie ein Vertreter. Dennoch musste er die Formalitäten mit Schmiedecke klären. Umgehend. Frau Schmiedecke konnte höchstens noch einen Tag in der institutseigenen Leichenhalle aufbewahrt werden, die Sache duldete keinen Aufschub. Neun Tage betrug die Bestattungsfrist in Schleswig-Holstein, Heini hatte sich schlaugemacht. Demnach müsste eine Erdbestattung am nächsten Tag stattfinden – ein Ding der Unmöglichkeit.

»Herr Schmiedecke, ich komme gerne später wieder, wenn es jetzt nicht passt. Aber leider muss ich ein paar Sachen mit Ihnen klären. Durch den Tod meines Vaters haben sich da Probleme ergeben …«

Der Mann ihm gegenüber starrte ihn an, als hätte er kein Wort von dem verstanden, was Heini sagte. Aber dann setzte er das Kleinkind ab und bat Heini herein. Er wies ihm den Weg in die Küche.

In dem Raum erwartete Heini das pure Chaos. Überall lagen Spielzeuge und Kinderklamotten herum. Ein weiteres

Kind, vielleicht zwei Jahre alt, saß im Hochstuhl und matschte mit einem Löffel im Brei herum. In der Spüle stand Abwasch. Herrn Schmiedecke war die Unordnung sichtlich unangenehm. Er bot Heini etwas zu trinken an, aber der winkte dankend ab. Schmiedecke fegte ein Stofftier von einem Stuhl und schob ihn für Heini zurecht.

»Ich habe Urlaub genommen«, sagte er entschuldigend und goss sich einen Tee ein. Die Hände zitterten. »Aber ich schaff das nicht. Ich weiß nicht, wie meine Frau das alles gepackt hat.«

Heini nickte verständnisvoll. »Sie vermieten?«, fragte er.

Herr Schmiedecke setzte sich an den Tisch, wischte dem Kleinkind den Brei vom Mund und fütterte es. »Meine Frau hat das gemacht. Ich arbeite auf dem Festland. IT-Branche.«

Heini wusste, dass Frau Schmiedecke sehr plötzlich gestorben war. Sie hatte eine Hirnhautentzündung bekommen, die nicht rechtzeitig behandelt wurde.

»Haben Sie keine Hilfe?«, fragte er.

»Doch«, Schmiedecke nickte. »Die Schwester meiner Frau kommt morgen. Sie kann ein paar Wochen bleiben. Bis dahin muss ich mir was überlegt haben.«

»Ich weiß, dass wahrscheinlich nie der richtige Zeitpunkt ist …«, begann Heini vorsichtig. Er hatte keine Erfahrung in solchen Gesprächen, er war vollkommen niedergedrückt von der Situation des Witwers, von den kleinen Kindern, die noch gar nicht begriffen haben konnten, was mit ihrer Mama geschehen war. Heini hatte unendliches Mitleid und trotzdem musste er diesen Job machen. »… aber wir müssen über die Beerdigung Ihrer Frau sprechen«, fuhr er fort.

Schmiedecke stöhnte und schüttelte den Kopf. »Ich schaffe das nicht«, gab er zurück. »Die Kinder, die Vermietung, es ist Hochsaison, wir haben das Haus voller Gäste, ich weiß nicht, wo mir der Kopf steht.« Er stöhnte wieder. »Können Sie das nicht alleine entscheiden?«

Heini erklärte dem Witwer so schonend wie möglich, dass die Bestattungsfrist am nächsten Tag ablief und was das bedeutete. Aber das überforderte den plötzlich alleinerziehenden Familienvater noch mehr.

»Morgen? Das ist unmöglich! Ich habe ja noch nicht einmal die Karten verschickt. Nein, also morgen geht gar nicht.«

Heini hatte sich so etwas schon gedacht und machte den Vorschlag der Einäscherung. Einen Termin im Krematorium bekam er auf alle Fälle noch und für Herrn Schmiedecke würde das einen Aufschub von ein paar Tagen, wenn nicht Wochen bedeuten.

Schmiedecke nickte. »Ja. Machen Sie das so. Ich weiß nicht. Ich kann darüber jetzt einfach nicht nachdenken.« Er wischte sich mit dem Hemdsärmel über die Augen.

Der zweite trauernde Witwer in zwei Tagen, dachte Heini bewegt. Wie hatte sein Vater diesen Job nur ausgehalten?

Heini legte dem Mann neben sich eine Hand auf die Schulter. »Ich leite erst mal alles in die Wege, Herr Schmiedecke. Und wir sprechen dann, wenn es bei Ihnen etwas ruhiger geworden ist.« Damit stand er auf.

»Ja. Ist gut. Danke.«

Das krakeelende Kleinkind kam in die Küche und hielt seinem Vater weinend eine Hand hin. Offensichtlich hatte es sich weh getan. Der Vater pustete, sagte ein paar tröstende Worte und Heini trat dezent den Rückzug an. Er musste nicht zur Tür gebracht werden.

Kaum war er draußen, atmete er tief ein. Was für eine Tragödie. Er würde drei Kreuze machen, wenn er das alles wieder hinter sich lassen konnte.

Beim Hinausgehen kam Heini an einem der Strandkörbe

vorbei. Er sah ein paar Beine und Füße in Sneakers daraus hervorlugen. Ein Teenager saß im Korb und sah ihn misstrauisch an. Heini hatte ihn beim Hereinkommen nicht bemerkt. Jetzt blieb er stehen und grüßte. »Hi.«

Der Junge nickte. Er wollte feindselig und abweisend wirken, aber Heini bemerkte, dass er fasziniert war von Heinis Piercings und den Tunneln in den Ohrläppchen.

»Machst du hier Urlaub?«

Der Junge schüttelte den Kopf. Er gehörte also zur Familie Schmiedecke. Heini musterte den Teenie nun auch. Wie alt mochte er sein? In dem gleichen Alter, in dem er gewesen war, als er seine Mutter verlor? Vermutlich etwas jünger. Er beschloss, ein paar Worte mit dem Jungen zu reden.

»Das tut mir leid mit deiner Mutter.«

Der Junge zog die Schultern hoch und ließ sie dann wieder sinken. Der Gesichtsausdruck wurde noch verschlossener.

»Heini Hinrichsen. Ich bin der Bestatter.«

Der Junge sah überrascht aus. Klar.

»Echt jetzt?«

Heini lächelte und ging ein paar Schritte auf den Strandkorb zu. Dann ging er kurz davor in die Hocke.

»Ja. Echt jetzt. Mein Vater ist eigentlich der Bestatter. Aber der ist vor einer Woche gestorben. Einen Tag nach deiner Mama.«

Heini wusste aus eigener Erfahrung, dass Beschönigung nicht half. Mit ihm hatten damals alle geredet, als wäre er ein Kleinkind. Dabei hatte er nichts weiter gewollt, als ernst genommen zu werden. Er hatte sich gewünscht, jemand hätte aufrichtig mit ihm über den Tod seiner Mutter geredet.

»Meine Mutter ist auch tot. Da war ich sechzehn.«

Pause.

»Wie alt bist du?«

Der Junge zögerte. Er war sich nicht sicher, ob er sich auf ein Gespräch einlassen sollte. »Hast du 'ne Kippe?«, fragte er stattdessen.

Heini schüttelte den Kopf. »Nein. Ich rauche nicht. Und du auch nicht. Na komm, wie alt bist du?«

»Fünfzehn.«

»Und du heißt ...?«

»Jonas.«

Na also, dachte Heini, geht doch.

»Ich wollte eigentlich mit deinem Vater reden. Aber der hat ganz schön viel um die Ohren.«

Jonas nickte.

»Aber ... ich muss ein paar Sachen über deine Mutter wissen. Für die Beerdigung.«

Der Junge verzog schmerzerfüllt das Gesicht. Aber nur kurz. Er wollte sich nichts anmerken lassen. Vielleicht, dachte Heini, bin ich zu schnell vorgeprescht.

»Kennst du Jugger?«

»Was? Nee.«

»Das ist ein Sport. Ziemlich cool. Ich spiele das seit ein paar Jahren in Hamburg. Meine Mannschaft heißt Neutrons on Speed.« Heini fummelte sein Handy aus der Tasche und hielt es Jonas hin. »So sehen wir aus. Das war bei der Europameisterschaft.«

Jonas nahm skeptisch das Handy, aber er konnte sich ein Schmunzeln nicht verkneifen. Jugger war ein Phantasiesport, die Mannschaften suchten sich möglichst verrückte Namen aus und kleideten sich in ausgeflippte Kostüme. Heinis Leute traten als Zombies an.

»Warum zeigst du mir das?« Jonas gab das Handy zurück.

»Weil ich vielleicht ein Spiel organisieren will. Hier in Westerup.«

Der Junge nickte, gab sich aber nicht mehr ganz so desinteressiert.

Heini überlegte fieberhaft, wie er mit dem Jungen weiterkommen konnte. Er wollte ihn nicht einfach so stehenlassen, zu sehr erinnerte Jonas ihn an sich selbst. Bestimmt war es gut, wenn der Teenager eingebunden wurde in die Beerdigungszeremonie. Vielleicht konnte es ihm helfen zu trauern. Ihm hätte es geholfen.

»Hat deine Mama das Meer gemocht?«, fragte er nun aufs Geratewohl.

Jonas nickte. »Die konnte sogar surfen. Bevor sie uns bekommen hat. Meine Mutter war mal norddeutsche Meisterin.«

Bingo. Er hatte einen Schritt in der Tür. Heini setzte sich neben den Strandkorb auf den Boden.

»Cool. Die Mädels von der Insel sind ziemlich gut beim Surfen.«

Jonas lächelte. »Mama stand schon mit acht das erste Mal auf dem Brett. Die war richtig gut.«

Heini ließ den Jungen erzählen. Er hörte zu. Manchmal fragte er nach und lenkte das Gespräch in die richtigen Bahnen. Nach zwanzig Minuten gaben sie sich die Hand.

»Abgemacht?«

Jonas nickte. »Alles klar.«

Heini stand auf. »Dann sprechen wir jetzt mit deinem Vater?«

Jonas stöhnte, kam aber trotzdem aus dem Strandkorb gekrochen. »Okay.«

Gemeinsam gingen sie zurück in die Wohnung der Schmiedeckes. Herr Schmiedecke spülte das Geschirr und sah sehr überrascht aus, als er Heini mit seinem Ältesten in die Küche kommen sah.

»Sorry, Herr Schmiedecke, dass ich schon wieder hier bin«, sagte Heini und versuchte, so gewinnend wie möglich zu lächeln, »aber Jonas und ich haben uns ein paar Gedanken über die Beisetzung gemacht. Und ich denke, das könnte Ihnen gefallen.«

10

Ein romantisches Date war in den Augen von Heini Hinrichsen die richtige Ablenkung nach seiner ersten Bestattung.

Das war der Grund, warum Heini »The Grave« Hinrichsen mit einem Picknickkorb in der Hand durch die Tür von Flowerpower trat. Genau zu Geschäftsschluss.

Elisabeth hatte ihn durch eine Bemerkung auf die Idee gebracht. Und weil Heini noch nie so etwas Romantisches gemacht hatte, dachte er, es sei ein guter Zeitpunkt, mal damit anzufangen. Denn die Bestattung von Carsten Reimers' Frau hatte ihn tief berührt und nachdenklich gemacht.

Es war nur halb so schwer gewesen, wie er gedacht hatte, und lief reibungslos. Natürlich war eine Urnenbestattung keine aufwendige Sache, außerdem war die tatsächliche Bestatterarbeit – die Leiche abholen, sie für die Angehörigen herrichten, einäschern lassen, den Papierkram erledigen – bereits geleistet worden, aber dennoch war Heini hochnervös gewesen. Aber als Carsten Reimers ihm nachher beim Kaffee mit Tränen in den Augen für die ergreifende Zeremonie gedankt hatte, wurde Heini von einem richtigen Hochgefühl ergriffen. Er hatte den Job gut gemacht. Und er hatte dem Witwer bei seiner Trauerarbeit geholfen.

Heini hatte begriffen, dass die Arbeit des Bestatters nicht nur deprimierend war. Er hatte seelsorgerische Aufgaben, und wenn man diesen Teil der Arbeit ernst nahm und gut machte, konnte das sehr befriedigend sein.

Deshalb war er mit einem Glücksgefühl von der Bestattung zurück ins Institut gefahren. Er hatte sich geduscht und umgezogen, die Tiere gefüttert und ein tiefes Bedürfnis verspürt, etwas richtig Schönes zu unternehmen.

Seit er mit Sheila Jürgens bei Regen im Volvo gesessen hatte, war eine Woche vergangen. Er hatte die Zeit damit verbracht, sich Gedanken über die anstehenden Aufträge zu machen und die Seebestattung von Frau Schmiedecke in die Wege zu leiten. Herr Schmiedecke war von der Idee seines Sohnes spontan angetan gewesen und hatte sich sogar bereit erklärt, Jonas die Entscheidungen, die diesbezüglich getroffen werden mussten, zu überlassen. Es war hart für den Jungen, aber wenn Heini sich mit ihm traf, um über den Ablauf der Bestattung, die Wahl der Urne, die Musik oder den Text für die Trauerkarten zu sprechen, hatte er den Eindruck, dass es Jonas ein kleines bisschen bei der Trauerarbeit half. Der Junge hatte das Gefühl, etwas Schönes für seine Mutter zu tun, und das tat ihm gut.

Heini wusste noch genau, wie riesig der Schock und der Verlust damals gewesen waren, und bewies deshalb viel Geduld und Einfühlungsvermögen.

In dieser Woche hatte er mit Schneewittchen nur telefoniert, er war mit ihr übereingekommen, dass sie für alle Bestattungen den Blumenschmuck übernehmen sollte, und besprach deshalb mit ihr nur Geschäftliches.

Denn da war ja auch noch Timo. Obwohl sein Cousin schon längst nicht mehr auf der Insel weilte, er war nach Kiel in seine Brautmoden-Filiale zurückgekehrt, glaubte Heini immer noch, dass der Blonde und die schöne Schwarzhaarige ein Paar waren. Wie eng diese Verbindung tatsächlich war, wollte Heini aber noch herausfinden.

Der wahre Grund aber, warum er von Sheila Jürgens etwas Abstand genommen hatte, war, dass er damit rechnete, die Insel bald zu verlassen. Mit Elisabeth hatte er fast jeden Abend über die Pläne für die Zukunft sprechen können und sie schien sich langsam damit abzufinden, dass es das Beste wäre, sie zöge aus dem Haus aus. Dass das Institut schließen würde, war unabänderlich.

Heini hatte schließlich mit Elisabeths Einverständnis einen Termin mit dem Makler gemacht. Er hoffte, dass sie angesichts einer konkreten – hoffentlich hohen – Summe schneller in den Verkauf des Hauses einwilligen würde. Es war ja tatsächlich zu ihrem Besten, ganz alleine würde sie den alten großen Kasten auf keinen Fall halten können. Noch dazu mit ihrer Beeinträchtigung.

Und warum sollte er dann eine Affäre auf Süderum beginnen, fragte sich Heini. Bislang hatte er bei den Frauen seiner Vergangenheit nie darüber nachgedacht, welche Zukunft eine Beziehung hatte. Wie lange es dauern würde und wie ernsthaft es war. Er hatte sich verknallt, die Zeit genossen und irgendwann war es eben vorbei.

Bei dieser Frau lag die Sache anders. Heini Hinrichsen hatte sein Herz verloren, sofort, voll und ganz und vermutlich für immer. Und er war nicht sicher, ob er mit einem gebrochenen Herzen in die Zukunft gehen wollte. Also sollte er die Finger von Sheila lassen.

Aber nach einer Woche hielt er es nicht mehr aus. Er wollte nach der Bestattung nicht allein sein mit den widerstreitenden Gefühlen, die ihn bewegten, und er hatte schlicht Sehnsucht nach den grünen Augen, den vollen Lippen und dem gelispelten S der Floristin.

Also hatte er ein bisschen Geld zusammengekratzt und war in einem Delikatessengeschäft einkaufen gegangen. Er hatte eine Menge maritimer Köstlichkeiten geholt, frische Nordseekrabben, Heringssalat, geräucherte Makrele und sogar die echten Süderumer Austern. Dazu Baguette und Vollkornbrot, gesalzene Butter und selbstverständlich – eisgekühlten Chardonnay.

Als er nun allerdings mit seinem Körbchen in der Hand in Sheilas Laden stand und sie ihn freundlich ansah, war ihm sein romantischer Ausbruch peinlich. Ein tätowierter Fast-zwei-Meter-Mann mit einem Picknickkörbchen hatte in seinen Augen etwas Lächerliches.

Sheila dagegen schien nicht überrascht zu sein. Sie strahlte ihn an.

»Hi!«

»Hallo.« Heini war plötzlich verlegen und verbarg den Korb mehr schlecht als recht hinter seinem Rücken. »Ich wollte dir noch mal danken für die schönen Blumen. Für Annika Reimers.«

»Oh danke!« Sheila strahlte immer noch. Sie war so wunderschön. »Wie ist es gelaufen?«

Heini liebte ihr Lispeln. Er fühlte sich davon und von den magischen Augen ebenso eingelullt wie Mogli von der Schlange Kaa im *Dschungelbuch*.

»Sehr, sehr gut. Es war – irgendwie schön. Ich weiß, das klingt pervers, aber ja, das war es.«

Sheila nickte. »Finde ich gar nicht pervers. Ich weiß schon, was du meinst. Freut mich für dich.«

»Tja, ehrlich – wenn du nicht gewesen wärst ...« Heini hielt nun den Korb mit den Köstlichkeiten in die Höhe. »Deshalb würde ich dich gerne einladen. Zum Picknick. Also, falls du Zeit hast.«

Zu seiner großen Freude und Erleichterung sagte sie ja. Sie würde nur noch aufräumen und den Laden dichtmachen. Heini wollte draußen auf sie warten.

Nach zehn Minuten trat Sheila Jürgens auf die Straße. Heini gefiel es, dass sie sich weder umgezogen noch extra nachgeschminkt hatte. Das hatte sie nämlich gar nicht nötig. Sie trug schwarze Chucks, eine enge dunkle Jeans und ein schwarzes T-Shirt mit einer großen Blüte vorne drauf, die in Pink- und Rottönen leuchtete. Heini bemühte sich, nicht darauf zu starren, obwohl ihn das bunte Motiv magisch anzog. Im Geiste sah er es als Tattoo, das würde ihm gut gefallen. Sheila war um einiges kleiner als er, sie war sehr schlank, Busen und Po waren aber gut geformt.

Sein fleischgewordener Traum, dachte Heini. Wenn er in seiner Phantasie eine Traumfrau entwerfen würde: Hier stand sie.

»Ich dachte, wir gehen zum Strand«, sagte er. »Sind vielleicht nicht mehr so viele Abende, wo man das kann.«

Es war nun Anfang September. Die Insel hatte sich schlagartig geleert, nur noch zwei Bundesländer hatten Ferien. Natürlich tummelten sich auf Süderum das ganze Jahr über die Touristen, aber nun war es deutlich ruhiger und nicht mehr so überlaufen. Badewetter war es noch immer, aber abends, sobald die Sonne untergegangen war, wurde es frisch und man ging lieber mit Jacke aus dem Haus. Für die kommende Woche war ein Temperatursturz angesagt, auch sollten die ersten Stürme heraufziehen.

Sheila war einverstanden. Sie überquerten die Strandpromenade und wandten sich an der Wasserlinie nach links, in Richtung Süden. Man musste nicht weit laufen, um dem Strandtrubel zu entgehen. Die meisten Urlauber waren um diese Zeit schon gegangen und suchten sich ein Lokal fürs Abendessen. Hinter dem Campingplatz waren die weißen Strandkörbe verwaist, es war auch niemand mehr da, der noch Geld für die Nutzung in den Abendstunden verlangte, und Heini und Sheila suchten sich einen Korb aus, der etwas erhöht und abseits stand. Heini drehte ihn so, dass man aufs Meer und später in den Sonnenuntergang blicken konnte.

Dann breitete er davor eine Picknickdecke aus und packte seine Einkäufe aus dem Korb. Es schoss ihm durch den Kopf, dass Sheila vielleicht Vegetarierin oder gar Veganerin sein könnte, darüber hatte er vorher gar nicht nachgedacht. In Hamburg, in seinem Freundeskreis, gab es entweder die Typen, denen alles egal war und die die billigsten Fleischstücke ohne Nachdenken in sich reinschoben, oder die Überbewussten, die bei jedem Bissen eine Ermahnung parat hatten. Beides nervte Heini gleichermaßen. Er versuchte aufgrund seiner Tierliebe, so wenig Fleisch wie möglich zu essen, aber seine oberste Maxime war immer noch: Lecker sollte es sein. Deshalb war er sehr erleichtert, dass die schmale und blasse Sheila offenbar ähnlich dachte wie er. Sie griff herzhaft zu, lud sich den Teller voll und stöhnte genüsslich bei jedem Bissen, den sie sich in den Mund schob.

»Wahnsinn! Total gutes Zeug hast du gekauft«, sagte sie mit vollem Mund.

Heini goss ihr von dem kalten Weißwein nach und freute sich. Dass er hier im weißen Sand sitzen, Austern schlürfen und Chardonnay mit einer schönen Frau trinken würde, hätte er sich noch vor zwei Wochen nicht vorstellen können. In Hamburg würde er jetzt zu harten Metal-Klängen über irgendeinem Körper hängen und konzentriert Punkt für Punkt

Farbe unter die Haut stechen. Sosehr er seinen Job liebte – das hier war dem eindeutig vorzuziehen.

»An was denkst du?«, fragte Sheila und stieß mit ihrem vollen Glas dezent an seines.

Heini antwortete ihr, dass er an sein Studio gedacht hatte, und dann erzählte er ihr die Geschichte von Ali Hassan.

Sheilas grüne Katzenaugen wurden runder und runder, als Heini ihr haarklein erzählte, was geschehen war. Während er sprach, kam es Heini selbst vor, als erzählte er einen wilden Filmplot nach.

»Oh verdammt«, konstatierte Sheila ganz richtig, »und jetzt?«

Heini lächelte. »Bin ich auf der Flucht.«

»Glaubst du, er sucht noch nach dir, dieser … Ali Hassan?«

»Keine Ahnung.« Heini malte Figuren in den Sand. »Eigentlich sollte man denken, so ein Strich übers Gesicht ist nicht so schlimm, er hat ja genug Kohle, um sich das weglasern zu lassen. Aber …«, er blickte aufs Meer und dachte an den Gesichtsausdruck des Hades-Bosses, mit dem dieser ihn zuletzt angesehen hatte, »… ich fürchte, er muss ein Zeichen setzen. Die Banden bekriegen sich hart im Kiez. Und wenn sich ein Gangsterboss leistet, von einem kleinen Tätowierfuzzi verunstaltet zu werden, heißt das womöglich, er ist nicht *tough* genug. Also muss er an mir ein Exempel statuieren, um der Konkurrenz zu zeigen, dass er sich nicht verarschen lässt.«

Sheila fröstelte und schlang die Arme um ihre Knie. Heini wäre gerne zu ihr hinübergerutscht, hätte seine Arme um sie gelegt und sie gewärmt. Aber er wollte ihr nicht zu schnell auf die Pelle rücken, deshalb bot er ihr lediglich seinen Kapuzenpulli an.

»Danke.« Schneewittchen nahm das Teil dankbar entgegen

und streifte es über den Kopf. Der Pulli war ihr viel zu groß. Sie krempelte die Ärmel auf und sah entzückend aus.

Heini wollte gerne das Thema wechseln. Er wollte Sheila bei ihrem ersten Date keine Angst einjagen. Und er wollte jetzt vor allem nicht darüber reden, dass er Süderum bald wieder verlassen würde. Es wäre natürlich ehrlich gewesen, ihr reinen Wein einzuschenken. Aber Heini konnte jetzt nicht aufhören, mit ihr zu flirten. Er hatte sich bis über beide Ohren verliebt und wusste gleichzeitig, dass er weder sich noch Sheila irgendwelche Hoffnungen machen durfte.

»Seit wann bist du auf der Insel? Wir kennen uns nicht von früher«, sagte er.

»Nein«, gab sie zurück und lächelte. »Das wüsste ich.«

»Und ich erst«, sagte Heini und versuchte, Sheila so tief und bedeutungsvoll wie möglich in die Augen zu blicken. Aber sie sah ihn gerade nicht an. Sie starrte auf ihre Zehen – die Schuhe hatten sie ausgezogen, kaum dass sie den Strand betreten hatten – und suchte nach Worten. Es fiel ihr wohl nicht leicht, über sich zu sprechen.

»Ich bin vor zwölf Jahren nach Süderum gekommen …«, fing sie an.

»Da bin ich gerade weg!«, fiel Heini ihr ins Wort und biss sich dann auf die Lippe.

»Ja, stimmt«, sagte Sheila und warf ihm einen kurzen Blick zu. »Von dir war viel die Rede.«

»Was? Quatsch.«

»Doch.« Sheila lachte jetzt. »Du warst der Insel-Punk! Dich kannten alle. Und kaum warst du weg, kam ich: Ausreißerin, schwarzgefärbte Haare, Springerstiefel, Grufti-Klamotten. Da hatten sie wieder was zum Quatschen.«

Heini stellte sich die Fünfzehnjährige vor. »Du warst Grufti?«

»Gothic Wave. Was auch immer das bedeutet.« Sheila strich sich jetzt die immer noch schwarzen Haare hinters Ohr. Heute war vom Gothic Girl nicht mehr viel übrig.

»Warum zieht man nach Süderum, wenn man so drauf ist?« Heini wurde neugierig.

»Stress mit meinen Eltern. Wir haben uns nur gestritten. Da bin ich abgehauen. Aus Leipzig.« Sie lachte wieder. Ihre Zähne waren weiß wie Blütenblätter, sie hätte Zahnpastareklame machen können, schoss es Heini durch den Kopf.

»Ausgerechnet nach Süderum. Eigentlich wollte ich nach Berlin. Aber da kannte ich einfach niemanden. Da habe ich gekniffen. Aber in Süderum hatten wir Verwandtschaft. Also bin ich hier gelandet.«

»Warum bist du nicht nach Hamburg gekommen, dann hätten wir uns früher kennengelernt!?« Heini beschloss, ein bisschen forscher zu flirten.

Sheila zuckte nur die Achseln und goss sich noch ein wenig Wein nach. »Wie gesagt, ich glaube, für eine fremde Stadt war ich zu doof. Ich war auch gar nicht so anti, wie meine Eltern dachten. Ich wollte nur nicht, was sie wollten.«

Heini bot ihr noch eine Auster an, die sie mit Genuss schlürfte. Er hatte dafür extra einen breiten Schraubenzieher mitgenommen, mit dem er die Austern sehr stilvoll für sie beide aufbrach.

»Und Süderum war gut für mich. Ich hab mich hier sofort wohl gefühlt. Das Meer, das Wetter – das ist genau meins.«

»Und dann?«, fragte Heini weiter. Die Sonne würde bald untergehen, der Himmel nahm bereits eine zartrosa Färbung an. Sie würden gemeinsam beobachten, wie die Sonne im Meer versank, und dann …

»Guck mal, wer da ist!« Sheila winkte enthusiastisch einer Figur zu, die an der Wasserlinie mit zwei anderen joggte. Jetzt verabschiedete sie sich und kam auf Sheila und Heini zugelaufen. Es war Moritz.

So gerne Heini seinen Freund traf, so ungelegen kam ihm dieser jetzt. Er hoffte inständig, der Kumpel würde sich sehr bald wieder vom Acker machen.

Aber der schmiss sich erst einmal freudig in den Sand zwischen Sheila und Heini.

»Na, ihr zwei Hübschen?«, sagte er atemlos. »Gibt's was zu feiern?«

Heini fand die Frage überflüssig, man musste schon Tomaten auf den Augen haben, um nicht zu bemerken, dass es sich hier um ein romantisches Picknick für zwei Herzen im Gleichklang handelte.

Moritz wischte sich mit seinem T-Shirt den Schweiß vom Gesicht und angelte nach der geräucherten Makrele.

»Heinis erste Bestattung«, antwortete Sheila ganz ernsthaft.

»Mmmh«, gab Moritz mit vollem Mund zurück und nickte zum Zeichen, dass er verstanden hatte.

Heini wollte das so nicht stehen lassen. »Na ja, wir feiern natürlich nicht das Begräbnis von Reimers' Frau, glaub das bitte nicht!«

Moritz kaute und nickte immer noch. Er hatte sich ungefragt eine Scheibe Brot mit Butter bestrichen und ließ sich dieses zur Makrele schmecken.

»Ich wollte mich bei Sheila für ihre Hilfe bedanken«, fuhr Heini ungerührt fort. Er hatte ihren Namen besonders betont, in der Hoffnung, Moritz würde den Wink mit dem Zaunpfahl verstehen und sich endlich verdünnisieren.

»Toll«, lobte dieser stattdessen. »Du weißt, was gut ist.«

Heini sagte nichts, er guckte nur grimmig. Sheila, die das nicht zu bemerken schien, bot Moritz noch eine Gabel Heringssalat an.

»Das war schon früher so«, erklärte Moritz nun ungebeten. »Bei Hinrichsens gab's immer das beste Futter.«

»Stimmt ja«, strahlte Sheila und sah zwischen beiden hin und her, »ich vergesse, dass ihr euch schon so lange kennt.«

»... und die besten Getränke«, fügte Moritz hinzu, Sheilas Bemerkung geflissentlich ignorierend, und griff nach der Flasche mit dem Chardonnay. Er ging zu weit und er wusste es. Heini merkte, dass Moritz ihn spaßeshalber provozieren wollte, aber er wurde jetzt ernsthaft sauer. Er wollte seinem Kumpel die Flasche wegnehmen, aber dieser sprang auf und machte einen Satz nach hinten.

Heini kam sofort auf die Füße und hechtete Moritz nach. Der lachte und nahm mit der Flasche Reißaus über den Strand. Heini folgte ihm und wetzte Moritz barfuß hinterher. Im Rücken hörte er, wie Sheila ihn anfeuerte. Moritz lief aufs Wasser zu, er war richtig fit und in Form, es war gar nicht so einfach, ihn einzuholen.

Aber der Ärger machte Heini Beine. Er ärgerte sich nicht nur, dass Moritz sein Date gestört hatte, er ärgerte sich besonders darüber, dass Moritz die ganze Sache für einen Spaß hielt und nicht merkte, dass Heini stocksauer war.

Moritz war und blieb ein Welpe, der das Zerfetzen von geliebten Schuhen für den größten Spaß hielt und sich vom Schimpfen seines Herrchens noch angefeuert fühlte.

Jetzt platschte der Polizist schon mit den Beinen in der Brandung, Heini hatte ihn fast eingeholt. Moritz hielt die – ohnehin fast leere – Flasche Chardonnay hoch und rief: »Hol sie dir doch!« Damit hatte er schon als kleiner Junge seinen besten Freund zur Weißglut gebracht.

Heini hatte Moritz im hüfthohen Wasser erreicht, er griff nach der Flasche, Moritz riss den Arm nach hinten und gemeinsam fielen sie der Länge nach in die Wellen.

Moritz konnte sich vor Lachen nicht mehr einkriegen. Er hatte es tatsächlich geschafft, noch im Fallen die Weinflasche hochzuhalten, jetzt warf er Heini die Flasche rüber, der sie gekonnt auffing. Er stand triefnass in den Wellen und sah zu, wie Moritz rückwärts durch die Wellen pflügte. Als Heini seinen Freund so sah, konnte er nicht länger sauer auf ihn sein. Moritz meinte einfach nichts böse, er wollte immer nur seinen Spaß haben.

Jetzt merkte Heini, wie Sheila neben ihn trat. Sie hatte die Jeans hochgekrempelt, war aber trotzdem bis über die Taille nass. Sie nahm Heini die Weinflasche aus der Hand, trank einen Schluck daraus und legte dann einen Arm um seine Hüfte.

»Ihr seid so ein süßes Paar«, sagte sie und lächelte aufrichtig.

Heini stand sprachlos da wie ein begossener Pudel. Wie kam Sheila nur auf diesen schrägen Gedanken?

11

Heini hatte sich noch nicht davon erholt, dass Sheila glaubte, er wäre mit Moritz zusammen, da trabte dieser auch schon klitschnass aus dem Wasser. Er schüttelte sich wie ein junger Hund und zog sich das T-Shirt über den Kopf.

»Ihr habt nicht zufällig ein Handtuch dabei?«, fragte er Sheila und Heini.

»Wir hatten heute eigentlich nicht vor, ins Wasser zu gehen«, gab Heini mit leicht schnippischem Unterton zurück. Sein alter Kumpel hatte ihm nicht nur das romantische Date mit der Floristin verdorben, er war obendrein noch schuld daran, dass er für sie als potentieller *Love Interest* gar nicht in Frage kam.

»Kein Problem«, antwortete Moritz und strahlte. »Dann mache ich mich mal vom Acker. Sonst hol ich mir noch was weg.« Er legte sich sein nasses T-Shirt um den Nacken, winkte und trabte davon. Doch dann drehte er sich noch einmal um. »Sehen wir uns heute Abend?«, rief er Heini zu. »Auf ein Bier?«

Heini schüttelte den Kopf. »Nee, lass mal.«

Moritz nickte und joggte dann in schnellem Tempo über den Strand davon.

»Oh«, warf Sheila ein, »wenn es wegen mir ist … kein Problem. Ich wollte sowieso …« Sie warf demonstrativ einen Blick auf ihre Uhr.

»Wir sind kein Paar«, sagte Heini nun mit Nachdruck.

Aber Sheila lächelte ihn nur lieb an. »Ist schon okay.«

Damit ging sie zurück zum Strandkorb.

Heini blieb verblüfft stehen. Sheila schien überhaupt nicht gemerkt zu haben, dass er sie anbaggerte. Was hatte sie denn gedacht, als er sie zum Picknick einlud? Vor seinem geistigen Auge erschien er selbst, mit dem Picknickkörbchen am Arm, und je länger Heini sich in Gedanken so betrachtete, desto eher verstand er, warum das Bild, das er abgab, Sheila zu dem Gedanken verführte, er sei schwul. Zusammen mit dem Gerede, das vielleicht im Ort entstanden war, als Moritz bei ihm übernachtet hatte, war das Bild rund. Heini überlegte, ob er dem Gerücht die Stirn bieten sollte, aber dann dachte er, dass es taktisch nicht unklug war, wenn Sheila ihn und Moritz für ein Paar hielt. Schließlich musste er erst rausbekommen, wie eng sie tatsächlich mit seinem Cousin Timo verbandelt war. Und das erzählte eine Frau eher einem schwulen Freund als einem potentiellen Konkurrenten.

Heini grinste. Er würde die Sache also ein bisschen aus der Deckung weitertreiben.

Als hätte sie seine Gedanken erraten, sagte Sheila ganz beiläufig: »Übrigens soll ich dich von Timo grüßen.«

Aha, dachte Heini, womit wir beim Thema wären. »Tatsächlich?! Danke. Telefoniert ihr oft?«

Sheila nickte. »Schon. Wir haben immer was zu besprechen.«

Heini war die Lust nachzufragen vergangen. Stattdessen starrte er aufs Meer hinaus. Die Sonne versank glühend am Horizont und färbte um sich herum den Himmel rosarot. Die Nordsee lag ruhig und still da, golden brach sich das letzte Licht auf den kleinen Wellenspitzen. Es hätte so romantisch sein können, dachte Heini wehmütig und sah hinüber zu Schneewittchen. Auf ihrem weißem Gesicht spiegelte sich das warme Licht des Sonnenuntergangs und er verspürte große Lust, sie einfach an sich zu ziehen und sie zu küssen. Aber er wusste, dass das keine gute Idee war. Es hätte die entspannte Stimmung zwischen ihnen zerstört. Heini musste sich damit begnügen, neben ihr zu sitzen und den Moment zu genießen.

Eine knappe Stunde später war er zu Hause. Elisabeth begrüßte ihn mit der Nachricht, dass sich der Makler zurückgemeldet hatte. Er wolle gleich am nächsten Tag vorbeikommen und die Immobilie taxieren.

Elisabeth war naturgemäß etwas traurig, als sie das sagte. Denn obwohl sie sich mit Heinis Plänen einverstanden erklärt hatte – mangels Alternative –, war ihr immer noch nicht wohl bei dem Gedanken, dass das alles bald Vergangenheit sein sollte.

Heini dagegen war erleichtert, dass die Sache nun ins Laufen kam. Je schneller er von der Insel kam, desto besser. Das erfolglose Date mit Sheila hatte es nicht besser gemacht.

Er leistete Elisabeth noch ein wenig Gesellschaft vor dem Fernseher, dann ging er nach oben in sein Dachstübchen. Er fütterte die Tiere und versicherte sich, dass es ihnen gutging. Was müßig war, denn Gordon war ein ziemlich anspruchsloser Typ, der den Eindruck machte, als könnte ihn nichts wirklich aus der Ruhe bringen.

Heini hatte die wenige freie Zeit auf Süderum damit verbracht, für Gordon ein neues Terrarium zu bauen. Es war sehr viel schöner geworden als das alte, vor allem weil Heini es mit dem schönen hellen Sand der Insel befüllt und ein paar hübsche Stücke Treibholz gefunden hatte, unter welchen sich Gordon eine Höhle bauen konnte oder darauf herumklettern.

Nun lag der Gecko behaglich auf dem warmen, von der UV-Lampe angestrahlten Sand und machte den Eindruck, als würde er vor Zufriedenheit schnurren, wenn er schnurren könnte.

Auch für Nathalie hatte Heini eine neue Höhle gebaut und er bekam sie seitdem gar nicht mehr zu Gesicht. Sie lag in ihrem Bau und wartete auf Beute. Ihr Drang abzuhauen war vorerst gedämpft.

Heini schmiss sich auf sein Bett, bei dem er oben und unten anstieß, und sah zur Decke. Dort oben hatte sich noch ein letzter der Leuchtsterne gehalten, die seine Mutter vor so vielen Jahren für ihn angebracht hatte. Heini hatte Sehnsucht, aber er wusste nicht so recht, wonach. Seine Arbeit fehlte ihm, das schon. Er war Tätowierer mit Herz und Seele und begriff sich als Künstler. Zwar hatte er sich an ein paar Entwürfen versucht, aber so richtig war nichts dabei herumgekommen. Vielleicht weil er nicht wusste, für wen und wann er wieder dazu kommen würde, seinen Job auszuüben.

Sein alter Kiez fehlte ihm dagegen gar nicht. Auch nicht sein Freundeskreis. Er war mit niemandem wirklich eng. Man ging zusammen trinken oder spielte Jugger, aber was wirkliche Freundschaft bedeutete, das hatte er gespürt, als er Moritz nach so vielen Jahren wiedergesehen hatte. So unterschiedlich ihre Charaktere waren, Heini spürte eine tiefe Verbundenheit zu seinem Kumpel. Aber keine romantischen Gefühle, auch wenn das manch einer auf Süderum glauben mochte.

Woher also kam dieses unkonkrete Sehnsuchtsgefühl? Die Augen noch immer auf den Stern geheftet, spürte Heini, wie seine Gliedmaßen schwer und schwerer wurden. Er driftete langsam in den Schlaf und nun fielen auch die Lider zu. Gesichter tanzten vor seinem inneren Auge vorbei. Sheila natürlich, aber auch Moritz. Kurz blitzte das runde Gesicht von

Ali Hassan auf und wie er Heini mit den stechenden dunklen Augen böse fixierte, aber Heini schaffte es, dieses Horrorbild wegzudrücken. Er sah Jonas Schmiedecke, den traurig-trotzigen Teenager. Heini dachte an seine Mutter, daran, wie er vor so vielen Jahren als kleiner Junge in diesem Zimmer, in diesem Bett gelegen hatte und seine Mama bei ihm saß. Sie hatte gesungen und seinen Arm sanft gestreichelt. Ein jäher Schmerz durchzuckte Heinis Brust, und noch bevor er endgültig einschlief, wusste er, nach was er sich sehnte: Heimat.

Klaus-Jürgen Bierstedt entsprach so sehr dem Klischeebild eines Maklers, dass Heini kaum glauben mochte, dass der Mann, der ihm die Hand hinstreckte, echt sein sollte.

Bierstedt war einen Kopf kleiner als Heini und ungefähr zehn Jahre älter. Das, was er an Haarschwund hinnehmen musste, gewann er an Bauchumfang dazu, sein dunkelblaues Marinesakko mit den Goldknöpfen spannte um die Leibesmitte herum.

Die helle Hose mit akkurater Bügelfalte fiel exakt in der richtigen Länge auf dunkelblaue Lederslipper mit kleiner Troddel. Solche Schuhe kannte Heini lediglich aus Filmen der späten Siebziger.

Beeindruckend an Herrn Bierstedt – und das war es, was für seine hohe Professionalität sprach – war, dass er sich durch nichts aus der Fassung bringen ließ. Er schüttelte dem tätowierten Fast-zwei-Meter-Mann ebenso nonchalant die Hand, wie er sie dem Bundespräsidenten oder Jennifer Lopez geschüttelt hätte – mit aalglatter Freundlichkeit.

Elisabeth bot Herrn Bierstedt einen Kaffee an, aber dieser lehnte freundlich ab. Er wollte gleich mit der Besichtigung der Immobilie beginnen.

So führte Heini den Makler durchs Erdgeschoss, wo Bierstedt, stets mit einer kleinen Digitalkamera bewaffnet, Bilder von allen Blickwinkeln aus schoss. Außerdem vermaß der Makler das Haus, denn weder Heini noch Elisabeth konnten unter den Unterlagen von Sune irgendwelche Baupläne finden. Herr Bierstedt hatte gleich klargemacht, dass es für den Verkauf des Hauses unabdingbar sein würde, einen Architekten mit der Vermessung zu beauftragen, denn ohne Pläne keine Veräußerung.

Heini und Elisabeth blieb nichts anderes übrig, als zuzustimmen, obwohl ihnen im Moment nicht klar war, woher sie das Geld dafür nehmen sollten.

Heini versuchte stets, die Vorzüge des alten Hauses zu preisen, aber Herr Bierstedt wiegte immer nur bedenklich den Kopf hin und her, schürzte die Lippen und murmelte »Hmhmhm« vor sich hin. Er wies auf dunkle Stellen unter dem Putz hin, die ein Hinweis auf Schimmel sein konnten, kratzte mit einem kleinen Taschenmesser die rissige Farbe von den hölzernen Fensterrahmen oder riss an manchen Stellen den festgeklebten Teppich hoch, um zu begutachten, was darunter lag. Heini und Elisabeth sahen sich sorgenvoll an. Ihnen war klar, dass die Bestandsaufnahme nicht zum Besten ausfallen würde. Sie sahen plötzlich ihr Haus mit den Augen des Maklers und ihnen fielen nur noch die Mängel auf.

Heini fühlte sich immer heftiger dazu veranlasst, das Kapitänshaus und seine glorreiche Vergangenheit in den blumigsten Farben zu schildern, er wollte nicht, dass sein Zuhause als heruntergekommen dastand.

Als sie schließlich in den Keller des Beerdigungsinstitutes hinuntergingen, ließ sich Herr Bierstedt auch den Kühlraum zeigen, den Sune Hinrichsen in den Achtzigern hatte einbauen lassen. Dafür hatte sein Vater einen hohen Kredit aufgenommen, wie Heini nun wusste, und dieses Darlehen war noch immer nicht zur Gänze abbezahlt. Sune hatte den kleinen Raum stets hochtrabend »Leichenhalle« genannt.

Herr Bierstedt seufzte tief und wandte sich nun direkt an Heini. »Das ist natürlich ein Problem«, sagte er. Als er Heinis verständnislosen Gesichtsausdruck sah, erklärte er sich. »Ihr Haus steht unter Denkmalschutz, das wissen Sie doch?«

Heini nickte. Seine Eltern waren immer sehr stolz darauf gewesen, dass das Haus in die Liste der denkmalgeschützten Bauwerke von Süderum aufgenommen wurde.

»Das heißt, ein potentieller Käufer kann nicht einfach aus- und umbauen, wie er will«, führte der Makler aus. »Er darf aber auch Umbauten nicht einfach so rückbauen, man muss Anträge beim zuständigen Amt stellen, manchmal dauern diese Entscheidungen ewig. Und was soll man als normaler Mensch mit einer Leichenhalle?«

Heini zuckte die Achseln. Das mit dem normalen Menschen überhörte er geflissentlich.

»Vielleicht will der Käufer ja einen begehbaren Humidor?«, scherzte er. Aber Bierstedt zog nur eine Augenbraue nach oben. Er konnte wohl nichts Komisches daran finden.

Ebenso wie an Heinis Tieren. Angewidert starrte er den Gecko und die Vogelspinne in ihren jeweiligen Terrarien an. Es war das erste Mal, dass sein Gesichtsausdruck widerspiegelte, was er von dem Haushalt hielt: nämlich gar nichts.

Der Rundgang mit dem Makler dauerte über eine Stunde, und als sie schließlich wieder im Flur des Erdgeschosses standen, waren Heinis Nerven arg strapaziert.

»Und?«, fragte er ungeduldig.

Herr Bierstedt hob erneut eine Augenbraue.

»Na ja, was sagen Sie? So über den Daumen gepeilt?« Heini wollte einen ungefähren Wert der Immobilie wissen.

Aber den Gefallen tat ihm der Makler nicht.

»Nein«, gab Bierstedt zurück. »Das mache ich prinzipiell nicht. Ich gebe keine Schätzungen ab, bevor ich mir das nicht alles genau angesehen habe. Tut mir leid. So in zwei bis drei Tagen melde ich mich bei Ihnen und kann Ihnen sagen, zu welchem Richtwert ich Ihr Haus auf dem Markt anbieten werde.«

Heini war enttäuscht. Er hätte schon gerne gewusst, mit welcher Summe er und Elisabeth ungefähr rechnen konnten. Er hatte längst im Internet nachgesehen, aber es wurde auf dem Markt nichts Vergleichbares auf Süderum angeboten. Wenn allerdings ein kleines Ferienhaus mit 80 Quadratmetern für mehrere Hunderttausend Euro angeboten würde, dann würde das Kapitänshaus ein Vielfaches wert sein. Hoffte Heini zumindest.

»Allerdings …« Herr Bierstedt sah sich noch einmal um und taxierte die Räume, »obwohl das Haus in schlechtem Zustand ist, könnte es für Liebhaber vielleicht attraktiv sein.« Bierstedt schüttelte Heini die Hand. »Wir werden sehen, Herr Hinrichsen, wir werden sehen.«

Damit verabschiedete er sich und ließ Heini und Elisabeth bang zurück.

12

Der Anruf am nächsten Tag war dann tatsächlich eine Überraschung.

»1,5 Millionen«, tönte die Stimme des Maklers aus dem Hörer. »Und ich habe schon einen Käufer.«

Heini musste sich erst sammeln, bevor er antworten konnte. Mit einer derart positiven Nachricht hatte er nicht gerechnet.

»Einen Käufer? Aber wie? Eineinhalb Millionen? Das ist ja phantastisch!«

Herr Bierstedt war stolz auf seinen Coup, Heini konnte durchs Telefon hören, wie zufrieden der Mann mit sich selbst war. »Nun ja, ich habe einen Interessenten in meinem Portfolio, der bereits länger ein Objekt in dieser Lage sucht. Ich habe ihn heute Morgen angerufen und er bat darum, dass ich das Objekt nicht auf dem Markt anbiete, bis er es in Augenschein genommen hat.«

»Wir müssen also nur noch einen Besichtigungstermin vereinbaren?« Heini war ganz aus dem Häuschen.

»So ist es. Ich melde mich bei Ihnen.« Damit legte Bierstedt auf.

Heini ebenfalls. Er hatte den Makler unterschätzt. Noch heute Morgen hatte er mit Elisabeth gesprochen und sie hatten beide das gleiche Gefühl gehabt: dass es gar nicht so einfach werden würde, das Haus zu verkaufen. Denn Bierstedt hatte durchaus recht gehabt. Der große Kasten war zwar von außen attraktiv, aber in der Substanz völlig marode. Im Prinzip musste man das Gebäude komplett sanieren – und das mit den Auflagen des Denkmalschutzes. Das würde einen potentiellen Käufer sehr teuer zu stehen kommen. Dass jetzt doch alles so einfach war, ließ Heini aufatmen.

Nachdem er Elisabeth von den neuesten Entwicklungen berichtet hatte, fasste er einen spontanen Entschluss. Er wollte die gute Nachricht feiern, indem er Sheila und Moritz zum Essen einlud. Natürlich mit Elisabeth. Und er würde kochen.

Elisabeth war einverstanden und bot ihm an zu helfen. Außerdem bestand sie darauf, die Kosten für den Wein zu übernehmen.

Heini entschied sich für das Gericht, das er am besten konnte und mit dem er immer Eindruck machte: Jambalaya, ein kreolisches Reisgericht mit Huhn, scharfen Würstchen und Shrimps. Statt der Shrimps würde er Nordseekrabben nehmen. Als Vorspeise entschied er sich für Oysters Rockefeller, ein Gericht mit überbackenen Austern, und zum Nachtisch würde es Mississippi Chocolate Cake geben – unwiderstehlich.

Sheila erreichte er telefonisch in ihrem Laden. Er sagte ihr nur so viel, dass er und Elisabeth etwas zu feiern hätten und ob sie Lust und Zeit hätte, zum Essen zu kommen. Sie sagte zu und Heini versuchte, Moritz zu erreichen. Das Handy war ausgeschaltet und er sprach ihm auf die Mobilbox.

Bevor er zum Einkaufen ging, hatte er allerdings noch einen Termin mit den Freddys. Es ging um die Seebestattung von Frau Schmiedecke und zwei weitere Beisetzungen. Er und Elisabeth hatten vereinbart, dass sie die Freddys für diese Tätigkeiten nach Stunden bezahlen würden, und dafür Geld zur Seite gelegt. Es war ein anständiges Angebot, denn nachdem Heini die beiden Mitarbeiter seines Vaters bei der Süderumer

Tafel gesehen hatte, schämte er sich noch mehr dafür, dass sein Vater die Freddys zu einem Hungerlohn beschäftigt hatte. Er würde das nicht mehr gutmachen können, aber als Geste zählte es allemal.

Heini überlegte kurz, ob er den beiden auch schon von der Neuigkeit erzählen sollte, entschied sich dann aber dagegen. Vielleicht war es besser, damit erst herauszurücken, wenn klar war, wann das Institut wirklich seine Pforten schließen würde. Schließlich konnte jederzeit noch jemand auf der Insel sterben.

Wenig später saßen sie wieder vor dem großen Schreibtisch. Mit dem Unterschied, dass Heini dieses Mal nicht dahinter thronte, sondern seinen Stuhl ebenso vor den Schreibtisch gestellt hatte, so dass der Eindruck eines kleinen Stuhlkreises entstand. Heini fand es besser so, aber die Freddys guckten irritiert, als sie das Büro betraten.

Heini eröffnete das Gespräch damit, dass er mit der Deutschen Seebestattungsgesellschaft einen Zeitpunkt für die Beisetzung von Frau Schmiedecke vereinbart hatte. Es gab einen Termin in der darauffolgenden Woche, mit der Familie der Verstorbenen war bereits alles abgesprochen. Die Freddys würden lediglich die Überführung der Urne vom Krematorium zum Schiff übernehmen müssen. Sie waren, wie sollte es anders sein, einverstanden. Sie waren ohnehin immer einverstanden, Heini konnte sich nicht erinnern, dass die beiden Männer jemals mit seinem Vater einen Streit gehabt hätten. Es schien, als wäre die Arbeit für das Bestattungsunternehmen ihr Leben, und sie nahmen geduldig alles hin, was ihnen aufgetragen wurde.

Heini besprach auch die anderen Arbeiten mit ihnen, dann kam er zum Thema Bezahlung.

»Ich habe mir etwas überlegt, mit Elisabeth«, hob er an, »was eure Bezahlung betrifft.«

Die Freddys sahen ihn mit unbewegten Mienen an.

»Ich weiß, dass mein Vater manchmal Schwierigkeiten hatte, euch zu bezahlen, also ...«

Der eine Freddy hob die Hand. »Schon gut, Junge. Dein Vater war immer korrekt.«

Mal mehr, mal weniger korrekt, dachte Heini, sagte aber nichts. Er wollte die beiden Männer vor ihm nicht noch mehr demütigen, indem er ihnen vorzählte, dass sie für einen Dumpingpreis gearbeitet hatten.

»Jedenfalls würden wir euch gerne einen Stundenlohn zahlen. Ich weiß ja sowieso nicht, wie es weitergeht, also ... 30 Euro? Pro Nase?«

Die beiden zeigten keine Reaktion. Sie sahen ihn an, dann nickten sie synchron, standen auf und zogen sich die schwarzen Jacketts glatt.

Heini hielt ihnen die Hand hin. »Also abgemacht«, sagte er.

Die blassen Gestalten schlugen ein, klopften Heini auf die Schulter und verließen das Büro. Heini sah ihnen etwas ratlos hinterher. Er wurde aus den beiden nicht schlau.

Bevor diese aber das Beerdigungsinstitut ganz verließen, drehten sie sich noch mal an der Tür um.

»Bist ein guter Junge, Heini«, sagte der eine.

»Hat Sune auch immer gesagt«, fügte der andere hinzu.

Kurze Zeit darauf schlenderte Heini durch die Fußgängerzone von Westerup. Er hatte im Fischgeschäft bereits Krabben und Austern besorgt, im Supermarkt alles gekauft, was er für den Kuchen brauchte, nun war er auf dem Weg zum Obst- und Gemüseladen. Auch in Westerup war der beste Händler ein Ausländer, Grieche in dem Fall. Die Touristen kauften meistens im Supermarkt, aber die Einheimischen waren froh, dass sie bei Teodokis Spezialitäten bekamen, die auf den Friesischen Inseln viele Jahre nicht Standard waren. Gerade als Einheimischer wollte man gerne mal türkische, griechische oder italienische Feinkost essen und sich nicht immer vom landestypischen Backfisch mit Kartoffeln ernähren – auch wenn dies das Klischee derer war, die hier Urlaub machten. Bei Teodokis also wurde jeder fündig, der nicht nur erstklassiges Obst und Gemüse, sondern auch Oliven, Schafskäse, getrocknete Tomaten oder eingelegte Peperoni suchte.

Heini war nur wenige Meter von dem Geschäft entfernt, da sah er, wie zwei Polizisten aus dem Laden kamen, in ihrer Mitte ein verwirrt wirkender alter Mann. Die Polizisten, Heini erkannte Moritz auf den ersten Blick, setzten den Alten in ihr Einsatzfahrzeug. Teodokis kam hinterher. »Meine Güte! Was soll ich machen, Moritz, sag mir das, was soll ich machen?« Dabei hob er theatralisch beide Hände in die Luft.

»Wir bringen ihn einfach zurück ins Heim, Teo. Ist schon gut.«

Teodokis wiegte bedenklich den Kopf und steckte Moritz eine Handvoll frischer Feigen zu. Dieser hatte mittlerweile Heini entdeckt und begrüßte ihn freudig.

»Ich hab dir schon auf die Mailbox gesprochen«, sagte Heini. »Ich mach heute Abend ein kleines Essen. Elisabeth und Sheila sind auch da. Kannst du?«

Moritz strahlte über das ganze Gesicht. »Logo. Bis später.« Er hob die Tüte mit den Feigen hoch. »Die bringe ich mit!«

Teodokis sah Moritz peinlich berührt an. »Die waren eigentlich für ihn«, sagte er und zeigte auf den alten Mann im Streifenwagen.

»Ups«, Moritz lachte, reichte dem alten Mann die Tüte mit den Feigen, stieg in den Streifenwagen und brauste davon.

»Ach«, Teodokis sah dem Streifenwagen hinterher und seufzte. »Unser Moritz. Ein guter Mann.«

Heini grinste. »Ja, das ist er.«

»Heini!« Teodokis schlug theatralisch die Hände zusammen. »Ich habe eine Tochter, sie ist bildschön!« Er spitzte die Lippen zu einem Kuss. »Ah! Sie könnte jeden Mann auf dieser Insel haben! Aber sie will ausgerechnet ihn.« Jetzt schüttelte er sorgenvoll den Kopf. »Ausgerechnet ihn.« Damit ging er in den Laden. Heini folgte ihm und musste innerlich lachen. Er hatte die Tochter von Teodokis noch nicht gesehen, aber vermutete, dass es einen Grund dafür gab, dass Moritz sie verschmähte. Er hielt seinen Freund nicht für einen Typ, der grundlos etwas anbrennen ließ.

Beide Gäste kamen pünktlich. Pat und Patachon begrüßten sowohl Sheila als auch Moritz mit ein paar saftigen Flüchen, was die beiden aber nicht beleidigte, sondern zum Lachen brachte. Moritz erwiderte die Beleidigungen auf Deutsch, er war erstaunlich kreativ und erfindungsreich. Das wiederum verleitete die Gelbbrustaras zu einer wahren Flut von Schimpfwörtern – in Deutsch, Englisch und Portugiesisch, alles durcheinander. Heini drohte ihnen damit, dass sie während des Essens aus dem Wohnzimmer entfernt würden, hatte aber wenig Erfolg damit. Erst als Elisabeth kleine Häppchen frische Mango durch die Gitterstäbe steckte, gaben die Krachmacher Ruhe und ließen sich besänftigen.

Heini hatte sich große Mühe gegeben, den Tisch zu decken. Er hatte Kerzen aufgestellt und die Kristallgläser poliert, die seine Mutter nur zu besonderen Zwecken aus dem Schrank geholt hatte.

Moritz hatte sich besonders in Schale geworfen. Heini fiel auf, dass er sich nicht nur rasiert hatte, sondern auch beim

Friseur gewesen war. Die vollen dunklen Haare waren akkurat gestutzt und brav gekämmt. Dazu trug Moritz ein gebügeltes weißes Hemd und eine lässige Leinenhose mit Slippern – ein Traum für jede Frau, dachte Heini.

Auch Sheila sah umwerfend aus, allerdings tat sie das in Heinis Augen immer. Er musste sich sehr zusammennehmen, sie nicht ohne Unterlass verliebt anzustarren. Sheila trug ein ganz schlichtes schwarzes Kleid, das ihre Figur vorteilhaft zur Geltung brachte. Sie hatte durchaus Kurven, stellte Heini erneut fest und zwang sich, Schneewittchen in die Augen zu schauen.

Sheila hatte einen wunderschönen üppigen Blumenstrauß mitgebracht, eine Kombination aus tief dunkelroten Löwenmäulchen, weißen Callas und lila Iris, dazu verschiedene Gräser. Sheila erklärte Heini, dass Iris in der Sprache der Blumen für eine gute Nachricht stünden, die Callas für Reinheit, Schönheit und Sympathie, aber auch als Glücksbringer bedeutsam seien.

»Und die Löwenmäulchen?«, erkundigte er sich.

Sheila lachte. »Die sind einfach nur schön«, gab sie zur Antwort. »Ich mag diese düster-leuchtende Farbe. Die passt zu dir.«

Heini bewunderte den liebevoll kombinierten Strauß, hätte sich aber insgeheim eine kleine Rose gewünscht, die Liebe symbolisierte und nicht nur Sympathie.

Elisabeth stellte den Strauß in eine Vase, während er den Champagner öffnete, der die Verkündung seiner Neuigkeit begleiten sollte.

Während er die Champagnerkelche füllte, sahen die beiden Gäste ihn erwartungsvoll an.

»Schwanger kannst du ja nicht sein«, witzelte Moritz, »aber vielleicht hast du im Lotto gewonnen?«

»Fast«, gab Heini strahlend zurück. »Damit liegst du gar nicht so falsch.«

Er hob sein Glas in die Höhe. Die anderen taten es ihm gleich. Elisabeth allerdings nur zögerlich, Heini wusste, dass sie nur halb so froh über die Nachricht gewesen war wie er. Aber sie wird die Vorteile schon noch zu schätzen wissen, tröstete Heini sich.

»Also, meine lieben Freunde«, hob er an, »nach einer besonderen Pechsträhne und viel Unglück, dem Tod meines Vaters«, er warf einen Blick auf Elisabeth, »und meiner nicht ganz freiwilligen Geschäftsaufgabe in Hamburg, kommen nun bessere Zeiten. Ich möchte mit euch darauf anstoßen, dass wir einen Käufer für das Haus gefunden haben. Hinrichsen Bestattungen wird in absehbarer Zeit der Vergangenheit angehören!«

Er strahlte über das ganze Gesicht und hielt sein Glas in die Mitte, aber niemand prostete ihm zu. Im Gegenteil. Die Mienen seiner Gäste waren wie schockgefroren. Elisabeth seufzte und starrte zu Boden, Moritz sah aus, als ob er einen Frosch verschluckt hätte, und Sheila war einfach nur starr vor Schreck.

Heini sah verwundert in die Runde. »Äh … hallo?«

Sheila riss sich als Erste zusammen und stellte ihr Glas mit Aplomb auf den Tisch. »Du schließt das Institut?«, fragte sie angespannt. »Für immer?«

Jetzt reagierte auch Moritz. Er setzte das Glas an den Mund und trank den Schampus in einem Zug aus. Dann schüttelte er sich wie ein junger Hund und sah Heini direkt ins Gesicht. »So eine Scheiße« war der trockene Kommentar.

Heini verstand die Welt nicht mehr. Was war denn mit seinen Freunden los? Konnte sich keiner mit ihm, für ihn freuen? Er sah irritiert in die Runde. Bevor er um eine Erklärung bitten konnte, beugte Sheila sich zu Elisabeth hinüber und nahm ihre Hand. »Was wird dann aus dir?«, fragte sie besorgt.

»Ich zieh in eine Wohnung.« Elisabeth warf Heini einen schnellen Blick zu, was so wirkte, als hätte er sie zu dieser Antwort gezwungen. »Ebenerdig, behindertengerecht.«

Heini hatte das dringende Gefühl, sich rechtfertigen zu müssen. »Was soll Elisabeth alleine in dem großen Kasten? Sie kann keine Treppen gehen und der Lift funktioniert nicht immer. Sie kann unmöglich allein in dem großen Haus bleiben.«

»Sie muss ja nicht alleine bleiben«, warf Moritz trotzig ein.

»Heini hat schon recht«, sprang Elisabeth jetzt für ihn in die Bresche. »Wenn es das Institut nicht mehr gibt, kann ich nicht mehr hier wohnen. Ich hänge nur aus Sentimentalität an dem Kasten. Aber es wäre unvernünftig und, ja, es ginge wohl auch nicht.«

Heini nickte ihr dankbar zu. Er schob sein Glas von sich. Der Appetit auf Champagner war ihm vergangen. Mit der Reaktion seiner Gäste hatte er im Leben nicht gerechnet.

Jetzt richtete Sheila ihre grünen Katzenaugen auf ihn. »Und wie kannst du das Beerdigungsinstitut schließen? Was soll denn werden auf Süderum ohne Bestatter?«

Heini verstand nicht ganz, was genau daran Sheila so auf die Palme brachte, was scherte sie sich darum?

»Ich dachte, es ist klar, dass mit dem Tod meines Vaters auch das Geschäft ein Ende hat«, gab er zur Antwort.

»Aber er hat immer gesagt … wir waren so sicher, dass …« Jetzt glitzerten Tränen in ihren schönen Augen.

»Ich glaub, ich kapier's nicht«, sagte Heini und kam sich selten dämlich vor, »warum erschüttert dich das so? Du hast doch damit gar nichts zu tun.«

Nun war es Sheila, die verdattert reagierte. Sie zog die Brauen zusammen, warf erst Elisabeth einen fragenden Blick zu, dann Moritz. Beide zuckten mit den Schultern.

»Ja, weißt du das denn nicht?«, richtete sie sich schließlich direkt an Heini. »Klaus und Johann Krüger – das sind meine Onkel!«

Klaus und Johann Krüger, wer zum Teufel …, fragte sich Heini, doch dann gab er sich selbst die Antwort: die Freddys!

»Die Freddys?«, echote er dämlich.

Sheila nickte, dann schluchzte sie. »Ach Mann.«

Moritz guckte betreten. In der Küche klingelte es – die überbackenen Austern waren fertig.

Heini ignorierte das, aber Moritz sprang auf, dankbar, der Situation entkommen zu können, und flüchtete in die Küche. »Ich mach das schon«, murmelte er.

»Bist du wegen ihnen so … betroffen?«, fragte Heini vorsichtig nach, obwohl er die Antwort natürlich kannte.

Sheila setzte nun ebenfalls das Glas Champagner an die Lippen und nahm einen Schluck daraus. »Was sollen die beiden denn nun machen?«

»Das tut mir leid.« Natürlich hatte auch Heini sich schon gefragt, was wohl mit den Freddys wäre, würde das Beerdigungsinstitut schließen. Aber er hatte sich letztendlich damit getröstet, dass sie nicht fest angestellt waren, und einen Minijob würden sie bestimmt auch woanders finden. Immerhin waren sie Süderumer Urgesteine, jeder kannte sie.

»Sie haben ja nicht so doll verdient bei meinem Vater, weißt du.« Heini versuchte zu trösten. »Die finden bestimmt was beim Amt. Grabpflege oder Arbeiten im Park oder so.«

Sheila sah ihn schockiert an. »Leichen sind ihr Leben!«, entfuhr es ihr.

Elisabeth und Heini konnten sich ein Schmunzeln nicht verkneifen und Sheila selbst war die Absurdität ihrer Aussage auch aufgefallen.

»Ihr wisst doch, was ich meine. Es geht nicht ums Geld. Na ja, das brauchen sie schon auch, klar. Aber sie haben bei deinem Großvater angefangen, Heini. Überleg dir das mal.«

Da erinnerte sich Heini an sein Gespräch mit Elisabeth über die beiden.

»Sie sind Rentner, Sheila. Ich kann nicht nur wegen ihnen den Betrieb aufrechterhalten.«

In dem Moment kam Moritz aus der Küche. Eine Schürze um die Hüften gebunden, die gehäkelten Topflappen und die Auflaufform in Händen. »Heiß und fettig!«, rief er mit bemühter Fröhlichkeit und stellte die Vorspeise mitten auf den Tisch. Er war hier wirklich wie zu Hause, dachte Heini und musste lächeln.

Der Rest des Abends lief zäh. Moritz und Elisabeth bemühten sich um Stimmung, aber weder bei Sheila noch bei Heini war die Laune noch zu retten. Heini erfuhr, dass Sheila damals, als sie auf die Insel gekommen war, bei ihren Onkeln unterkam, die sich rührend um das schwierige Mädchen gekümmert hatten. Dass Heini davon nichts wusste, lag allein daran, dass er nach seinem Weggang mit niemandem auf der Insel mehr Kontakt gehalten hatte, bis auf die wenigen Telefonate mit seinem Vater. Und der hatte andere Sorgen gehabt, als ihm von den Privatangelegenheiten seiner beiden Gehilfen zu erzählen.

Dass sich die Freddys als liebende Onkel entpuppten, verwunderte Heini zutiefst, was dazu führte, dass er sich noch mehr dafür schämte, das Institut zu schließen. Auf einmal fühlte er sich für ihr Schicksal verantwortlich.

Allerdings gaben sowohl Sheila als auch Moritz zu, dass es nicht realistisch war, das Geschäft zu erhalten. Heini verstand rein gar nichts von dem Business und sowohl Elisabeth als auch die Freddys waren zu alt, um ihm auf Dauer alles beizubringen. Außerdem hatte keiner wirklich davon gewusst, wie tief verschuldet der Betrieb tatsächlich war.

Trotz der gedrückten Stimmung dachte Heini während des Essens daran, wie wohl er sich in der Gegenwart seiner Freunde und auch Elisabeths fühlte. Sein Essen wurde hochgelobt, Moritz nahm dreimal beim Jambalaya nach und Sheila verdrückte trotz ihrer zarten Figur zwei Stücke des feisten Schokoladenkuchens. Das Gespräch war nicht ausgelassen und heiter, so wie Heini es sich zu Beginn des Abends erhofft hatte, aber ernsthaft und tiefgehend. Sie sprachen über die Insel, wie es sich außerhalb des Tourismus lebte und wie schwer es war, sich mit normalen Jobs hier über Wasser zu halten. Alte, Alleinerziehende oder Arbeitslose hatten kaum eine andere Wahl, als die Insel zu verlassen, weil sie das Leben auf ihr schlichtweg nicht bezahlen konnten. Ein Schicksal, das auch den Freddys blühte, denn Sheilas Blumenladen warf nicht genug ab, um die beiden durchzufüttern. Deshalb war Sheila so entsetzt über Heinis Entschluss gewesen.

Auch Elisabeth befürchtete, dass sie nicht auf der Insel bleiben konnte, weil ihr Geld nicht reichte – sie rechnete Heini vor, wie viel ihnen beiden brutto nach Abzug der Erbschaftssteuer vom Verkauf des Hauses bleiben würde. Sie würde sich vielleicht von ihrem Teil eine kleine Wohnung auf Süderum kaufen können, aber dann blieb kein Geld mehr zum Leben übrig.

Am Ende des Abends war Heini ziemlich deprimiert, aber auch um einige Erkenntnisse reicher. Als er Süderum damals verlassen hatte, hatte auch schon ein Großteil der Insulaner vom Tourismus gelebt. Aber das Leben auf der Insel war noch nicht vollständig davon bestimmt gewesen. Das hatte sich in den Jahren seines Fortseins grundlegend geändert. Aus der

Ferne hatte Heini immer gedacht, die Süderumer würden wie die Maden im Speck leben, weil die Reichen und Schönen ihre Ferien auf der begehrten Insel verbrachten. Dass dies auch eine Kehrseite hatte, hatte er, wie viele andere auch, nicht bedacht.

Er nahm sich vor, noch bevor er die Insel verließ, sich nach einer angemessenen Arbeit für die Onkel von Sheila umzusehen. Vielleicht konnte er eine Kooperation mit einem Internet-Bestatter schließen, der sich verpflichtete, die beiden bei Beisetzungen auf der Insel zu beschäftigen.

»Das würdest du tun?« Sheila lächelte zum ersten Mal an diesem Abend übers ganze Gesicht.

Sie standen bereits in der Tür, die schöne Floristin hatte sich verabschiedet und wollte nach Hause. Heini bot an, sie zu begleiten, aber sie lehnte ab und wollte die wenigen Schritte alleine gehen.

»Es tut mir so leid, dass wir dir den Abend verdorben haben«, sagte sie und gab Heini einen Kuss auf die Wange. »Aber ich war so überrascht. Und außerdem … es ist ja auch schade, dass du uns verlassen willst.«

Bevor Heini etwas entgegnen konnte, drehte sie sich rasch von ihm weg und verschwand in der Nacht. Heini sah ihr nach und der Kuss brannte sich heiß in seine Wange ein. Wie sehr er sich wünschte, für immer in ihrer Nähe zu bleiben.

»Ich pack's dann auch mal«, ertönte Moritz' Stimme hinter ihm.

»Willst du nicht noch auf ein Glas bleiben?«

Moritz schüttelte den Kopf. »Nee du. Ich muss morgen um sechs Uhr anfangen, ich brauch 'ne Mütze voll Schlaf.«

Dafür hatte Heini Verständnis. Wenngleich er sich auch keinen Job vorstellen konnte, bei dem er um sechs anfangen würde zu arbeiten …

»Also ciao!« Moritz zwängte sich neben Heini durch die Tür und ging ein paar Schritte.

»Du, Moritz«, hielt Heini seinen Kumpel auf. »Warum hast du eigentlich so schockiert reagiert? Ich meine, du hast doch keine Verwandten in meinem Betrieb, oder doch?«, erkundigte sich Heini.

Moritz drehte sich um und lächelte gequält. »Ach, egal.«

Es war gar nicht egal, das konnte Heini sehen. Sein Freund war bedrückt. Und er wollte wissen, warum. Er ging ein paar Schritte auf Moritz zu. »Raus damit.«

Moritz sah ihn an und lächelte nicht mehr. Er sah jetzt ganz ernst aus. »Ich dachte, aus uns könnte vielleicht was werden«, gab er zur Antwort.

Dann drehte er sich um, ohne auf Heinis Reaktion zu warten, und verschwand in einer Querstraße.

Heini war perplex. Das war die zweite Überraschung des Abends, dachte er. Deshalb also hatte Sheila sie für ein Paar gehalten.

Nachdenklich ging er zurück ins Haus und hatte das Gefühl, als hätte er seine Freunde heute Abend verloren.

13

Der Anruf kam am frühen Vormittag. »Wir haben eine Sturmwarnung reinbekommen, Stärke zehn bis elf«, sagte die Stimme am anderen Ende der Leitung. »Die Seebestattung muss ausfallen. Sagen Sie der Familie Bescheid?« Es war der Kapitän, auf dessen Schiff die Beisetzung von Frau Schmiedeckes Urne stattfinden sollte.

Heini hatte bereits selbst den Wetterbericht verfolgt und war deshalb nicht sonderlich überrascht, als er den Anruf erhielt.

Es war nun Mitte September und die Zeit der großen Herbststürme setzte ein. Seit ein paar Tagen war die Temperatur gesunken, der Sommer hatte endgültig Abschied genommen. Insgeheim freute sich Heini darüber. Er liebte das stürmische Wetter an der See. Es war nichts schöner, als drinnen im Warmen mit einer Kanne Tee zu sitzen, während draußen der Blanke Hans um die Insel fegte. Als kleiner Junge hatte ihm die Mutter immer Kandis gegeben, den er hingebungsvoll gelutscht hatte, anstatt ihn in seinen Tee zu tun.

Er rief also bei den Schmiedeckes an und hatte Jonas am Apparat. Heini hatte noch kaum das Wort »Hinrichsen« ausgesprochen, da unterbrach ihn der Junge schon. »Mama kann heut nicht bestattet werden, oder?«

Heini bestätigte das. Er spürte, dass Jonas tieftraurig und erleichtert zugleich war. Der Abschied von der Mutter würde sich noch ein wenig hinauszögern, noch war sie irgendwie auf der Welt, wenngleich auch nicht lebendig. Heini wusste, dass jede Beisetzung den Abschied vom geliebten Menschen erst endgültig machte. Erst dann war man in der Lage, mit der Trauerarbeit zu beginnen. Den Angehörigen wurde die Abwesenheit des Toten bei einer Bestattung deutlich vor Augen geführt, Rückkehr ausgeschlossen.

»Ich hab schon im Radio gehört, dass Orkanwarnung ist«, sagte Jonas jetzt. »Papa hat sich schon drauf eingestellt, dass er den Gästen absagt.«

»Ich kann das übernehmen«, bot Heini an. Das war schließlich Teil des Jobs.

»Nee, ich helfe ihm«, ließ sich der Teenager vernehmen. »Hab ja sonst nichts zu tun.«

»Schulfrei?«, erkundigte sich Heini.

»Mmh«, gab Jonas zurück.

Heini erinnerte sich daran, dass auch er damals zwei Wochen von der Schule freigestellt worden war. Es waren die schlimmsten zwei Wochen seines Lebens gewesen. Lieber wäre er zur Schule gegangen, hätte zumindest versucht, ein normales Leben zu führen, anstatt mit seinem trauernden Vater nutzlos zu Hause zu sitzen. Sune hatte natürlich trotzdem gearbeitet, er hatte sich richtiggehend in Arbeit vergraben. Auch Heini hatte sich nach seinen Freunden gesehnt und danach, dass das Leben weitergehen würde. Stattdessen war er in eine depressive Stimmung versunken. Er wusste also genau, wie Jonas sich jetzt fühlen musste.

»Ist gut, wenn du deinem Vater das abnimmst«, versuchte Heini den Jungen aufzubauen. »Bist ganz schön tapfer.«

Jonas sagte nichts. Heini konnte hören, wie er sich zusammennehmen musste, um nicht zu weinen.

»Wenn du Bock hast, zeig ich dir das Juggern«, redete er

deshalb weiter. »Wenn das Wetter ein bisschen besser ist. Kannst auch Kumpels mitbringen, je mehr wir sind, desto besser.«

Das schien Jonas wirklich ein wenig aufzumuntern. »Hab's schon gegoogelt«, sagte er, »sieht cool aus. Ihr wart schon dreimal Meister, oder?«

Mit »ihr« meinte er Heinis Mannschaft, seine ehemalige Mannschaft, besser gesagt. Die Mannschaft, mit der er nie wieder spielen würde und deren Sportgeräte in seinem ebenfalls ehemaligen Tattoo-Studio in Flammen aufgegangen waren. Zum Glück für Heini hatten alle seine Bekannten aus der Jugger-Mannschaft die Nachricht, dass ihre Waffen ein Raub der Flammen geworden waren, gefasst aufgenommen. Man baute sich beim Jugger diese Pompfen ohnehin selbst, die Waffen waren so gesehen nicht von materiellem Wert.

Heini bemühte sich, noch ein bisschen mit Jonas über den außergewöhnlichen Sport zu plaudern, anschließend verabredete er mit Herrn Schmiedecke zwei neue Alternativtermine für die Seebestattung und setzte sich diesbezüglich mit der Deutschen Seebestattungsgesellschaft in Verbindung.

Danach ordnete er mit Elisabeth den Papierkram. Das war etwas, was sie fast jeden Nachmittag zusammen machten. Sune hatte alle Unterlagen aus den vergangenen Jahrzehnten aufgehoben. Aber nicht nur über die Bestattungen, die er verantwortet hatte, sondern alle möglichen Prospekte. Sie fanden zum Beispiel eine Einladung zum Kongress der Plastinatoren 2002 nach Santa Monica, genauso wie Kataloge von Sargherstellern aus mindestens fünf Jahrzehnten. Schuldscheine, Lotterielose, Horoskope, die Sune aufgehoben hatte, in der Hoffnung, dass sie ihm etwas über sein Kartenglück offenbaren würden. Fotos von Leichen, vor und nach der Präparation, steckten in den vollkommen ungeordneten Papierhaufen ebenso wie handschriftliche Notizen. Es war ein einziges Chaos an Dokumenten und alles musste sorgfältig durchgesehen werden, damit nichts, was vielleicht von Belang sein könnte, verschwand.

Elisabeth beichtete Heini, dass sie zwar die Buchhaltung verwalten durfte, aber an alles andere hatte Sune sie nie herangelassen. Die Korrespondenz hatte er stets alleine erledigt. Vielleicht war das seine Art, die verstorbene Frau nicht gänzlich durch Elisabeth zu ersetzen, denn Schreibarbeiten hatte früher Heinis Mutter für das Bestattungsinstitut übernommen.

Diese Nachmittage waren anstrengend für sie beide und manchmal hatte Heini das Gefühl, dass sie niemals damit fertig werden würden. Kaum hatten sie einen Stapel durchgearbeitet und sortiert – und das meiste in den Müll geworfen –, tauchte ein neuer auf. Außerdem hatte Heini kein gutes Gefühl dabei, dass Sunes Leben nun so offen vor ihm lag. Bestimmt hatte sein Vater vieles lieber verschwiegen, so wie er auch seine Spielsucht verborgen hatte, und nun brachten er und Elisabeth Licht ins Dunkel und offenbarten Dinge, die Sunes dunkle Seiten zum Vorschein brachten.

Eine völlig neue Seite seines Vaters zeigte sich hier. In Heinis Augen war Sune Hinrichsen ein Mann gewesen, der sich stets sicher gewesen war, das Richtige zu tun. Am Auftreten und an seinen Entscheidungen hatte er nie den Hauch eines Zweifels zugelassen. Und nun zeigte sich hier ein zutiefst zerrissener und unglücklicher Mensch. Der sich seiner Sucht und seiner Schulden schämte, sich aber nicht zu helfen wusste und mit aller Macht versuchte, seinen Schwächen zu entkommen. So fand Heini mehrmals kleine gekritzelte Notizen seines Vaters an sich selbst. »Muss es schaffen!!!«, stand zum Beispiel auf die Rückseite einer Trauerkarte gekritzelt.

Während er und seine Stiefmutter so beieinandersaßen und sich beim schwächer werdenden Licht durch den Nachlass von Sune Hinrichsen kämpften, schwiegen sie fast die ganze Zeit. Manchmal schluchzte oder stöhnte Elisabeth verstohlen.

Stets hatte er nach dieser Tätigkeit das Gefühl, dass er dringend an die frische Luft musste, und lief eine Runde am Strand. So auch heute. Gegen fünf Uhr zog er sich seine Sportklamotten über und lief in leichtem Trab an den Strand. Was sich ihm heute dort bot, war ein grandioses Schauspiel. Es war beinahe Flut und die See war in wilder Bewegung. Meterhoch türmten sich die Brecher und das Wasser bedeckte schon jetzt den halben Strand, obwohl das Hochwasser erst in einer Stunde den höchsten Punkt erreicht haben würde. Das sah nach einer astreinen Sturmflut aus. Die Strandkörbe waren bereits größtenteils vom Strand in die Dünen oder in sichere Unterstände gebracht worden. Die Trecker der Strandkorbvermieter tuckerten noch mit Höchstgeschwindigkeit durch das flache Wasser und die Gischt, um die letzten Körbe vor der herannahenden Sturmflut zu retten.

An Joggen war nicht zu denken, der Wind war so stark, dass Heini seinen Oberkörper fast waagerecht beugen musste, um voranzukommen. Seine Mütze musste er mit beiden Händen am Kopf festhalten und der Sturm riss an seinem Sweatshirt, dass es sich zum Segel aufblähte. Der Himmel war grau, dunkle Wolken türmten sich drohend auf und versprachen, dass der Wettergott seine stärksten Waffen noch gar nicht ausgepackt hatte.

Als Heini sich genug hatte durchpusten lassen und nach Hause zurückkehrte, war der Sturm auf Orkanstärke angeschwollen und die ersten dicken Tropfen klatschten aufs Pflaster. Heini schloss die Tür hinter sich und horchte in die Stille des Hauses. Drinnen war alles ruhig, aber im Gebälk ächzte und knarzte es, das Haus stemmte sich gegen die Gewalten, die ihm von außen zusetzten. Er warf einen Blick ins Wohnzimmer. Elisabeth war auf dem Sofa eingeschlafen und sogar die Papageien saßen still in ihrem Käfig. Im Kamin prasselte ein kleines Feuer und Heini legte noch ein Scheit nach. Er freute sich jetzt auf eine heiße Dusche, warme Klamotten und einen schönen Tee mit Rum, als das Telefon im Büro klingelte. Heini nahm an, dass es um die Seebestattung ging, vielleicht hatte Herr Schmiedecke noch eine Frage, und deshalb spurtete er hinüber und hob nach dem fünften Klingeln den Hörer ab.

»Spreche ich mit Hinrichsen?«, vernahm Heini eine unbekannte Stimme am anderen Ende der Leitung. Der Anrufer musste sich draußen aufhalten, Heini hörte den Orkan durchs Telefon heulen.

»Hier Mannske, Notfallsanitäter. Wir haben den vermissten Segler. Der Arzt hat gerade den Todesfall bestätigt, also der gehört euch.«

Heini begriff nicht. Beziehungsweise wollte nicht begreifen. »Der gehört uns? Was soll das heißen? Ist der Mann tot?«

Der Sanitäter stöhnte. »Was habe ich denn gerade gesagt? Natürlicher Todesfall, keine Obduktion nötig. Wir dürfen den nicht mehr ins Krankenhaus bringen, ihr könnt ihn abholen.«

Heini schluckte. Seine erste Leiche. Ihm wurde flau im Magen. Er sammelte sich und notierte die Adresse und gab durch, dass er so bald als möglich vor Ort sein würde. Als er aufgelegt hatte, wurde ihm klar, dass er einen Job angenommen hatte. Das war das, was er um keinen Preis hatte tun wollen. Er würde das Beerdigungsinstitut schließen, das war, was er vorgehabt hatte. Andererseits: Was hätte er denn sagen sollen? Ich komme nicht, seht zu, wo ihr bleibt mit dem Mann?

Heini hoffte, dass er die Freddys sofort erreichen würde, alleine wäre er aufgeschmissen. Er wühlte nach ihrer Nummer und gab sie in sein Telefon ein. Er hatte Glück und kündigte den beiden an, dass er in zehn Minuten vor ihrer Tür stehen würde. Er musste sich nur noch in den Anzug schmeißen.

Pünktlich rollte der schwarze Mercedes-Kombi vor dem Wohnblock der Freddys aus. Die beiden standen schon vor der Haustür, die schwarzen Krawatten flatterten im Sturm. Ohne ein Wort zu reden, stiegen sie in den Leichenwagen, den Heini nun in Richtung Vogelschutzgebiet lenkte, dort war der Segler gefunden worden. Heini ließ sich auf der Fahrt von den Freddys genauer instruieren, was zu tun war. Das heißt, er versuchte, es ihnen aus der Nase zu ziehen. Für die beiden war der Vorgang eine Alltäglichkeit, sie begriffen nicht, welche Details Heini von ihnen wissen wollte. Letztlich aber war seine Aufgabe lediglich der Papierkram, das Einsargen der Leiche würden die beiden Bestattergehilfen übernehmen.

Da sie am Fundort der Leiche, direkt am Strand, nicht parken konnten, stellte Heini den Leichenwagen neben dem Polizeiauto und dem Auto des Inselarztes ab. Die Rettungssanitäter waren augenscheinlich schon wieder fort, sie wurden bei dem Sturm sicherlich woanders gebraucht.

Der Orkan peitschte den Sand über die Dünen, der sich schon nach wenigen Sekunden in jeder Kleiderfalte, in Haaren, Nase, Mund und Augen angesammelt hatte. Tapfer stemmten sie sich gegen den Wind, und als sie am Ende des Bohlenweges über die Dünenkuppe kamen, wechselte sich der Sand mit der Meeresgischt ab. In der Nähe konnte Heini eine Gruppe von Menschen entdecken, die nah beieinanderstanden, vermutlich um nicht vom Sturm auseinandergetrieben zu werden. In ihrer Mitte lag ein Mensch, bestimmt der Tote.

Bereits am Mittag war die Vermisstenmeldung über das

Lokalradio durchgegeben worden. Uwe Betel, 65, erfahrener Segler, war am Morgen trotz Sturmwarnung mit seinem Segelboot zu einer Inselumrundung aufgebrochen. Der Mann war allein unterwegs gewesen. Wenige Stunden später hatte die Küstenwache das führerlos treibende Boot aufgebracht. Von Uwe Betel keine Spur. Und nun war er hier angetrieben worden, der Vogelwart hatte ihn gefunden, wie der Rettungssanitäter Heini am Telefon mitgeteilt hatte.

Als sie bei der Gruppe angelangt waren, löste sich ein Mann und begrüßte Heini. Er stellte sich als der Inselarzt vor, der den Totenschein ausgestellt hatte. Die Polizei war mit zwei Mann ebenfalls vor Ort, Kollegen von Moritz. Der Arzt übergab Heini alle notwendigen Papiere. Der Sachverhalt, auf den er und die Polizisten sich geeinigt hatten, war wohl eindeutig. Der Segler musste bei dem Sturm während eines waghalsigen Manövers vom herumschwenkenden Großbaum am Kopf getroffen worden sein. Schädel-Hirn-Trauma, der Arzt zeigte Heini die Verletzung.

Es blieb Heini nichts anderes übrig, als hinzusehen. Er war kein Weichei und er hatte schon vieles gesehen in seinem Leben. Auf der Weltreise waren ihm Junkies, Obdachlose, Kranke und Verletzte begegnet, in allen Teilen der Welt, in unterschiedlich starken Ausprägungen. Aber keine Toten. Leichen waren von Kind an Heinis Alptraum. Obwohl oder gerade weil er wusste, dass immer irgendein Toter, eine Tote im Keller ihres Hauses lag. Aber er hatte so panische Angst davor, dass er es, bis er ausgezogen war, vermieden hatte, sich einen der Toten anzusehen.

Wenn ein Leichnam im Abschiedsraum des Instituts aufgebahrt war und die Angehörigen kamen, um Abschied zu nehmen, hatte sich Heini in seinem Zimmer versteckt. Wenn sein Vater und die Freddys mit einem Toten im Wagen vorfuhren, war dieser stets in den Leichensack gehüllt und wurde in den Keller verbracht. Und diesen Kellerraum hatte Heini kaum mehr betreten, seit er sechs Jahre alt war. Er mutmaßte, dass Moritz, der sich liebend gerne dort unten hatte einschließen lassen, um seinen Mut zu beweisen, schon als Kind mehr Tote gesehen hatte als er in seinem ganzen Leben.

Aber nun musste er hinsehen.

Und es war weniger traumatisch, als er erwartet hatte. Der Mann sah ganz einfach aus, als würde er schlafen. Die Augen hatte schon jemand geschlossen, Uwe Betels Mund war geöffnet und es wirkte, als würde er beim Schlafen durch den Mund atmen. An der rechten Schläfe hatte er eine kleine Wunde, das Blut war vom Meerwasser weggewaschen worden. Eine Schwellung war zu sehen, ansonsten war der Mann vollkommen unversehrt. Der Tod musste tatsächlich vollkommen überraschend und schnell eingetreten sein, von einem Todeskampf war in den friedlichen Zügen des Seglers nichts zu erkennen.

Die Freddys hatten die Hände des Mannes bereits über seinem Bauch aufeinandergelegt und waren nun dabei, den Toten auf die Trage zu betten. Der eine der Brüder hatte die Füße gepackt, der andere fasste an die Schultern, den Kopf stützte er geschickt mit den Unterarmen ab. Beide hatten sie Latexhandschuhe an. Sie warfen sich einen verständigenden Blick zu und auf ein geheimes Zeichen hin hoben sie den Mann rasch an und auf die Trage. Auf dieser lag ein Papiertuch, darauf wurde Uwe Betel nun gelegt. Die Freddys schnallten den Toten auf der Trage fest, legten ein weiteres Papiertuch über die Leiche, schlugen die Kunststoffplanen darüber und schließlich wurde der Reißverschluss der Hülle, die zur Trage gehörte, über dem Leichnam hochgezogen.

All das geschah in wenigen Minuten. Ohne Worte, in höchster Professionalität und vor allem: mit Würde. Während seine Mitarbeiter den Leichnam von Uwe Betel zum Wagen transportierten, versicherte sich Heini, dass alle Papiere in Ordnung waren. Die Polizisten hatten Kontakt mit der Ehefrau des Toten gehabt, diese hatte darum gebeten, dass Hinrichsen Bestattungen die Überführung des Toten mit dem heimischen Bestattungsunternehmen koordinieren sollte. Das Ehepaar war in Bremen ansässig, die Gattin würde nicht extra nach Süderum reisen.

Damit verabschiedeten sich die Polizisten, der Arzt ebenfalls und Heini blieb allein im Sturm zurück. Auch er hätte sich jetzt beeilen müssen, die Freddys warteten mit der Leiche im Wagen darauf, ins Bestattungsinstitut zurückzufahren und den Toten für den Kühlraum vorzubereiten.

Heini sah auf die aufgepeitschte See und dachte an das Gesicht von Uwe Betel. Ruhig hatte der Tote ausgesehen, aber auch abwesend. Es war nicht das Gesicht eines Lebenden. Man hatte gespürt, dass in diesem Körper keine Seele mehr wohnte, und auf eine seltsame Art hatte Heini gefunden, dass gerade das der Leiche den Schrecken genommen hatte.

Heini war dem toten Segler beinahe dankbar. Auch der sorgsame, aber sehr professionelle Umgang sowohl der Polizisten als auch des Arztes und der beiden Freddys hatten ihm gezeigt, wie es sein konnte, wenn man täglich Umgang mit dem Tod hatte. Es war gewiss nicht leicht, aber man konnte es aushalten. Der Tod gehörte einfach zum Leben.

Leichten Herzens wandte sich Heini ab und ging über die Dünen zum Leichenwagen zurück. Er schämte sich ein wenig seiner Erleichterung, denn schließlich war mit dem Tod des Mannes auch die Trauer von Angehörigen verbunden, aber Heini war ihnen nicht begegnet und den Toten hatte er nicht gekannt. Er empfand keine Trauer über den Tod des Fremden, sondern Erleichterung darüber, dass er sich erfolgreich einem Trauma gestellt und es überwunden hatte.

Im Institut angekommen, übernahmen die Freddys die Regie. Heini half den beiden, die Fahrtrage in den Kellerraum zu bringen, und zog sich dann zurück. Er wusste, dass die beiden den Toten nun auszogen, wuschen, ein wenig herrichteten und schließlich in einen einfachen Sarg betten würden. Dieser käme in die Kühlkammer und würde, sobald Heini mit den Kollegen in Bremen alles geklärt hatte, überführt werden.

Die Jungs waren hier in ihrem Element, sie wussten, was zu tun war, jeder Handgriff saß, sie brauchten ihn nicht. Und es war keineswegs so, dass Heini scharf darauf war, dabei zuzusehen. Er musste seine Nerven nicht überstrapazieren.

Heini ging nach oben ins Erdgeschoss. Der Sturm hatte an Stärke zugenommen und rüttelte ordentlich an dem alten Kasten. Auf dem Dach polterte es einmal laut und Heini nahm sich vor, am nächsten Tag, wenn der Orkan abgeebbt war, auf dem Dach nach dem Rechten zu sehen, es hatte sich angehört, als hätte sich ein Ziegel gelockert. Er hatte jetzt das Bedürfnis nach einem kleinen Schnaps, das Erlebnis mit seiner ersten Leiche steckte ihm doch ein bisschen in den Knochen und außerdem war er von der Viertelstunde am Strand, bekleidet nur mit Sunes dünnem Bestatteranzug, völlig durchgefroren. Er sehnte sich nach Wärme, Behaglichkeit und – nach seinem Tattoo-Studio. Wie wenig nervenaufreibend war die Tätigkeit gewesen! Er hatte in aller Ruhe und Konzentration Nadelstich an Nadelstich gesetzt und das höchste der Gefühle – von Ali Hassan mal abgesehen – waren überempfindliche Kunden gewesen, die vor Schmerz gezuckt hatten. Plötzlich fühlte sich Heini, der sich immer für einen toughen Typ gehalten hatte und den andere auch dafür hielten, wie eine Memme.

Er ging die Treppe hoch, um sich in seinem Dachzimmer umzuziehen, als plötzlich ein ohrenbetäubendes Geräusch durch das Haus ging. Es klang wie ein mächtiges, schrilles Stöhnen, als löste sich etwas aus seiner Verankerung, und Heini hielt sich in einem ersten Impuls am Treppengeländer fest. Auf das Stöhnen folgte jetzt ein Krachen, das Geräusch splitternden Holzes und schließlich mündete die grauenvolle Kakophonie in einem dumpfen Poltern. Es fühlte sich an, als wäre das gesamte alte Haus in seinen Grundfesten erschüttert.

Das Schlimmste erwartend, rannte Heini nach oben, er nahm drei Stufen auf einmal. Panisch riss er die Tür zu seiner kleinen Gaube auf und sah seine Ahnung bestätigt: Statt der Zimmerdecke blickte er auf das hölzerne Gerippe der Dachkonstruktion. Fetzen von Tapete und einzelne lose Dachbalken wurden vom Sturm hin und her geschüttelt, am Boden lagen Mörtel, Holz und Ziegel.

Der Orkan hatte das Dach des Kapitänshauses praktisch komplett abgedeckt.

14

Noch während Heini versuchte, die Situation zu erfassen, donnerte ein weiterer Ziegel herab – genau auf das Terrarium von Gordon. Der Gecko hatte sich bereits ängstlich unter einem Stück Treibholz versteckt. Ohne nachzudenken, machte Heini einen Satz auf das Terrarium zu und versuchte es anzuheben, aber er hatte die Maße beim Bau großzügig berechnet, das Ding war schwer und sperrig. Außerdem war es mit Sand gefüllt, Heini konnte es unmöglich alleine anheben, geschweige denn wegtragen. Er machte wieder einen Schritt rückwärts aus der Tür hinaus und brüllte ins Erdgeschoss hinunter. »Elisabeth!«

Seine Stiefmutter, durch den Lärm aufgeschreckt, stand bereits auf ihren Rollator gestützt am Fuß des Treppenhauses und sah zu ihm nach oben.

»Das Dach ist weg! Ruf die Freddys, ich brauche ihre Hilfe!«

Elisabeth reagierte sofort, während sich Heini erneut in sein Zimmer wagte. Die Gefahr, dass ihm etwas auf den Kopf stürzte, war groß, ständig wurden Teile des Daches, Holz, Ziegel, Mauerreste durch das große Loch in das Zimmer geschleudert. Aber Heini hätte Nathalie und Gordon um keinen Preis ihrem Schicksal überlassen wollen.

Er wollte zuerst die neue Box der Vogelspinne bergen, sie hatte auf seinem Tisch gestanden. Der Tisch allerdings stand nicht mehr da – er war zusammengebrochen. Von der Box waren nur noch Splitter übrig, ein herabgestürzter Holzbalken hatte sie zerstört.

Panisch räumte Heini den Balken zur Seite. Er hatte Angst, dass Nathalie in ihrem Gefängnis zerquetscht worden war. Aber da war nichts. Die Plastikbox mit ihrer Höhle war zerstört – aber leer. Es musste der Vogelspinne gelungen sein zu entkommen. Hoffentlich war sie nicht verletzt.

In dem Moment kamen die Gebrüder Krüger oben an. Fassungslos starrten sie durch das Loch im Dach in den dunklen Himmel.

»Schnell, fasst mit an«, Heini deutete auf das Terrarium. Die Freddys mochten merkwürdig sein, aber sie waren schnell im Kopf und ziemlich stark. Im Nu hatten sie das schwere Ding mit dem Gecko drin angehoben und aus dem Zimmer getragen.

Heini wollte unbedingt nach Nathalie suchen, aber erneut prasselten Ziegel in das Zimmer und er wusste, dass es zum jetzigen Zeitpunkt zu gefährlich war. Er raffte rasch noch ein paar persönliche Dinge zusammen und verließ das Dachgeschoss, inständig hoffend, dass seine geliebte Spinne dem Tod entronnen war.

Unten standen die ratlosen Freddys; das Terrarium hatten sie bereits ins Wohnzimmer gestellt. Elisabeth hatte die Feuerwehr verständigt.

»Es kann aber sein, dass es ein paar Stunden dauert, bis sie kommen«, wandte sie sich an Heini. »Sie haben alle Hände voll zu tun, und da bei uns kein Menschenleben in Gefahr ist, hat das keine Priorität«, gab sie ihr Gespräch wieder.

»Es kann auch nicht noch schlimmer werden«, versuchte Heini sie zu beruhigen. »Es sieht übel aus, aber das Haus bleibt stehen.«

»Eimer«, sagte der eine Freddy.

Der andere nickte. »Regen.«

Sie hatten recht. Noch wütete der Sturm – der laut Feuerwehr bereits ein Orkan war – der Regen würde später einsetzen. Und es musste zu dem Sturmschaden nicht unbedingt noch ein Wasserschaden hinzukommen.

In der nächsten halben Stunde waren alle vier damit beschäftigt, jedes Behältnis, das Wasser auffangen konnte, einzusammeln. Heini nahm die Putzeimer, Vasen, Blumenkübel, Zinkwannen und Plastikplanen entgegen und versuchte, wieder in seinem Zimmer, alles unter dem Loch im Dach zu positionieren, so dass bei einsetzendem Regen nicht sofort das darunterliegende Stockwerk durchweichte. Dabei war er ständig in Gefahr, einen Ziegel auf den Kopf zu bekommen.

Elisabeth hatte ihm Sunes Fahrradhelm angeboten, den Heini dankbar annahm, obwohl die graue Plastikschale mit den neongrünen Rallyestreifen ihm Augenkrebs bescherte. Einen schweren Schlag würde das Ding auch nicht abhalten können, aber mittlerweile regnete es nur noch Kleinteile durchs Dach.

Während Heini also die herabgestürzten Baumaterialien notdürftig an den Rand des Zimmers räumte, den Boden mit Plastik auslegte und darauf die Eimer stellte, suchte er nach Nathalie. Aber vergebens. Sie würde sich in eine winzige Nische gerettet haben und dort in Verteidigungsstellung ausharren, bis die Gefahr vorbei war. Heini tröstete sich damit, dass er auch keine tote Spinne gefunden hatte. Außerdem durfte Nathalie jetzt nicht seine Hauptsorge sein.

Als die Freddys ihm keine Gefäße mehr hochbrachten und er seine Arbeit so gut wie möglich erledigt hatte, blieb ihm nichts anderes zu tun, als nach unten zu gehen. Jetzt konnten sie nur auf das Eintreffen der Feuerwehr warten.

»Ich bring euch mit dem Auto nach Hause, wenn der Sturm etwas abgeklungen ist«, ließ er die Freddys wissen, die unschlüssig im Wohnzimmer herumstanden, jeder eine Tasse starken Tee von Elisabeth in der Hand. Die beiden sahen sich an.

»Doch, doch, keine Widerrede«, bekräftigte Heini, der den beiden ansah, dass ihnen nicht wohl dabei war.

Jetzt meldete sich einer der Brüder zu Wort. »Das ist es nicht«, sagte er, »sondern Herr Betel.«

Welcher Herr Betel?, fragte sich Heini, doch dann fiel es ihm ein und er schämte sich dafür, dass er den toten Segler ganz vergessen hatte. Die Ereignisse der letzten Stunde hatten »seine« Leiche kurzzeitig verdrängt.

»Hat das nicht Zeit bis morgen?«, fragte er.

Die Gebrüder rissen entsetzt die Augen auf.

»Niemals«, rief der eine theatralisch und das war das erste Mal, dass Heini so etwas wie einen Gefühlsausbruch bei den beiden Bestattern erlebte. »Er muss heute noch ins Kühlhaus!«

Heini nickte. »Tja, dann ... Bitte. Ich fahr euch trotzdem, wenn ihr fertig seid.«

Die beiden schoben erleichtert ab.

Heini setzte sich erschöpft aufs Sofa und dachte an die Nacht vor vierundzwanzig Jahren. Auch damals hatte ein schreckliches Gewitter getobt. Allerdings ohne dass das Haus Schaden genommen hatte. Damals war er auf der Suche nach seinem Vater in den Leichenkeller gerannt und hatte gesehen, wie dieser sich, mit weißer Plastikschürze wie ein Metzger und mit Handschuhen, an einem Toten zu schaffen gemacht hatte. Dieser schockierende Anblick hatte ihn niemals losgelassen und dazu geführt, dass er seinem Vater eine widernatürliche Freude an Leichen unterstellt hatte. Warum sonst sollte dieser mitten in der Nacht im Leichenkeller stehen, anstatt sich gemütlich in den Fernsehsessel zu kuscheln und »Aktenzeichen XY« zu gucken?!

Jetzt erst begriff er, dass Sune keinen Feierabend gehabt hatte. Dass er eigentlich nie wirklich Feierabend und gar keine Wahl hatte – wenn er einen Leichnam ins Institut bekam, musst er ihn umgehend so präparieren, dass er ihn ins Kühlfach verbringen konnte.

Man konnte die Leiche nicht einfach liegen lassen, nur weil Geschäftsschluss war – Leichenstarre, Totenflecken, Verwesung, Bakterien, Insekten –, all das, was nach dem Tod einsetzte, veränderte den Leichnam so wesentlich, dass es immer schwieriger wurde, den Toten für eine würdevolle Abschiednahme zu präparieren. Er musste so »frisch« wie möglich hergerichtet und dann im Sarg aufbewahrt werden. Auch Tote hatten Termine.

Während Heini im Warmen auf dem Sofa saß, das Kaminfeuer prasselte immer noch, die Hände um einen heißen Becher Tee geschlungen, und dem Geschnatter der Papageien lauschte, wurden seine Lider schwer. Bleierne Müdigkeit fiel auf Heini. Der Tag war anstrengend gewesen, zu viel war passiert.

Der Schlaf übermannte ihn und er wehrte sich nicht dagegen.

Im Traum stand er im warmen Sand einer Karibikinsel, Palmen beugten ihre langen Hälse über das Wasser und eine halbnackte Schönheit kam auf ihn zugetanzt. Ihre langen schwarzen Haare reichten ihr bis zu den Hüften, sie trug ein Baströckchen, das im Rhythmus ihrer sich wiegenden Hüften sanft hin und her schwang. Sie trug eine üppige Blumenkette aus Löwenmäulchen und Rosen am ansonsten nackten Oberkörper, so dass ihre blanken Brüste Heini verborgen blieben. Plötzlich streckte die nicht ganz so unbekannte Schöne mit den grünen Augen ihre Hände aus und bot Heini eine Kokosnuss dar. Als er danach greifen wollte, verwandelte sich die Kokosnuss in Nathalie, die braunhaarige Vogelspinne, die sich angriffslustig aufrichtete. Heini zuckte erschrocken zurück und …

»Heini?«

Er zuckte erneut zusammen und erwachte dabei aus dem Sekundenschlaf. Elisabeth stand vor ihm und schüttelte ihn an der Schulter. »Heini, komm, wach auf, ich mach dir hier dein Bett.«

Kurz musste er sich orientieren, aber dann wusste Heini wieder, was passiert war.

»Die Feuerwehr? Und die Freddys?«, stammelte er, aber Elisabeth schüttelte nur den Kopf. »Die Feuerwehr kommt nicht mehr. Die haben noch mal angerufen und sich angehört, was los ist. Aber in Dünsand hat der Blitz in einen Stall eingeschlagen und was weiß ich noch. Da können die sich nicht um unser Dach kümmern.«

Heini nickte. »Ich ruf morgen beim Dachdecker an.«

»Da wirst du nicht der Einzige sein«, gab Elisabeth zurück und schickte Heini vom Sofa. Sie hatte Laken und Decken dabei und gemeinsam funktionierten sie das Sofa zum Bett für Heini um. »Der Orkan hat schlimmstes Chaos auf der Insel angerichtet. Die Freddys haben versprochen, dass sie dir morgen mit dem Dach helfen.«

»Sind die schon weg?«, erkundigte sich Heini.

»Haben den Leichenwagen genommen. Das ist in Ordnung, haben sie bei Sune auch immer gemacht.«

Heini war einverstanden. Hauptsache, Herr Betel war im Kühlraum und die beiden Bestatter waren sicher zu Hause. Er dachte an Sheila. Ob bei ihr alles okay war? Für einen Anruf schien es ihm zu spät, es war kurz vor Mitternacht. Aber eine

SMS wollte er unbedingt schicken. Sie antwortete prompt, und als es sich Heini wenig später auf dem Sofa gemütlich machte, standen sie zu seiner Freude in regem Kontakt. Sheila hatte bereits von ihren Onkeln von dem Dachunglück gehört und versorgte Heini noch mit weiteren Nachrichten von Nachbarn. Einem war der Keller überflutet, einem anderen ein Baum aufs Auto gestürzt, auf dem Campingplatz war der Notstand ausgerufen worden.

Während er sich glücklich mit Sheila schrieb, hoffte Heini, dass es trotz der vielen Unglücke auf der Insel keine weiteren Toten gegeben hatte. Er war auch noch ein paarmal ins Dachgeschoss gegangen, hatte ein paar besonders kleine Eimer ausgeleert, und erst als er sicher war, dass es dort oben zu keiner Überschwemmung mehr kommen konnte, legte er sich richtig aufs Ohr. Er musste sehen, dass er eine Mütze voll Schlaf bekam – der morgige Tag würde noch anstrengender als der heutige werden. Er würde mit den Freddys das Dach notdürftig abdecken, den Schutt aus dem Dachgeschoss entfernen, die Versicherung benachrichtigen und zu alledem noch die Überführung des Bremer Seglers regeln müssen.

Aber er fand einfach nicht in den Schlaf. Zu viele Dinge schossen ihm durch den Kopf. Nicht nur die Katastrophe auf dem Dach beschäftigte ihn, auch die Tatsache, wie er es schaffen sollte, das Institut abzuwickeln, ohne dass es für die Bewohner von Süderum und vor allem für die beiden Krüger-Brüder zum Nachteil wurde.

Und dann dachte er immer wieder an seinen Kumpel Moritz. Seit dem Essen hatte er ihn nicht mehr gesehen. Ob es Moritz peinlich war, dass er sich Heini gegenüber geoutet hatte? Wie war das eigentlich, wussten die Süderumer und vor allem Moritz' Kollegen, dass er schwul war? War so etwas heute noch ein Problem, in dem Beruf, auf so einer kleinen

Insel? Und was bedeutete das für ihre Freundschaft? Moritz war schon damals einer der wichtigsten Menschen für Heini gewesen, Als seine Mutter gestorben war, hatte ihm nur die unverbrüchliche Freundschaft zu Moritz Halt gegeben. Dann hatte er ihn einfach vergessen. Aus den Augen, aus dem Sinn. Das durfte nicht wieder passieren, nahm sich Heini vor. Egal, wohin er gehen würde. Aber wollte Moritz das überhaupt? War es möglich, diese Männerfreundschaft, an der Heini so viel lag, wie er seit seiner Rückkehr gemerkt hatte, aufrechtzuerhalten, obwohl er Moritz' Gefühle nicht erwidern konnte?

Am anderen Morgen wachte Heini schon früh auf. Von der Straße hörte er ein lautes Rumpeln. Er schwang sich aus dem Bett, ging zum Fenster und schob den Vorhang zur Seite. Die Straßenreinigung war dabei, die Überreste der Sturmschäden zu beseitigen, auch die Dachteile des alten Kapitänshauses. Seufzend ging Heini in die Küche und setzte Wasser auf. Er griff zum Notizblock und machte sich eine Erledigungsliste für den Tag, während das Teewasser kochte. So etwas hatte er noch nie gemacht, er war wahrlich nicht der strukturierte Typ, aber er hatte heute das Gefühl, dass er der Dinge, die auf ihn einstürmten, nicht mehr Herr würde, wenn er sich jetzt nicht auf das Bevorstehende fokussierte.

Ebenfalls neu war, dass er morgens Tee trank. Mit seiner Mutter hatte er stets Tee getrunken, sie genoss ihren stark und schwarz, der Junge bekam den Tee gesüßt und mit Milch. Nach dem Tod der Mutter war Heini zum Kaffeetrinken übergegangen. Das hatte er anfangs auch auf der Insel beibehalten, aber Elisabeth war ebenfalls Teetrinkerin und sie hatte eine beeindruckende Kollektion verschiedenster Tees. Nachmittags, wenn sie Sunes Papierkram sortierten, kochte Elisabeth ihnen eine große Kanne, jedes Mal eine andere Sorte. Und so war Heini wieder auf den Geschmack gekommen. Am liebsten mochte er die Süderumer Hausmischung. Verschiedene Darjeelings mit getrockneten Orangen- und Rosenblüten. Der zart-herbe Duft des Getränks machte Heini schon glücklich, wenn er nur seine Nase in die Tasse steckte, und deshalb war er dazu übergegangen, sich morgens davon eine kleine Kanne zuzubereiten.

Nun kam auch Elisabeth in die Küche und bei einem gemeinsamen Frühstück besprachen sie die wichtigsten Schritte. Elisabeth würde die Telefonate übernehmen, bei der Versicherung und dem Dachdecker. Heini sollte versuchen, den Schaden so genau wie möglich zu dokumentieren. Dazu wollte er auch auf das Dach des Nachbargebäudes steigen, um sich ein genaues Bild vom Zustand des Daches machen zu können.

Es war noch nicht einmal neun Uhr, da klingelte es an der Haustür. Heini staunte nicht schlecht, als er die Tür öffnete. Es waren die beiden Krüger-Brüder. Sie trugen nicht ihre übliche Arbeitsmontur, den schwarzen Anzug, sondern blaue Latzhosen. Sie hatten gelbe Bauarbeiterhelme dabei und feste Arbeitshandschuhe. Zur Begrüßung nickten sie nur und begleiteten Heini umstandslos nach oben in die Dachkammer.

Heini, der sich mittlerweile auch eine alte Jeans und ein Sweatshirt angezogen hatte sowie Werkzeug von Sune hervorgekramt hatte, fotografierte den Schaden akribisch und ließ die Freddys dann alleine. Die beiden schafften nach und nach den Schutt nach unten, den Heini schließlich mit seinem Volvo zum Bauhof transportieren würde. Die Eimer hatte er bereits weggeräumt und an den Rand gestellt. Im Moment war es trocken, aber schließlich war es Herbst und es konnte jederzeit wieder anfangen zu regnen.

Bevor Heini zum Nachbarn hinüberging, um sich die Erlaubnis zu holen, auf dessen Dach zu klettern, warnte er die Freddys noch davor, dass sie bei ihren Aufräumarbeiten möglicherweise auf eine Vogelspinne stoßen könnten. Die Brüder lächelten und zuckten mit den Achseln. Die Jungs waren einfach durch nichts zu erschüttern.

Elisabeth werkelte in der Küche und schmierte Stullen für die fleißigen Arbeiter. Heini erkundigte sich danach, ob sie bereits etwas erreicht hatte.

»Beim Dachdecker läuft nur das Band. Er gibt die Nummer von einem Kollegen vom Festland durch, er selbst ist wohl ausgelastet. Bei dem Kollegen rufe ich gleich an«, klärte Elisabeth ihn auf. »Bei der Versicherung ist natürlich noch niemand im Büro.« Sie deutete auf die Uhr, deren Zeiger eine Minute vor neun anzeigte.

Heini nickte dankbar und verließ die Küche. Auf der Schwelle zögerte er, ging noch einmal zurück und gab Elisabeth einen Kuss auf die Wange. »Danke«, sagte er.

Elisabeth sah ihn überrascht an. Dabei überzog eine leichte Röte ihre Wangen. »Ach was«, sagte sie und versuchte zu überspielen, wie sehr sie sich freute. Nach den langen Jahren, in denen er sie so vehement abgelehnt hatte.

Heini lächelte sie an. »Ich finde, wir sind ein gutes Team. Hätt ich nicht gedacht.«

Jetzt wurde die ältere Frau richtig rot. »Danke. Ich bin auch sehr froh, dass du da bist«, sagte sie und widmete sich dann wieder dem Broteschmieren.

Zehn Minuten später saß Heini bang auf dem Dach des Nachbarn und schoss mit Sunes kleiner Digitalkamera Fotos von dem Loch im Dach seines Kapitänshauses. Im Gegensatz zu diesem war das Nachbardach neu gedeckt und mit sicheren Tritten für den Schornsteinfeger ausgestattet. Der Blick von hier oben über Westerup und einen Großteil der Insel war hervorragend, aber Heini konnte das in diesem Moment eher weniger genießen. Dafür sah der Schaden von oben gesehen nicht ganz so dramatisch aus wie von seinem Zimmer aus betrachtet. Schließlich erstreckte sich das Dach über eine größere Fläche und es war Pech, dass das Loch ausgerechnet über dem bewohnten Teil des Dachgeschosses entstanden war. Der Rest sah relativ unversehrt aus. Heini nahm sich dennoch vor, den anderen Teil zu erkunden, zumal er gar nicht wusste, was sich im nicht ausgebauten Teil befand.

Das Handy in seiner Hosentasche klingelte und instinktiv fummelte Heini es heraus, obwohl er sich kurzfristig nicht mehr festhalten konnte, was ihm in dieser schwindelnden Höhe etwas Unwohlsein verschaffte. Aber dann schob er die Kamera stattdessen in die Hosentasche, hielt sich wieder mit einer Hand fest und nahm den Anruf an.

Unangenehmerweise war es der Makler Bierstedt und er kam gleich zur Sache.

»Morgen, Herr Hinrichsen«, sagte er forsch. »Bin gerade an Ihrem Haus vorbeigefahren.«

»Ja?!« Heini blickte nach unten auf die Straße – und dann schnell wieder nach oben, weil ihm mulmig wurde.

»Da ist ja das Dach weg.«

»Weg ist übertrieben, aber wir haben einen Sturmschaden, ja«, erwiderte Heini.

»Dann tritt mein Käufer von der Erwerbsabsicht zurück«, kam es wie aus der Pistole geschossen.

Heini hatte so etwas schon erwartet. »Wir sind dabei, den Schaden zu beheben, Herr Bierstedt. Das ist doch selbstverständlich.«

»Sehr gut. Sobald das geregelt ist, melden Sie sich wieder bei mir. Ich wollte nur auf Nummer sicher gehen«, tönte es aus dem Apparat.

Heini nickte und legte säuerlich auf. Auf Nummer sicher. Klaro. Die Nummer hätte er auch gerne mal. Einmal in seinem Leben.

Er kletterte wieder vom Dach durch das schräggestellte Fenster, bedankte sich beim Nachbarn für die Hilfsbereitschaft und kehrte in sein Haus zurück, um Elisabeth von der unerfreulichen Neuigkeit zu berichten. Dass sie das Haus verkaufen würden, stand für ihn außer Frage, vielleicht konnte man mit einem erneuerten Dach den Kaufpreis sogar etwas in die Höhe treiben – Heini spekulierte darauf, dass das Loch im Dach eventuell eine von der Versicherung finanzierte Neueindeckung erforderlich machte –, aber für ihn bedeutete das eine erneute Verzögerung. Bis das Dach eingedeckt war, das kleine Dachzimmerchen wieder neu verputzt und gestrichen, würden ein paar Wochen ins Land gehen. Ein paar Wochen, die ihn von einem neuen Lebensabschnitt trennten. Er brannte darauf, mit Geld in der Tasche in die Ferne zu reisen und vielleicht in einem schick ausgebauten Wohnwagen ein mobiles Tattoo Studio zu unterhalten. Bevor der Winter auf die Insel kam, musste er weg sein, dass hatte er sich fest vorgenommen.

»Leider habe ich schlechte Neuigkeiten«, begann er seinen Satz, als er zu Elisabeth in die Küche kam. Doch dann stockte er. Elisabeth saß vor dem Telefon und blickte ihn starr an. Irgendetwas stimmte nicht.

Behutsam setzte sich Heini neben sie. Elisabeth holte tief Luft. »Ich auch«, gab sie zurück und tippte mit dem Zeigefinger auf ein Blatt Papier, das vor ihr neben dem Telefon lag.

Bevor Heini einen Blick darauf werfen konnte, sprach Elisabeth weiter. »Die Versicherung zahlt nicht. Sune hat vor Jahren den Sturmschaden rausgenommen, damit es billiger wird. Ich habe mit ihnen telefoniert – wir wären nur gegen Feuer versichert. Und eigentlich nicht einmal das, die letzte Rate hat Sune gar nicht bezahlt.«

Entgeistert sah Heini sie an. Sie wussten es beide, aber keiner sprach es aus: Das war ihr Ruin.

15

Er ließ den weißen Sand durch seine Hände rinnen, immer und immer wieder. Es war ein Symbol für sein Leben, dachte Heini. Immer wenn er glaubte, etwas Substantielles in den Händen zu halten, zerfloss es ihm zwischen den Fingern und nichts blieb übrig.

Einst hatte er ein intaktes Zuhause gehabt, dann war seine Mutter gestorben und mit ihr das Vertrauen in eine sichere Zukunft. Damals hatte es angefangen, dass er sich fürchtete, an etwas festzuhalten, sich allzu sicher zu fühlen. Stattdessen hatte der Teenager, der er war, geglaubt, dass sein Leben auf Sand gebaut war. Er wollte an nichts sein Herz hängen. Nicht an Freunde wie Moritz, nicht an Orte, deshalb war er durch die Welt gereist, nicht an Dinge und erst recht nicht an die Liebe. Wider besseres Wissen hatte er Jahre später trotzdem sein Tattoo-Studio eröffnet, weil er der irrigen Hoffnung war, auch er könnte sesshaft und glücklich werden. Ein Trugschluss, wie sich herausgestellt hatte. Das Studio wurde ihm von den Flammen geraubt.

Dann hatte er daran geglaubt, dass er durch das Erbe seines Vaters wenigstens einen materiellen Ausgleich für den Verlust des Studios erhalten könnte. Stattdessen erwies sich das als noch größeres Desaster. Kein Geld, nur das Haus. Und das war eine abrissreife Bruchbude. Mit einem Loch im Dach, dessen Reparatur er aus eigener Tasche bezahlen müsste. Anstatt mit einem Sack voll Geld in die Sonne zu flüchten, war er mit einem Berg von Schulden an die Insel gekettet.

Heini fühlte sich völlig taub, wollte nichts hören und nichts sehen.

Nachdem ihm Elisabeth eröffnet hatte, dass die Versicherung nicht zahlen würde, war er zu den Freddys gegangen und hatte sie nach Hause geschickt. Er erzählte ihnen in knappen Worten, was geschehen war und dass er im Moment zu keinem klaren Gedanken fähig war. Bezahlen könne er sie erst einmal nicht. Auch Elisabeth bat er um Bedenkzeit – er war unfähig, eine Entscheidung zu treffen, unfähig, darüber nachzudenken, wie es mit ihm, dem Haus, dem Institut weitergehen sollte.

Stattdessen war er an den Strand gelaufen. War gelaufen und gelaufen, immer weiter und weiter, bis er diese Düne erreichte und sich auf die Kuppe setzte. Süderum hatte einen zwanzig Kilometer langen Strand an der Westseite, selbst in der Hauptsaison konnte man hier weit laufen und kaum einer Menschenseele begegnen. So war er bereits als Junge gelaufen, immer wenn er traurig war oder nicht weiterwusste. Vielleicht hatte er sogar einmal auf genau dieser Düne gesessen und mit den Händen und Füßen im Sand gewühlt.

Bereits seit den Morgenstunden regnete es nicht mehr. Da den ganzen Tag über ein starker Wind wehte, war der Sand auf den Dünen nicht mehr nass. Am Strand hingegen waren die Spuren der nächtlichen Sturmflut unübersehbar: Er war übersät mit Treibgut aller Art. Holz und Algen, Müll von den Schiffen und Sonnensegel von Urlaubern, die ihre Strandsachen nicht rechtzeitig in Sicherheit gebracht hatten. Heini war auf seinem Weg ein paar Leuten begegnet, die in den Dingen, die das Meer an den Strand gespült hatte, nach etwas gesucht hatten: brauchbare Hölzer für ihre Strandburgen oder auch Verlorengegangenes.

Heini dachte, dass auch er auf der Suche war. Nach der verlorenen Jugend. Nach einem sicheren Hafen, nach sich selbst. Er saß auf der Düne und fasste einen Entschluss: Er wollte nicht länger das Treibgut auf dem Meer des Lebens sein. Er musste Ordnung in sein Leben bringen. Er war dreißig und er musste Entscheidungen treffen. Entscheidungen, von denen andere Menschen abhängig waren: seine Stiefmutter und die beiden Krüger-Brüder.

Er stand auf und lief den Weg wieder zurück. Entschiedener dieses Mal und weniger verzweifelt. Mit jedem Schritt, so kam es ihm vor, gewann er an Sicherheit zurück. Es musste etwas geschehen. Allerdings hätte Heini viel darum gegeben, wenn er gewusst hätte, was genau.

Zurück im Kapitänshaus erwartete ihn Totenstille. Er rief nach Elisabeth, aber niemand antwortete außer Pat und Patachon. In die üblichen Beschimpfungen mischten sich ein paar neue Vokabeln. Neben »Idiot« und dem portugiesischen Wort für »Versager« kreischten sie ihm ein »Grrrüß Gott« und »Moin Moin« entgegen. Elisabeth hatte offenbar erfolgreich ein Sprachtraining mit den Aras gemacht.

Bevor Heini sich um seine Stiefmutter Sorgen machen konnte, fand er auf dem Küchentisch einen Zettel. »Modalitäten wg. Herrn Betel in Bremen geklärt. Mache Nickerchen.«

Heini war erleichtert. Die Sache mit der Überführung des Seglers hatte er aufgrund der neuesten Verwicklungen nach hinten verschoben, umso besser, dass Elisabeth sich darum gekümmert hatte.

Als er in sein Dachzimmer kam, staunte er ebenfalls nicht schlecht: Die Krügers hatten ganze Arbeit geleistet! Nicht nur, dass der gesamte Schutt weggeräumt war, die Kammer war praktisch besenrein. Alle Möbel waren aus dem Zimmer geschafft worden, in der Mitte des Raumes standen wie gehabt auf einer Plastikplane die leeren Eimer. Zusätzlich aber hatten die Freddys starke Baufolie an die rohen Dachbalken getackert und das Zimmer so notdürftig gegen Wassereinbruch geschützt. An der Tür hing ein Zettel: »Keine Spinne«.

Heini war platt. Und dankbar. Und gerührt. Und er schämte sich. Wie sollte er die übergroße Hilfsbereitschaft der beiden Männer jemals wiedergutmachen? Allmählich bekam er eine Ahnung davon, warum Sheila so an ihren Onkeln hing. Die beiden mussten herzensgute Menschen sein.

In der Hoffnung, eine Spur von Nathalie zu finden, suchte Heini das nun leere Zimmer nach möglichen Rissen oder Löchern im Mauerwerk ab und wurde in einer Ecke tatsächlich fündig. Hier war die hölzerne Fußleiste morsch, Holzwürmer hatten ein gutes Stück weggefressen. Dahinter befand sich ein größerer Schlitz zwischen Mauerwerk und Holzfußboden, die Vogelspinne passte hier zweifelsohne bequem hindurch. Es wäre nicht angeraten, einfach hineinzufassen, aber Heini nahm sich vor, als Köder eine Heuschrecke vor das Loch zu legen. Vielleicht konnte er die prächtige Eupalaestrus campestratus so hervorlocken.

Dann ging er hinunter in den ersten Stock. Von dort führte eine Luke in den anderen, nicht ausgebauten Teil des Dachgeschosses. Seltsamerweise gab es von seinem Zimmerchen aus keinen Zugang zum Speicher, aber Heini erinnerte sich dunkel daran, dass er selbst es so gewollt hatte. Als Sune das Kämmerchen zu einem Kinderzimmer umgebaut hatte, wollte er eine Tür einbauen, aber Heini hatte sich gefürchtet. Er hatte sich vorgestellt, dass durch diese Tür all die Hexen, Geister und Gespenster, die unzweifelhaft den dunklen Speicher bewohnten, in sein Zimmer gelangen konnten. Deshalb hatte sein Vater darauf verzichtet und es existierte lediglich der Zugang zum Treppenhaus.

In den Dachboden gelangte man durch eine Klappe in der Decke neben dem Elternschlafzimmer. Man öffnete die Klappe nach unten und konnte dann eine Treppe herunterziehen, die mit ihrer Ziehharmonikakonstruktion den kleinen Heini sehr fasziniert hatte. Auf ihr gelangte man nach oben, dorthin, wo seine Eltern alles aufbewahrten, was sie nicht im Müll entsorgen wollten. Zuletzt war Heini kurz vor seinem Auszug auf dem Speicher gewesen.

Die Treppe ließ sich mühelos ausziehen, die Metallkonstruktion war gut geölt, offenbar hatte Sune den Speicher ab und an noch benutzt.

Heini kletterte nach oben, er wollte sich vergewissern, dass hier auch alles in Ordnung war. Von außen hatte das Dach unversehrt ausgesehen, aber vom Nachbarhaus hatte er nicht die komplette Einsicht gehabt, also musste er das Dach von innen auf mögliche weitere Schäden überprüfen.

Durch eine winzige Luke fiel fahles Licht in den Raum. Die Luft hier oben war besser als erwartet, auch Staub und Spinnweben hielten sich in Grenzen. Überall stand etwas herum, alte Wäscheständer, Koffer, Kisten. Aber es war insgesamt weniger chaotisch, als Heini befürchtet hatte. Es gab einen Lichtschalter und Heini betätigte ihn, um sich Überblick zu verschaffen. Zentimeter für Zentimeter begutachtete er die nackte Ziegelkonstruktion. Das Dach war nicht gedämmt und Heini dachte daran, wie kalt es im Winter im Treppenhaus stets gewesen war. Hier war dringender Nachbesserungsbedarf. Aber wer sollte das bezahlen? Es war wichtiger, das Dach dicht zu bekommen, und nicht einmal das schien Heini im

Moment finanzierbar. An ein paar Stellen war der Mörtel abgebröckelt und die Ziegel waren entsprechend locker. Soweit Heini das beurteilen konnte, war dieser Teil des Daches zwar intakt geblieben, aber sie konnten von Glück sagen, dass der Schaden nicht größer war – es war nur eine Frage der Zeit, bis sich auch hier die ersten Ziegel lösten. Und die Saison der Herbststürme hatte gerade erst begonnen.

Mit einem mulmigen Gefühl wollte Heini den Dachboden verlassen, als sein Blick auf einen Stapel großer Pappkisten fiel, die säuberlich mit Jahreszahlen beschriftet waren. Heini kannte die Kisten, manchmal hatte sein Vater eine im Wohnzimmer ausgepackt und dem kleinen Heini, auf seinem Schoß sitzend, den Inhalt gezeigt. Es waren Fotoalben, in denen das Leben seiner Eltern dokumentiert war.

»1961–65« stand auf der untersten Kiste und weckte Heinis Neugier. Sicher hatte er als Knirps die alten Alben schon einmal mit seinem Vater betrachtet, aber das war zu lange her, um sich daran zu erinnern.

Er hockte sich nieder und holte die Kiste unter dem Stapel hervor. Als er den Deckel anhob, stieg ihm der charakteristische Geruch alten Papiers und der von Kunststoff in die Nase. Das Fotoalbum hatte einen herrlichen Einband aus weißem Plastik – bedruckt mit typischen Urlaubsmotiven der damaligen Zeit: bunte zarte Zeichnungen von Frauen in Sommerkleidern, mit Wespentaille, großen Hüten und keckem Halstuch, Sonnenschirmen und -bällen am Strand und Eiswaffeln. Es war die Zeit der Italienwelle, Capri und andere südliche Ziele lockten die Deutschen in die Ferne. Erwartungsvoll schlug Heini das Album mit den dicken schwarzen Seiten auf und betrachtete die kleinen Schwarzweißfotos mit dem gezackten weißen Rand. Die Bilder waren noch in der gleichen hervorragenden Qualität wie damals, im Gegensatz zu den Farbaufnahmen aus den achtziger Jahren, die allesamt ausgeblichen und verwaschen waren.

Sune Hinrichsen hatte jede Seite genauestens beschriftet, deshalb wusste Heini genau, was er auf den Fotos sah. Zunächst seinen sechzehnjährigen Vater, der im Konfirmationsanzug mit viel zu kurzen Hosen stolz vor dem Geschäft posierte. Ein Gruppenfoto mit dem Großvater und weiteren Angestellten. Sune als Pfadfinder mit anderen Jugendlichen im Zeltlager. Auf jedem der Fotos sah sein Vater fröhlich aus. Er wirkte frech, unerschrocken und wie der Wildeste unter seinen Kollegen und Kameraden. 1961 schien ein Jahr des Aufbruchs und der Glückseligkeit für seinen Vater zu sein. Das setzte sich im Jahr darauf fort, staunte Heini. Zwar war Sune größer geworden, die Haare waren kürzer, er trug nun, offensichtlich im zweiten oder im dritten Lehrjahr, einen passenden Anzug, aber der Schalk saß ihm noch immer im Nacken.

Heini sah seinen Vater mit ganz neuen Augen. Sune war ein attraktiver Kerl gewesen, immer zu einem Spaß aufgelegt, stets mittendrin und vorneweg. Kein Wunder, dass seine Mutter sich in diesen Tausendsassa verguckt hatte.

Das Jahr 1963 schließlich barg eine Überraschung. Auf der ersten Seite prangte ein Foto von Sune im Matrosenanzug mit Seesack auf der Schulter. Dass sein Vater bei der Marine gewesen war, daran erinnerte sich Heini dunkel, aber da er sich später immer weniger für die alten Geschichten seines Vaters interessiert hatte, wusste er nichts Näheres darüber. Das Album aus dem Jahr 1963 brachte Aufschluss. Sune war zunächst auf Borkum zur Ausbildung gewesen und acht Monate später auf der Fregatte Emden in See gestochen. Die Reise hatte ins Mittelmeer geführt und plötzlich konnte Heini Bilder seines stolzen Vaters vor allen wichtigen Sehenswürdigkeiten der südlichen Halbkugel bestaunen. Sune vor der Hagia Sophia. Sune in Neapel. Sune auf Kreta und Sune in Barcelona. Sune hier und Sune dort.

Völlig fasziniert blätterte Heini in den alten Alben. Vier Jahre lang war sein Vater zur See gefahren, bis nach New York hatte ihn die Marine gebracht! Er sah seinen Vater lachend, mit leicht bekleideten Frauen im Arm, zechend mit Kameraden – ein fröhlicher und lebenslustiger Mann, der seinen Horizont über Süderum hinaus ganz schön erweitert hatte. Dann war Sune heimgekehrt und hatte angefangen, als Bestatter im Unternehmen seines Vaters zu arbeiten.

An dieser Stelle blätterte Heini nicht mehr weiter. Er hatte Durst, die Luft hatte seine Kehle ausgetrocknet, er saß gewiss über eine Stunde schon hier oben. Es war Zeit, wieder runterzugehen und sich dem zu stellen, wovor er in den vergangenen Stunden einfach geflohen war. Er packte die Alben in die Kisten zurück. Ganz oben stand eine, die nicht mit einer Jahreszahl beschriftet war. »Heinrich« stand darauf. Es war die Schrift seines Vaters, nicht die seiner Mutter. Sicher handelte es sich um Alben aus seiner Kindheit und Jugend. Einschulung, Konfirmation, Urlaube. Heini zögerte. Er war nicht sicher, ob er das aushielt, bestimmt war auf vielen Bildern seine Mutter zu sehen und der sehr glückliche kleine Heini in ihren Armen. Doch dann siegte seine Neugier und er hob den Deckel an. Es waren vier Alben darin. »1985–91«, die frühe Kindheit. »1991–95«, die Grundschulzeit, »1996–2001«, die Zeit vom Gymnasium bis zum Tod seiner Mutter. Eigentlich hätte dann Schluss sein müssen mit den Bildern, schließlich hatte er danach keine Erinnerung mehr an Zeiten, die es wert waren, dokumentiert zu werden. Aber sein Vater hatte noch ein weiteres Album angelegt. »2001–«.

Heini holte es heraus und schlug es auf. Klassenfotos waren

darin. Er immer mit verstocktem und traurigem Gesicht in der letzten Reihe. Fotos von Handballturnieren, dann hatte er aber auch damit aufgehört. Vereinzelte Bilder mit Moritz in ihrem Garten. Heini konnte sich nicht daran erinnern, dass diese Bilder jemals gemacht worden waren, aber ihm dämmerte langsam, dass er aus dieser Zeit ohnehin viel verdrängt oder gar nicht erst bemerkt hatte. Er hatte in Erinnerung, dass sein Vater in der Zeit nach dem Tod der Mutter wenig Interesse an ihm gezeigt hatte, aber das war nur die halbe, nämlich Heinis Wahrheit. Das Album, welches er in den Händen hielt, sprach eine ganz andere Sprache. Sein Vater hatte alles, was in dieser Zeit mit Heini zu tun hatte, aufgehoben, eingeklebt und stolz beschriftet. Weit hinten war ein Bild von der Fähre, wie sie den Westeruper Hafen verließ. »Heini geht weg«, stand darunter und dem Heini, der nun das Bild betrachtete, wurde es weh ums Herz. Es folgten einige wenige Bilder seiner Weltreise, Heini erinnerte sich dunkel daran, dass er mal eine Karte oder einen kurzen Brief mit Foto geschickt hatte. Das war alles dokumentiert. Dann hatte Sune ein paar Seiten frei gelassen. Er hatte weder Bilder noch sonstige Nachrichten, die er hätte einkleben können.

Heini wollte das Album schon zuschlagen, aber dann kam noch etwas. Ein Artikel des *Süderumer Inselboten* über die Jugger-Meisterschaft 2012 in Hamburg. Mit Bild! Heini war baff, wie hatten die Lokaljournalisten davon Wind bekommen? In dem Artikel wurde besonders auf ihn eingegangen, anscheinend hatte jemand dem Inselkurier gesteckt, dass der verlorene Sohn der Insel Jugger-Meister geworden war.

Die letzte Seite des Albums aber gab Heini den Rest. Drei Bilder waren dort eingeklebt. Keine Fotos, keine Zeitungsausschnitte, sondern Ausdrucke von einer Website. Heinis Website von »The Grave-Tattoo«. Von Hand ausgeschnippelt und sorgsam eingeklebt. Das Logo des Studios. Ein Foto des Ladens von außen. Und schließlich er selbst, der stolze Besitzer. »Heinis neues Geschäft«, hatte sein Vater daruntergeschrieben. Voller Stolz. Heini stieg das Wasser in die Augen. Er klappte das Album zu und hielt es an die Brust gepresst. Er kam sich vor wie ein Arschloch. Aber jetzt gab es keinen Weg mehr zurück. Es gab keine Möglichkeit mehr, seinem Vater entgegenzutreten, ihn in die Arme zu nehmen und zu sagen: Es tut mir leid.

Heini stieg mit dem Album unter dem Arm die Treppe vom Dachboden hinab. Er verschloss die Luke und holte tief Luft. Jetzt wusste er, was er zu tun hatte.

16

»Ein Jahr!«

Heini sah in verdutzte Gesichter. Er hatte die beiden Freddys und Elisabeth im Büro des Beerdigungsinstitutes zusammengetrommelt. Nun sahen sie ihn überrascht an, als er ihnen seinen Entschluss verkündete.

»Ich gebe mir ein Jahr, dann habe ich entweder einen Nachfolger gefunden oder wir verkaufen das Haus. Bis dahin übernehme ich die Chose. Als Geschäftsführer.«

Elisabeth strahlte, von den Freddys kam keine Reaktion, aber war wohl auch nicht zu erwarten gewesen.

»Zuerst kümmern wir uns um die Reparatur des Dachs«, fuhr Heini fort und arbeitete dabei den Zettel ab, der vor ihm auf dem Tisch lag. Er hatte nicht einmal eine halbe Stunde gebraucht, um sich klar darüber zu werden, wie es weitergehen sollte. Die Rechnung war schließlich ganz einfach. Ohne Geld konnte er die Insel nicht verlassen und sich woanders keine neue Existenz aufbauen. Da das Haus in diesem Zustand aber unverkäuflich war, stand die Reparatur und schrittweise Sanierung ganz oben auf der To-do-Liste. Die wiederum waren nicht durch die Versicherung abgedeckt, also mussten die Arbeiten und das Material aus eigener Tasche bezahlt werden. Dafür müsste er einen Kredit aufnehmen. Und das konnte nur dadurch geschehen, dass er den Betrieb des Beerdigungsinstitutes aufrechterhielt.

»Wenn du dich bereit erklärst, außer der Buchhaltung auch das Sekretariat zu schmeißen«, Heini wandte sich an Elisabeth, »dann übernehme ich erstens die Verantwortung und zweitens die Gespräche mit den Angehörigen.«

Elisabeth nickte. »Gerne. Ich habe doch sowieso den ganzen Tag nichts zu tun. Und ich kenne den Betrieb jetzt auch schon seit zwanzig Jahren.«

Heini freute sich insgeheim. Er wusste, wie glücklich er seine Stiefmutter mit seinem neu gefassten Entschluss machte.

»Und ihr beiden?«

Die Gebrüder Krüger sahen sich an und zuckten mit den Achseln.

»Wir bleiben«, sagte der eine.

»Was sonst«, der andere.

»Das reicht mir nicht«, sagte Heini. »Ich bin auf euch angewiesen. Bei meinem Vater war das was anderes. Der brauchte euch nur für die einfachen Arbeiten, weil er alles andere selber konnte. Das hat sich jetzt geändert. Ich übernehme alles Organisatorische, ich regle mit den Angehörigen, was nötig ist. Ich mache mich schlau, was es in unserem Bereich auf dem Markt Neues gibt – aber ich fasse keinen Toten an.«

Damit hatte er die Brüder etwas aus der Reserve gelockt.

»Kein Problem«, sagten sie unisono und ruckelten gleichzeitig an ihren Krawatten.

»Was habt ihr für eine Ausbildung?«, erkundigte sich Heini.

»Tischler.«

»Meister«, fügte der eine Krüger hinzu. »Wir sind als Sargbauer ins Geschäft gekommen.«

»So was habe ich mir gedacht«, gab Heini zurück. »Damit seid ihr Bestatterfachkräfte. Das reichen wir bei der IHK ein.«

»Ist das unbedingt notwendig?«, erkundigte sich nun Elisabeth.

»Nicht zwingend. Aber ich stelle euch alle fest an. Wenn wir den Bankkredit durchkriegen.«

Alle drei Gesichter ihm gegenüber starrten ihn mit offenem Mund an. Sogar die Freddys hatte er mit seiner Ankündigung aus der Reserve gelockt.

»Wie soll das gehen?« Elisabeth fand als Erste ihre Sprache wieder.

»Du kennst die Bücher doch am besten«, entgegnete Heini. »Das Geschäft ist lukrativ. Man kann nicht reich werden, dafür gibt es auf Süderum nicht genug Tote, Pardon, Einwohner. Aber der Laden läuft. Hätte Papa nicht gespielt, wäre immer schon genug Geld da gewesen, euch alle fest angestellt zu beschäftigen. Wir müssen das Institut auf ordentliche Beine stellen. Ich gehe mit den Büchern in den nächsten Tagen zur Bank und beantrage einen Kredit für die Sanierung des Hauses.«

Einer der Brüder Krüger hob die Hand. Heini nickte ihm zu und der Mann räusperte sich. »Wie gesagt, wir sind Tischler, also …«

»… wir packen mit an«, vollendete der andere Bruder den Satz.

Heini konnte sich das Lächeln nicht verkneifen. Er hatte darauf gehofft, dass sie das sagten. »Das nehme ich gerne an«, gab er zurück. »Aber ihr seid nicht mehr die Jüngsten. Also, aufs Dach schicken möchte ich euch nicht. Aber alles andere – wenn im Institut nichts Dringendes ansteht, bringen wir gemeinsam den Kasten auf Vordermann.«

Er war selbst handwerklich geschickt. Ob verputzen, Boden abschleifen und versiegeln, einfache Elektroarbeiten – Heini war ein versierter Heimwerker. Zwangsläufig, denn Geld für Handwerker hatte er nie gehabt. Dafür meistens irgendeinen

Kumpel, der mit anfasste oder der Material besorgen konnte. So war es auch diesmal. Heini hatte in seiner Hamburger Jugger-Mannschaft einen Zimmermann. Den hatte er angerufen und dieser wiederum kannte jemanden, der jemanden kannte, der … am Ende hatte Heini einen sehr netten Menschen aus einem kleinen Kaff bei Kiel an der Strippe gehabt, der ihm günstig sowohl zwei Dachdecker als auch Ziegel aus einer lettischen Brennerei organisieren konnte.

Dann legte er seinem Auditorium seine Pläne dar. In dem Moment, als Heini sich entschieden hatte, das Beerdigungsinstitut seines Vaters und dessen Vorväter für ein Jahr zu übernehmen, um sein Erbe nicht dem Verfall zu überlassen, hatte er sich auch dafür entschieden, das Ganze nach seinen Vorstellungen zu gestalten. Sonst würde er es hier kein Jahr aushalten. Dass das Dach neu gedeckt wurde, und zwar komplett, stand an erster Stelle. Aber mit viel Eigeninitiative und wenig Geld müsste man auch die Räumlichkeiten des Instituts umgestalten. Alles darin atmete im Moment die Muffigkeit der siebziger Jahre. Die alten dicken Teppiche, die abgehängten Decken, die Kunstblumen und die dezente Dekortapete an den Wänden – das musste alles raus. Und zwar neben dem laufenden Betrieb. Sie würden es sich in der jetzigen Situation nicht leisten können zu schließen, also würden sie sich einen Raum nach dem anderen vornehmen müssen.

»Und das Büro ist das Erste!«, schloss Heini seinen Vortrag.

Seine Zuhörer waren beeindruckt und, das spürte Heini deutlich, ließen sich von seinem Tatendrang anstecken.

»Dieses Monstrum hier«, Heini klopfte auf den schweren dunklen Schreibtisch seines Großvaters, »kommt in den Keller.«

Die Freddys sprangen sofort hilfsbereit auf, aber Heini stoppte sie.

»Ich habe mir überlegt, dass ich ein bisschen gestalterische Hilfe brauche«, wendete er sich an die Brüder, die sich unwohl anblickten.

»Nein, keine Angst«, lachte Heini, »nicht von euch. Ich dachte da vielmehr an eure Nichte …«

Er hatte sich lange überlegt, ob er das ansprechen sollte, aber erstens war er überzeugt davon, dass Sheila Jürgens das richtige Händchen und entsprechende Ideen hatte, wie man die Räume des Instituts ansprechender gestalten konnte, und zweitens wollte er nicht länger so tun, als wüsste er nicht, dass sie und die Freddys sich nahestanden.

Tatsächlich leuchteten die Augen der beiden.

»Bestimmt!«, sagte der eine. »Sheila macht das gerne.«

»Sie hat einen tollen Geschmack«, sagte der andere. »Kennst du ihren Laden?«

Richtiggehend gesprächig wurden die zwei älteren Herren also, wenn es um ihre geliebte Nichte ging.

Heini nickte. »Deshalb komme ich ja drauf, der sieht richtig super aus.«

»Wir fragen sie«, kam es unisono zurück.

Obwohl er lieber selbst mit Schneewittchen gesprochen hätte, zeigte sich Heini einverstanden. Er würde das Gespräch mit ihr trotzdem noch führen, aber er überließ es gerne den Brüdern, ihr die frohe Botschaft zu überbringen, dass er das Institut – und somit ihre Onkel – noch ein Jahr weiterführen würde.

Außerdem hatte er im Moment noch eine ganze Menge anderer Dinge zu tun.

»Einer müsste die Leiche von Herrn Betel nach Bremen überführen.«

Das war ein Problem, denn Heini wusste nicht, ob er einen Tag und eine Nacht auf einen Bestatter und den Leichenwagen verzichten konnte. Er selbst konnte nicht weg, denn der zweite Termin für die Seebestattung von Frau Schmiedecke stand ins Haus und das musste er persönlich übernehmen. Aber zuerst wollte er Moritz anrufen. Er hatte mit seinem Freund seit Tagen nicht gesprochen und wollte ihm nicht das Gefühl vermitteln, er sei irgendwie peinlich berührt von dessen Geständnis. Danach war es Zeit, mit Elisabeth einen Geschäftsplan auszuarbeiten, den man der Bank vorlegen konnte.

Die Gebrüder Krüger nahmen Heini seine Bedenken bezüglich der Leichenüberführung nach Bremen. Sie würden heute noch losfahren, dann wären sie am Nachmittag dort. Wenn sie sich beeilten, könnten sie sofort zurückfahren und schafften am Abend die letzte Fähre.

»Und glaub man nicht, dass du in der Zeit den Wagen brauchst«, versicherte der eine Krüger.

»So oft wird hier nu auch nich gestorben«, fügte der andere hinzu.

Heini war einverstanden und benachrichtigte sofort das Beerdigungsinstitut in Bremen davon, dass der tote Segler noch heute bei ihnen eintreffen würde.

Währenddessen schleppten die Freddys den Tisch aus dem Büro. Elisabeth verschwand, um eine Kanne Tee zu kochen, und er blieb allein zurück. Er wählte die nächste Nummer, die auf seiner To-do-Liste stand.

»Heini?« Moritz nahm den Anruf schon nach dem ersten Klingeln an.

»Ja, hey Moritz. Sorry, dass ich mich ein paar Tage nicht gemeldet habe.« Heini erzählte ihm von dem Sturm und was er angerichtet hatte.

»Ja, verdammt, ich hab's gesehen«, sagte sein alter Kumpel

und Heini konnte die Erleichterung in dessen Stimme hören. »Ich wollte auch schon mal klingeln und fragen, ob alles okay ist, aber bei uns war natürlich durch den Sturm auch Land unter, kannst du dir ja denken.«

Sie lachten beide zum Zeichen des Einverständnisses und Heini wusste, dass er seinem Kumpel nichts erklären brauchte.

»Ich dachte, wir trinken vielleicht mal wieder ein Bier«, sagte Heini, »ich lade dich ein. Ist auch egal, wann, ich hau so schnell nicht ab.«

»Ach?!«

Daraufhin erzählte Heini Moritz von seinem Plan.

»Cool!« Moritz schien sich aufrichtig zu freuen. »Wenn du Hilfe brauchst, jederzeit. Du weißt, ich hab auch nicht gerade zwei linke Hände.«

Heini freute sich aufrichtig. »Unbedingt! Ich kann wirklich jeden brauchen. Die Freddys sind natürlich der Hammer, aber sie sind nicht gerade die Frischesten, also …«

»Immer gerne.«

Jetzt wäre es an der Zeit gewesen, sich zu verabschieden, aber Heini hatte noch etwas auf dem Herzen. Heini fiel es schwer, das anzusprechen. »Du, Moritz, was ich noch sagen wollte …«

»Sag's lieber nicht«, fiel ihm Moritz ins Wort. »Ich hab's schon kapiert. Aber na ja, war ein Versuch.«

»Ist okay.« Heini war erleichtert, dass Moritz wusste, was er hatte sagen wollen. Dass er die Gefühle, die Moritz für ihn hatte, nicht erwidern konnte. »Aber du weißt, das ändert nichts«, fügte er noch hinzu, »an unserer Freundschaft.«

Jetzt schien es sein Kumpel zu sein, der erleichtert war. Heini konnte durchs Telefon hören, wie Moritz ausatmete.

»Danke, dass du das sagst.«

»Klar. Wir sind ja erwachsen.« Heini konnte sich nicht zurückhalten, er musste fragen. »Weißt du es schon immer? Dass du auf Männer stehst?«

Jetzt lachte Moritz. »Nee! Absolut nicht. Erst seit ein paar Jahren. Aber das erzähle ich dir, wenn wir uns treffen. Nicht am Telefon.«

»Bin gespannt. So long!« Heini legte auf und ihm fiel ebenfalls ein Stein vom Herzen. Er hoffte, dass nun nichts mehr zwischen ihnen stand.

Er hatte kaum aufgelegt, da klingelte es an der Tür, der privaten, nicht der des Instituts. Es war der blonde Cousin Timo, der, kaum stand die Tür einen Schlitz offen, sich hindurchzwängte und Heini an seine Brust drückte. Heini war so überrumpelt, dass er sich nicht dagegen wehrte.

»Es tut mir ja so leid«, sagte Timo, als er Heini aus dem Klammergriff entließ.

»Was?«, fragte Heini und folgte Timo in die Küche, in die er, ohne überhaupt ins Haus gebeten worden zu sein, vorstürmte. Er wollte wohl Elisabeth begrüßen und diese stellte auch sofort die Teekanne zur Seite und ließ sich von dem blonden Schrank bereitwillig knuddeln.

»Sheila hat mir alles erzählt«, gab Timo zur Antwort.

»Was, alles?« Heini war ungnädig. Die Anwesenheit seines blöden Cousins passte ihm jetzt gar nicht und es passte ihm noch weniger, dass dieser ihn gerade daran erinnert hatte, dass er mit Sheila zusammen war.

»Die Sache mit dem Dach.« Timo schnappte sich von dem Tablett, das Elisabeth für sich und Heini gerichtet hatte, einen Keks. Schon die Art, wie er kaute, nervte Heini. Wenn er ehrlich war, konnte Timo tun, was er wollte, Heini fand ihn immer blöd. Im Prinzip war es ja nett, dass er hierherkam und sich besorgt zeigte, aber Heini hatte seinen Cousin in Verdacht, sich an seinem Unglück erfreuen zu wollen. Weil bei ihm, Heini, immer alles schieflief, der blonde schöne Timo dagegen auf der Sonnenseite des Lebens stand.

»Tja, Pech«, gab Heini zurück und gab sich so cool wie möglich. »Aber weißt du, das Dach hätte sowieso neu gedeckt werden müssen. Und so haben wir die Gelegenheit, das gleich richtig zu machen. Mit Dämmung und allem Pipapo.«

Timo riss die Augen auf und pfiff durch die Zähne. »Ach, das ist ja doll! Und wie bezahlt ihr das? Sheila sagt, die Versicherung zahlt nicht.«

Heini zuckte mit den Achseln. »Kredit. Das dürfte kein Problem sein.«

Timo ergriff Heinis Arm. »Mach doch keinen Quatsch, Heini! Leih dir das Geld bei mir. Du musst doch nicht die Wucherzinsen von der Bank bezahlen. Ich mach dir gute Konditionen. Gar kein Problem, wie viel brauchst du?«

Diese Gönnerhaftigkeit widerte Heini an. Und dass Elisabeth vor Freude in die Hände klatschte und Timo dankbar umarmte, verstärkte seine Wut noch. Nie im Leben würde er die Almosen seines Überfliegercousins annehmen. Der hatte ihm ja gerade wieder aufs schönste seine Überlegenheit demonstriert.

»Danke für dein Angebot, Timo«, sagte er zähneknirschend, »aber ich habe da meine Prinzipien. Keine Geldgeschäfte unter Freunden. Oder in der Familie.«

Den Blick, den seine Stiefmutter und sein Cousin sich zuwarfen, bemerkte Heini durchaus, aber er zog es vor, ihn zu ignorieren. Er war nicht bereit, von Timos ach so großzügigem Angebot Gebrauch zu machen. Heini konnte es nicht erklären, was ihn so an Timo ärgerte, denn tatsächlich hatte dieser ihm noch nie etwas getan. Aber allein die Tatsache, dass er ihm als Junge als leuchtendes Vorbild vorgehalten wurde und jetzt auch noch mit der schönsten und wunderbarsten Frau, der Heini je begegnet war, zusammen war, brachte ihn von null auf hundert. Wäre er ehrlicher zu sich selbst gewesen, hätte er zugeben müssen, dass ihn sein eigenes Scheitern auf die Palme brachte – während Timo so viel erreicht hatte und dabei augenscheinlich noch ein netter Mensch geblieben war.

»Heini, willst du dir das nicht noch mal überlegen?«, versuchte Elisabeth ihn umzustimmen.

»Nein«, gab Heini zurück. »Und jetzt entschuldigt mich, ich habe zu tun.«

»Tja«, Timo lächelte ihn breit an. »Wenn du nicht willst … ist für mich okay. Aber ich möchte, dass du weißt, dass ich euch jederzeit gerne unter die Arme greife.«

Bevor Heini gezwungen war, etwas Dankbares zu erwidern, standen die Freddys in der Küchentür. Auch sie strahlten Timo bis über beide Ohren an. So hatte Heini die beiden noch nicht grinsen sehen. Timo breitete die Arme aus.

»Klaus und Johann! Schön, euch zu sehen!« Er begrüßte beide mit Handschlag und Schulterklopfen. Für Heini war das ein Zeichen, dass Timo praktisch schon zur Familie zählte. Wahrscheinlich war er mit Schneewittchen so gut wie verlobt.

»Alles fit bei euch?«, erkundigte sich sein Cousin jovial bei den Brüdern.

»Bestens«, gab einer der beiden zur Antwort.

»Wir gehen kurz zu Sheila«, sagte der andere. »Kommst du mit?«

Timo nickte. »Ich komm gleich nach.«

»Ich mache euch in der Zeit die Papiere für Bremen fertig«, unterbrach Heini und komplimentierte die beiden auf diese Weise aus dem Haus. Er hoffte, dass er Timo so auch gleich loswurde. Aber dieser ließ sich von Elisabeth bereitwillig zu einer Tasse Tee einladen.

»Stell dir vor, Timo«, erzählte sie ihm, »Heini übernimmt das Institut!«

»Was!« Timo schien tatsächlich baff zu sein.

»Nein, nein«, lenkte Heini ein, »nur vorübergehend.«

»Respekt, mein Lieber. Das nenne ich Mut. Wo du doch gar nicht vom Fach bist.«

Da war es wieder. Eine Beleidigung als Kompliment getarnt. Heini nahm sich vor, die Spitze zu überhören. Er zuckte nur mit den Schultern. Und lächelte.

»Da sind wir ja quasi an den entgegensetzten Eckpunkten des Lebens tätig«, schwadronierte sein Cousin weiter. »Vier Hochzeiten und ein Todesfall!« Er lachte.

»Besser als umgekehrt«, murmelte Heini.

»Da sagst du was!« Timo klopfte Heini jovial auf den Rücken. »Freud«, er zeigte auf sich, »und Leid«, er zeigte auf Heini, »liegen eben dicht beieinander.«

Heini verdrehte die Augen, während sich Timo an seinem schlechten Scherz erfreute.

»Also dann«, sagte Heini nur und hoffte, dass Timo den Wink verstand.

»Ja«, sagte dieser zum Glück und verabschiedete sich mit Wangenküsschen bei Elisabeth, »ich muss los. Habe noch eine Menge zu tun.«

Ich möchte gar nicht wissen, was genau, dachte Heini eifersüchtig, sprach es aber nicht aus. Er brachte Timo zur Tür, der sich bei ihm mit einer Umarmung verabschieden wollte, aber Heini, der diese Knuddelei nicht mochte, hielt Abstand. Er schaffte es gerade noch, ein freundliches »Man sieht sich« über die Lippen zu quetschen, und schloss dann die Tür.

»Warum bist du so giftig zu Timo?« Elisabeth stand hinter ihm.

»Weil ich ihn nicht mag«, gab Heini zurück.

Elisabeth sah ihn stirnrunzelnd an. »Hat er dir was getan?«

»Nein, gar nicht. Es ist nur … er ist irgendwie komisch.« Dass das keine befriedigende Auskunft war, wusste Heini selbst. Aber er war ungehalten und wollte keine Zeit damit verschwenden, über Timo zu reden. Er hatte ja tatsächlich alle Hände voll zu tun.

Da klingelte es erneut.

Das konnte nur Timo sein, der etwas vergessen hatte, dachte Heini und riss genervt die Tür auf.

»Was ist denn jetzt noch?«, blaffte er, da drückte ihm Sheila ihre Lippen auf die seinen und verschloss ihm mit dem zartesten Kuss den Mund.

17

Als sich ihre Lippen voneinander lösten, musste Heini sich auf Sheilas grüne Augen konzentrieren, sonst wäre er ansatzlos hintenübergekippt.

»Ich danke dir!« Sheila strahlte ihn an.

»Ich danke«, gab Heini verdattert zurück. Wurde er etwa rot? Es fühlte sich an, als hätte er heiße Ohren.

Sheila lachte. »Ich meine wegen Klaus und Johann. Meinen Onkeln. Du willst sie fest anstellen?«

Der Kuss wirkte immer noch nach, aber Heini war etwas ernüchtert, als er begriff, dass Sheila sich nur etwas überschwänglich bedankt hatte und dies keineswegs eine spontane Liebesbezeugung war.

»Willst du reinkommen?«, fragte er sie. »Ich wollte noch was mit dir besprechen.«

»Geht leider nicht«, antwortete Sheila und hob bedauernd die Schultern. »Der Laden ist geöffnet und ich kann meinen Onkeln keine Vertretung aufbürden. Die bringen's fertig und verkaufen einen Kaktus statt einem Brautstrauß.« Sie lachte. Dabei zog sie die zierliche Nase kraus und Heini musste sich sehr zurückhalten, dass er nicht über sie herfiel und jedes einzelne der reizenden Grübchen küsste.

»Außerdem ist Timo gerade gekommen und wir müssen ein paar Sachen besprechen.«

»Ach so, Timo.« Heini konnte nicht verhindern, dass die

Enttäuschung durchklang. Sheila guckte ihn einen Moment prüfend an. Sie begriff bestimmt, dass er darüber nicht so glücklich war, ließ sich dann aber nichts anmerken.

»Wenn du möchtest, komme ich aber in den nächsten Tagen gerne vorbei«, sie fasste an seinen Oberarm und ließ die Hand darauf ruhen. Heini spannte seinen Bizeps an und schämte sich gleichzeitig ein wenig, dass er so kindisch war.

»Dann können wir das besprechen.«

»Das wäre toll.«

»Gerne.« Sheila nahm die Hand von seinem Arm, zwinkerte ihm allerliebst mit einem Auge zu. »Ich fühle mich schon geschmeichelt. Dass du mir so viel Geschmack zutraust.«

»Schau dich doch an: Du hast einfach Style!«, brachte Heini raus und nun war es Sheila, die beschämt die Augen niederschlug. »Dein Laden, deine Sträuße – ich finde, du hast es einfach drauf. Wirklich, ich glaube, du kannst mir echt helfen.«

»Danke.« Sie lächelte und wandte sich dann zum Gehen.

»Ich hab selber ein paar Ideen«, sagte Heini rasch, weil er nicht wollte, dass sie wieder verschwand. Aber Sheila war schon halb über die Straße. Sie nickte und hauchte ihm einen Luftkuss zu, dann drehte sie sich ganz um und lief mit raschen Schritten in Richtung ihres Blumenladens.

Heini blickte ihr hinterher, bis sie um die Ecke verschwunden war. Hatte sie mit ihm geflirtet? Oder war sie einfach so? So voller Leben und positiver Kraft, so flirrend und leicht – wie der Kolibri, den er auf seinem Arm tätowiert hatte. Wären die weiße Haut und das rabenschwarz gefärbte Haar nicht gewesen, er wäre niemals darauf gekommen, dass sie mal ein Grufti gewesen war.

Vor seinem geistigen Auge zogen bunte Bilder von Blumen und phantastischen Ornamenten herauf und Heini dachte, dass ihm zu ihr spontan wunderschöne Motive einfielen, die er sich auf ihrer Haut vorstellen könnte. Blumenranken, die sich vom Handgelenk zur Schulter wanden, mit buntschillernden Paradiesvögeln, die Nektar aus exotischen Blütenkelchen tranken … Aber er war kein Tätowierer mehr, jedenfalls vorerst nicht. Und Sheila Jürgens wollte sich vielleicht gar nicht tätowieren lassen und sein Mädchen war sie auch nicht. Stattdessen warteten Särge, Tote und Zahlen auf ihn. Heini seufzte, schloss die Tür und begann, sich mit Elisabeth über die Buchhaltung herzumachen.

Vier Tage später saß er in seinem schwarzen Anzug vor dem Bankberater der Süderumer Raiffeisenbank. Den Termin hatte er sehr schnell bekommen. Er hatte sein Anliegen vorgetragen und der Mann, der nun durch die Unterlagen blätterte, machte einen zugewandten Eindruck.

Der Bankberater hatte Heini die ganze Zeit über freundlich angelächelt, interessiert zugehört und dauernd genickt. Jetzt klappte er die Mappe, die Heini und Elisabeth zusammengestellt hatten – Businessplan, die Umsätze der vergangenen zehn Jahre, ein Porträt des Geschäfts –, zu und faltete die Hände. Er war etwas jünger als Heini, aber sein Haar wurde bereits licht.

»Das sieht auf den ersten Blick alles ganz gut aus, Herr Hinrichsen, aber das entscheide ich nicht allein. Beziehungsweise ich entscheide das gar nicht.«

Heini nickte. »Das ist mir klar. Was meinen Sie, wie lange dauert es, bis Sie mir was sagen können?«

Der junge Mann wiegte den Kopf. »Eine, maximal zwei Wochen. Es ist nur so: Die Filiale sitzt auf dem Festland. Und die wissen natürlich nicht, wer Sie sind. Also nicht Sie persönlich, sondern Hinrichsen Bestattungen.«

»Wie meinen Sie das?«

»Da wird nur aufgrund der Bilanzen entschieden. Nichts anderes ist für die Bank wichtig. Als Sicherheit gilt nun die Immobilie. Aber die Immobilie ist nicht in allerbestem Zustand, sonst würden Sie den Kredit nicht beantragen. Das sehe ich doch richtig?«

Heini nickte wieder.

Der junge Mann zögerte, bevor er weitersprach. »Sie wollen das Traditionsunternehmen, wenn ich das mal so sagen darf, weiterführen, aber Sie sind nicht vom Fach. Das geht ja aus den Unterlagen hervor. Also kann es sein … auch wenn die Zahlen stimmen …«

»Dass mir der Kredit nicht gewährt wird.«

Der Bankberater zuckte mit den Schultern. »Das muss nicht sein, ich wollte Ihnen nur sagen, was eventuell in den Augen der Filiale dagegen sprechen kann.« Er schob Heini eine Visitenkarte zu. »Ich melde mich bei Ihnen, sobald ich etwas gehört habe, aber wenn Sie noch Anmerkungen, Fragen oder Nachbesserungen haben, bitte setzen Sie sich jederzeit mit mir in Verbindung.«

Heini nahm die Karte, steckte sie ein und wollte schon aufstehen, da beugte sich der Berater vertraulich über den Tisch. »Wenn es nach mir ginge, hätten Sie den Kredit jetzt schon. Ich liebe Ihr Geschäft.«

Heini zog verwundert die Augenbrauen nach oben. So etwas hörte ein Bestatter auch nicht alle Tage.

Der junge Mann lachte etwas verschämt. »Mein Vater und ich, wir haben ein kleines Faible für Ihr Business. Die Serie ›Six Feet Under‹ habe ich dreimal gesehen – alle Staffeln. Schon als kleiner Junge war ich gerne auf dem Friedhof und mein Vater plant seit vielen Jahren schon seine eigene Bestattung.« Jetzt ruckelte er peinlich berührt an seiner Krawatte. »Natürlich sehr zum Leidwesen meiner Mutter.«

Aus seinem früheren Leben als Tätowierer wusste Heini, dass es eine Menge Leute gab, die vom Tod und allem, was damit zu tun hatte, fasziniert waren – ohne gleich nekrophil zu sein.

»Wenn Sie wollen, dann kommen Sie doch mal vorbei. Ich mache gerne eine private Führung durchs Institut«, bot er an. »Man muss nicht zwangsläufig einen Todesfall in der Familie haben, um mit mir in Kontakt zu treten. Viele Menschen wollen ihre Beerdigung vorher regeln. Und sich schon eine Urne oder einen Sarg aussuchen, die Zeremonie besprechen – das ist vergleichbar mit einer Patientenverfügung.«

Die Augen des jungen Mannes leuchteten. »Oh, das ist … ich weiß nicht, was ich sagen soll … wenn ich das meinem Vater erzähle!« Er war ganz aus dem Häuschen.

»Wie gesagt, kommen Sie einfach vorbei. Ich bin immer im Geschäft.«

Damit stand Heini auf und hielt dem Mann, Herrn Severus, die Hand hin. Herr Severus schüttelte sie enthusiastisch, dann begleitete er Heini hinaus.

Schon am nächsten Tag klingelte es um zehn Uhr, pünktlich zur Öffnung, an der Tür. Peter Maffay!, wollte Heini ausrufen, als er dem Besucher die Tür öffnete, aber dieser grinste breit und stellte sich mit »Severus senior« vor.

Heini konnte sich ein Lachen nicht verkneifen. »Ihr Sohn hat bereits angedeutet, dass Sie gerne kommen würden, aber dass es so schnell geht?!«

Er musterte Herrn Severus. Er war mindestens einen Kopf kleiner, trug exakt die gleiche Unfrisur wie der Altrocker Maffay und die gleiche Lederjacke. Eine schwarze Lederhose und Cowboystiefel rundeten das Bild perfekt ab. Herr Severus gab sich extrem jugendlich, aber sein von Falten zerfurchtes Gesicht konnte sein Alter, das Heini auf Mitte sechzig schätzte, nicht verbergen. Heini fragte sich, wie der Mann es fand, dass sein Sohn Bankberater im Businessanzug geworden war.

»Ich konnte es einfach nicht erwarten!«, sagte Herr Severus aufgeregt und sah sich im Eingangsbereich neugierig um. »Ich hätte ja schon längst kommen wollen, als Ihr seliger Vater noch lebte, aber ich dachte immer, die Leute halten mich für einen Spinner. Dass ich mich so früh schon mit meinem eigenen Tod beschäftige. Aber ganz ehrlich – ich kann es kaum erwarten!« Dann lachte er ein kehliges Lachen, das in einem röchelnden Raucherhusten verebbte, und Heini ertappte sich bei dem Gedanken, dass es vielleicht allerhöchste Zeit für Herrn Severus war, sich mit seiner eigenen Beerdigung zu beschäftigen. Er war augenscheinlich ein Leben lang heftiger Raucher, das konnte man sehen, riechen und hören.

»Es ist nie zu früh«, gab Heini zurück, »aber es ist schnell zu spät.«

Herr Severus nickte. »*Live fast, die young!* Das war immer mein Motto.« Jetzt strahlte er Heini an und Heini strahlte zurück. Der Mann war ihm sympathisch.

»Wenn Sie möchten, zeige ich Ihnen das Institut und erzähle ein bisschen was darüber. Anschließend setzen wir uns ins Büro und Sie erzählen mir was über sich. Und dann denken wir uns etwas Passendes für Sie aus.«

Herr Severus klatschte begeistert in die Hände. »*Let's go!*«, sagte er im original Maffay'schen Zungenschlag.

Es stellte sich heraus, dass Herr Severus bereits bestens informiert war. Über die Arbeit eines Bestatters im Allgemeinen, aber auch über die Friedhofsverordnungen in Schleswig-Holstein im Besonderen.

»Ich hatte mir ja einen Cadillac vorgestellt«, weihte er Heini ein und schob die Kataloge mit den 08/15-Särgen weit von sich. »Aber das darf man hier ja nicht. Wissen Sie, in den USA …«

Heini nickte wissend. Er hatte sich in den letzten Wochen hin und wieder mit dem Bestattungskult beschäftigt, er wollte genauer wissen, was in anderen Ländern üblich war und ob es Trends gab, die man übernehmen konnte. Das meiste fand er allerdings erschreckend bis geschmacklos. In den Vereinigten Staaten wurden heute dank der Technik der Plastination die Körper Verstorbener ausgestellt wie in Madame Tussauds Wachsfigurenkabinett. Er hatte Bilder gesehen von Toten, die auf Motorrädern saßen, in einem Kanu oder hinter dem Steuer ihres Autos. Steif und wächsern, wie gruselige Puppen.

Heini konnte verstehen, dass manch einer sich das zu Lebzeiten so wünschte, aber er fand diesen Trend geschmack- und pietätlos. Das hatte nichts mit der Würde einer Aufbahrung zu tun, bei der die Angehörigen Abschied nahmen. Das sagte er auch Herrn Severus, der etwas enttäuscht war.

»Schade. Ich hatte mir eigentlich vorgestellt, dass ich mit meiner E-Gitarre da stehen könnte. Und dann spielen wir meine liebsten Songs.«

»Herr Severus, ganz ehrlich. Für Sie mag diese Vorstellung passend sein, aber denken Sie mal an Ihre Frau und Ihre Kinder. Vor denen stehen sie dann als Toter wie eine Schaufensterpuppe. Das ist weniger schön, als Sie sich das jetzt vorstellen.«

Mit ein paar Mausklicks hatte Heini entsprechende Seiten im Internet geöffnet und zeigte Herrn Severus einige Bilder von inszenierten Toten. Wie erwartet zuckte der Altrocker zurück.

»Gruselig« war sein Kommentar.

Heini schloss die Seiten wieder. »Die gute Nachricht ist aber: Es ist auch bei uns eine ganze Menge möglich. Und ich bin ganz sicher, dass wir etwas finden, mit dem Sie happy sind.«

Der Mann vor ihm nickte und zog eine Packung Filterlose aus der Brusttasche. »Darf ich?«

Er durfte nicht, aber Heini ging mit ihm vor die Tür. Während Herr Severus in tiefen Zügen rauchte, erzählte er von seinem Leben. »Meine Hobbys sind Rauchen und Musik.« Er lachte sein Rasselhusten und erstickte fast dabei. »Ich war Trucker. Bin die ganz großen Maschinen gefahren. Es gab nichts Besseres. Bin sogar eine Zeitlang in den USA gefahren, das war mein Traum. Route 66, die ganz große Freiheit.«

Die Augen des Mannes glänzten und Heini konnte sich gut vorstellen, wie der kleine Mann hinter dem Steuer eines riesigen Trucks saß und zu lauter Rockmusik durch die staubige Wüste fuhr.

»Bis ich mein Mädchen kennengelernt habe. Die Susi. In einem Diner, kurz vor San Francisco. Ein Mädchen aus Süderum beim Trampen!« Er lachhustete erneut. Heini beglückwünschte sich innerlich, dass er den Zigaretten früh abgeschworen hatte.

»Seitdem bin ich nur noch hier gefahren. Jetzt gar nicht mehr. Bin in Rente. Aber ich funke noch mit den Kollegen. Ist auch gut, hab ich mehr Zeit für die Musik.«

»Maffay?«, fragte Heini ins Blaue.

Severus nickte. »Ist ja nicht schwer zu erraten. Ich hör natürlich noch 'ne Menge andere Sachen, aber der ist mein Gott. Auch als Mensch, wissen Sie.«

Sie gingen wieder hinein und Heini nahm sich einen Block und einen Stift.

»Ich hab schon ein paar Dinge im Kopf«, sagte er und machte sich Notizen. »Das mit der Musik zum Beispiel. Haben Sie denn eine Band?«

»Gehabt. Ein paar Kumpels. Zwei sind schon tot, zwei leben noch. Manchmal treffen wir uns und spielen zusammen.«

»Können Sie sich vorstellen, dass die auf Ihrer Beerdigung spielen würden – und wenn die erst in zwanzig Jahren ist? Wollen Sie Livemusik oder lieber Konserve?«

Die Idee, dass jemand live spielen würde, fand Herr Severus großartig und er war sicher, dass seine Freunde sich dazu bereit erklärten.

»Das kann sogar bei uns hier in den Räumen des Instituts passieren«, bot Heini an. »Vorausgesetzt, das gibt's dann noch. Aber wenn Sie das so festlegen, hält sich auch ein anderer Bestatter daran. Das ist der Ehrenkodex.«

»Doll!«, rief der Hobbyrocker begeistert. »Ich will erst mal nur einen Song, nämlich …«

»Über sieben Brücken sollst du gehen«, murmelte Heini für sich und notierte.

Herr Severus lachte. »War ja klar, oder?«

Heini nahm sich fast eine Stunde Zeit, um mit seinem Kunden alles durchzusprechen. Vieles waren Ideen, er würde noch recherchieren müssen, wie man das ein oder andere umsetzte, auch konnte er noch nichts über die Kosten sagen, aber zum Schluss war ein »Rocker-Trucker-Beerdigungspaket« geschnürt, das beide Seiten glücklich machte.

»Jetzt kann ich's kaum noch erwarten«, feixte Severus, »das wird ja meine beste Vorstellung!«

Heini lachte. »Warten Sie den Kostenvoranschlag ab, dann verschieben Sie Ihr Ableben vielleicht doch noch um hoffentlich viele Jahre!«

Damit begleitete er Herrn Severus vor die Tür. Zum Abschied nahm der Mann Heinis Hand und drückte sie ganz fest.

»Kompliment«, sagte er, »Sie verstehen was von Ihrem Job.«

Nachdenklich ging Heini zurück ins Haus. Er musste sich eingestehen, dass er anfing, Gefallen daran zu finden. Vielleicht nicht unbedingt an dem Beruf des Bestatters selbst, damit hatte er nach wie vor wenig zu tun. Und dass es einfacher und angenehmer war, einen Lebenden hinsichtlich seiner Beisetzung zu beraten als trauernde Angehörige, verstand sich von selbst. Aber er verspürte jetzt das gleiche befriedigende Gefühl, das er damals gehabt hatte, als er sein Tattoo-Studio eröffnet hatte. Er war sein eigener Herr, er hatte Umgang mit Menschen und wenn alles gut lief, konnte er helfen, die Menschen glücklich zu machen. Oder bezogen auf die Bestattungen: Er konnte den Angehörigen in ihrem Schmerz helfen und ihnen eine Last abnehmen. Heini wusste, dass das etwas war, was er konnte. Er war gerne Unternehmer und selbständiger Geschäftsmann. Für trockene Büroarbeit war er nicht gemacht. Ob er vielleicht doch nicht so verkehrt war bei Hinrichsen Bestattungen?

Schon drei Tage später kam der Anruf. Severus junior war am Apparat.

»Gute Nachrichten!«, flötete er bester Laune in den Apparat. »Sie haben den Kredit!«

»Das ging ja schnell«, wunderte sich Heini und freute sich.

»Ich habe Ihren Unterlagen noch ein kleines Empfehlungsschreiben beigelegt«, gestand der junge Bankberater mit einem etwas verlegenen Lachen. »Das hat die Sache vielleicht befördert. Kommen Sie doch morgen gleich vorbei, dann können wir die Unterlagen fertigmachen.«

Nichts lieber als das, freute sich Heini. Damit fiel der Startschuss für die Arbeiten am Dach und die schrittweise Sanierung des Hauses. Die monatliche Kreditsumme, die er abstottern musste, hielt sich in Grenzen und Heini war sicher, dass sein Plan aufgehen würde.

Am nächsten Tag konnte nun endlich die Seebestattung von Frau Schmiedecke stattfinden. Es war bereits Anfang Oktober, aber die Sonne gab noch einmal alles und strahlte hoch am blauen Himmel. Die Nordsee lag spiegelglatt da, als die Urne beigesetzt wurde. Es war eine sehr schöne, herzergreifende, aber auch traurige Zeremonie. Da sich das Datum der Beisetzung wegen der schlechten Wetterverhältnisse im September so oft verschoben hatte, war die Trauergemeinde ziemlich zusammengeschrumpft. Herr Schmiedecke mit Jonas und den beiden kleinen Geschwistern, die Schwester der Verstorbenen sowie eine Handvoll Freunde und Nachbarn. Heinis Anwesenheit war eigentlich nicht vonnöten, denn auf dem Schiff übernahm der Kapitän das Beisetzungsritual, aber die Schmiedeckes hatten ihn gerne dabeihaben wollen, weil er die Planung und Organisation übernommen hatte.

Später begleitete er die Trauergemeinschaft noch ins Haus der Familie, wo eine kleine Feier im engsten Kreis stattfand. Heini hatte den Eindruck, dass sich die Familie nach dem tragischen Tod der Ehefrau und Mutter bereits ein wenig gefangen hatte. Herr Schmiedecke schien sich organisiert zu haben, für die Kleinen hatte er ein Au-pair-Mädchen engagiert, demnächst kam eine Haushaltshilfe dazu, wie er Heini erzählte. Sie standen draußen im Garten der Schmiedeckes, Heini aß ein Stück vom Pflaumenstreuselkuchen, Herr Schmiedecke trank einen Becher Kaffee. Er hatte fahle Haut und dunkle Augenringe, aber wirkte gefasst. Sie standen nebeneinander und blickten beide in Richtung Deich, auf dem ein paar Schafe grasten.

»Danke«, sagte der Witwer, »ich hätte nicht gedacht, dass man das empfinden kann, aber das war wirklich schön. Meine Frau hätte es gemocht.« Dabei überzog ein schmerzerfüllter Ausdruck sein Gesicht.

»Es war das erste Mal, dass ich eine Seebestattung mitgemacht habe«, gab Heini zu. »Ich fand es auch sehr ... ergreifend. Schön, wirklich.«

Sie schwiegen wieder eine Weile, dann hob Herr Schmiedecke erneut an. »Es war wichtig für Jonas, wissen Sie. Dass er sich das alles ausdenken durfte. Und dass die Beisetzung so geworden ist, wie er sich das gewünscht hat. Es hilft ihm, damit fertig zu werden.«

Heini konnte ihm nur beipflichten. Dass der frühe Tod der Mutter bei dem Jungen tiefe Wunden schlagen würde, verstand sich von selbst. Aber er wirkte gefasster als noch vor drei Wochen, als Heini mit ihm die Beisetzung geplant hatte. Außerdem hatte er seinen Vater an der Seite und dann gab es da noch die kleinen Geschwister. Soweit Heini sehen konnte, brachte sich Jonas ein und kümmerte sich fürsorglich um seine kleinen Geschwister. Nicht selbstverständlich in dem Alter.

»Er hat es nicht leicht«, fuhr Schmiedecke fort. »Er ist jetzt vom Gymnasium runter auf die Gesamtschule. Ich glaube, das ist besser so. Er will mittlere Reife machen und dann eine Lehre. Was Praktisches. Kann ich ihm nicht verdenken.«

»Wieso nicht. Ich hatte damals auch keinen Kopf mehr für die Schule. Pauken und Vokabeln lernen – das ist dann ganz weit weg in so einer Situation«, wusste Heini aus Erfahrung.

Jetzt kam Jonas durch den Garten auf sie zu. Er hatte das kleinste Geschwisterchen auf den Schultern. Seine Augen waren gerötet. Er hatte sich tapfer gehalten, aber als er auf dem

Schiff einen Abschiedsbrief an seine Mutter vorgelesen hatte, waren die Tränen in Strömen geflossen. Und das nicht nur bei ihm.

Jonas hatte gehört, was Heini gesagt hatte.

»Hast du Abi gemacht?«, erkundigte er sich.

»Mit Ach und Krach«, antwortete dieser ehrlich. Er hatte das zweitschlechteste Abitur seines Jahrgangs gemacht. Das schlechteste hatte Moritz. »Mir hätte die mittlere Reife auch genügt. Weiß du schon, was du machen willst?«

Jonas hob das kleine Mädchen von seinen Schultern und zuckte mit den Achseln. »Keine Ahnung.« Seine Augen zuckten kurz zu seinem Vater. »Vielleicht Bestatter?!«

»Nicht im Ernst«, entfuhr es Heini, aber Herr Schmiedecke lächelte seinen Sohn nur an, der seltsame Berufswunsch schien ihm nicht neu zu sein.

»Doch«, gab Jonas zurück. »Find ich cool. Thanatopraktiker. Das wollen nicht so viele. Und krisenfest ist es auch. Ich meine, gestorben wird immer.«

Heini zuckte zusammen. Das war der ewige Spruch seines Vaters gewesen. Dennoch glaubte er, dass der Wunsch, Bestatter zu werden, nur von kurzer Dauer war. Es war verständlich, dass sich der Junge jetzt an etwas klammerte, was ihm in der Trauer um seine Mutter geholfen hatte.

»Bilden Sie denn aus?«, erkundigte sich Vater Schmiedecke nun bei Heini.

»Nein. Wir sind kein Meisterbetrieb«, gab dieser zurück. »Ich weiß im Moment auch nicht, ob es den Betrieb über das nächste Jahr hinaus noch gibt. Ich werde es wahrscheinlich nicht machen.«

Jonas war erstaunt. »Warum? Das ist doch ein super Job.«

»Na ja, super …«, wandte Heini ein. »Du hast es immer mit dem Tod zu tun. Mit Angehörigen, die traurig sind. Meistens sind es alte Menschen, die sterben, aber manchmal eben auch nicht, wie bei euch. Und das ist nicht immer einfach.«

Jonas sah ihn sehr ernst an. »Aber du hilfst diesen Leuten. Und ich kann mir vorstellen, das ist ein richtig gutes Gefühl.«

Heini sah den Jungen an. Jonas war voller Trauer, aber das Leben würde weitergehen. Er spürte, dass Herr Schmiedecke neben ihm nickte und dann den Arm um die Schulter seines Größten legte.

Heini sah zum Deich und auf die friedlich grasenden Schafe. Er sah den weit aufgespannten endlos blauen Süderumer Himmel und atmete die salzige Luft. Er dachte an grüne Augen und rote Lippen, an das Kapitänshaus mit der knarzenden Treppe und der alten verwohnten Küche. Er dachte an den Tee von Elisabeth und die zwei verrückten Gehilfen. Den Gipsengel vor der Tür und den Leichenwagen und seltsamerweise wusste er, dass Jonas vollkommen recht hatte. Es war ein verdammt gutes Gefühl. Heini fühlte, dass sein Leben rund war.

18

»Okay, Leute«, rief Heini laut, »das hier ist ein Hundeschädel!«

Die neun Menschen, die vor ihm im Gras hockten, sahen ihn amüsiert an. Heini ließ sich nicht beirren und demonstrierte den von ihm aus Schaumstoff gebastelten Schädel. »Er heißt Jugg und darum geht es.«

Dann erklärte er, so vereinfacht wie möglich, die deutschen Regeln des Spiels. Er erzählte, dass es aus einem alten Film herrührte, wo sich umherziehende Nomaden zu Gladiatorenkämpfen trafen und um ebendiesen Jugg spielten.

Es war ein goldener Oktobertag, die Herbstsonne strahlte und sie saßen in T-Shirts und Jogginghosen auf einer Weide. Heini hatte sich vorgenommen, in dem einen Jahr auf Süderum eine funktionierende Jugger-Mannschaft zusammenzustellen, mit der er regelmäßig trainieren konnte. Außerdem löste er damit ein Versprechen ein. Jonas Schmiedecke war von Anfang an ganz begierig auf dieses Spiel und Heini hatte ihm immer versprochen, es ihm beizubringen. Und nun saßen sie hier, mit ihm acht Spieler und zwei Schiedsrichter, und würden gleich ihr erstes Match absolvieren. Vier Leute je Mannschaft waren etwas zu wenig, fünf Leute sollten es schon sein. Dafür hatten sie aber auch einen Schiedsrichter zu viel, Heini hatte jedoch eingesehen, dass es unmöglich war, nur einen der beiden Freddys dazu zu ernennen. Außerdem würden sie bestimmt immer einer Meinung sein, Missverständnisse waren ausgeschlossen.

Heini war sicher, dass sie im Lauf der Zeit noch weitere Interessierte hinzugewinnen würden, wenn sich erst einmal herumgesprochen hatte, wie viel Spaß Jugger machte.

Die Leute, die nun vor ihm saßen, hatten keine Ahnung, aber bereits Teamnamen. Denn das war, neben den selbstgebauten Pompfen und dem martialischen Aussehen – bei Meisterschaften traten die Mannschaften verkleidet gegeneinander an –, ein wichtiger Bestandteil des Jugger-Spiels: ein guter Kampfname.

Hier waren es die Süderumer Kampf-Krabben mit den Teammitgliedern Sheila, ihrer Freundin Karola, Moritz und Christian Severus junior, Heinis Bankberater. Heinis Mannschaft, die Zombie-Killer-Kraken, bestand aus Jonas, zwei Freunden von Jonas und Heini selbst.

In jedem Team, so erklärte Heini, gab es einen Läufer. Dieser hatte keine Waffe, aber die Aufgabe, den Jugg ins gegnerische Nest, ein Loch im Boden, zu bringen. Dabei wurde er von seinen Leuten mit Pompfen verteidigt. Die Läufer selbst durften miteinander ringen. Dann gab es noch unzählige Feinheiten, wie die Definition, was ein Treffer war und was er zur Folge hatte, aber Heini hatte sich entschieden, erst bei späteren Treffen ins Detail zu gehen, und zeigte nun auf die Waffen, die er zusammen mit Jonas und dessen Freunden angefertigt hatte. Es gab verschiedene Arten von Spielgeräten, aber alle mussten gut gepolstert sein, damit man sich und andere nicht verletzte.

Sowohl Moritz als auch Jonas griffen sofort nach den Ketten. Klar, das war bei jedem Anfänger-Jugger die beliebteste Waffe, aber sie war so schwer zu handhaben, dass man es schnell aufgab, der »Kettenmann« zu sein. Jede Mannschaft durfte nur einen Kettenmann haben. Die Waffe bestand aus einem Griff, an dem eine 3,20 Meter lange Kette befestigt war, am anderen Ende ein »Morgenstern« – auch dieser aus Schaumstoff. Die Kette war ebenfalls dick gepolstert. Mit dieser Kette durfte man auf die Gegner eindreschen, aber meistens wickelte sie sich um die eigenen Beine und brachte einen selbst zu Fall.

Sheila schnappte sich eine einfache Pompfe. Das war auch Heinis bevorzugte Waffe. Ein einfacher kurzer Stab, mit Schaumstoff umwickelt. Effektiv und leicht zu handhaben.

Irgendwann waren alle mit Pompfen ausgestattet, bis auf Severus junior und Leon, einen Freund von Jonas. Diese waren zu den Läufern ihres Team auserkoren.

Die Mannschaften stellten sich an den jeweiligen Grundlinien des Spielfeldes, das Heini abgemessen und mit Stöcken notdürftig markiert hatte, zwanzig Meter voneinander entfernt auf. Die Freddys standen in der Mitte und einer der beiden hob den »Hundeschädel« in die Höhe. Gemäß der Statuten rief der andere: »Drei, zwei, eins, Jugg!«, dann sprinteten die Läufer los, um den Jugg zu ergattern. Die Schiedsrichter legten den Schaumstoffschädel auf die Markierung und verschwanden rasch vom Feld.

Die anderen Kämpfer schlenderten mit ihren Pompfen zögerlich hinterher, sie waren sich noch nicht genau über ihre Aufgabe im Klaren. Heini musste das Zugpferd spielen und attackierte zuerst den Bankberater, der tatsächlich blitzschnell war und sich den Jugg gekrallt hatte. Seine Attacke rief Moritz auf den Plan, der versuchte, Heini mit Hilfe der Kette aufzuhalten. Diese schwang aber so weit zurück, dass Moritz damit Karola aus seiner eigenen Mannschaft zu Fall brachte. Diese Chance nutzte wiederum Jonas, der mit der Kette geschickter war und diese so schwang, dass sie sich um Moritz' Beine wickelte. Währenddessen konnte Christian Severus ungehindert zum Nest der gegnerischen Mannschaft spurten und dort den Jugg ablegen – ein Punkt für die Süderumer Kampf-Krabben!

Heini feuerte seine Mannschaft an, dass die Zombie-Killer-Kraken diese Schmach nicht auf sich sitzen lassen konnten, und schnell war die schönste Rauferei im Gange. Die Schiedsrichter waren mit ihrer Aufgabe, die Schläge, Tore und die Zeit zu zählen, ziemlich überfordert, aber Heini hatte keine Lust, das engagierte Spiel zu unterbrechen, um dauernd etwas zu erklären. Nach einer halben Stunde rief er die Halbzeitpause aus, es stand 24 zu 17 für seine Mannschaft. Die drei Teenagerjungs brachen in Jubel aus. Alle Spieler sahen völlig verschwitzt und zerzaust aus, waren total außer Atem und schmissen sich erschöpft an den Spielfeldrand, wo sie ihre Getränke deponiert hatten.

»Für eine erste Partie schon ganz ordentlich«, lobte Heini.

Sheila stöhnte und schmiss sich lang ins Gras. »Reicht auch fürs Erste, oder?«

»Das war nur die erste Halbzeit!« Heini gab sich empört und knuffte Sheila in die Seite. Sie lachte ihn an und knuffte zurück.

»Nur mit Pompfe!«, warf einer der Krüger-Brüder ein. »Sonst musst du vom Platz.«

Jonas und seine Freunde waren total begeistert. Sie waren die, die am wenigsten außer Atem waren, und Heini war sicher, dass dies nicht die letzte Partie Jugger für die Jungs war. Das Spiel traf den Nerv der Jugendlichen, weil es ein Spaßsport war. Es gab Regeln, aber nicht allzu strenge. Man konnte das Spiel nicht wirklich trainieren, man konnte es nur spielen. Die Betonung lag hier auf Spaß und nicht auf Leistung. Trotzdem musste man fit sein. Ausdauer, Geschicklichkeit und Gewitztheit waren gefragt, es war eine lustige Alternative zu Fußball.

»Wir bringen nächstes Mal bestimmt noch mehr Kumpels mit«, sagte Jonas.

»Vielleicht auch ein paar Mädchen«, gab Moritz zu bedenken, »dann fühlen sich die Damen nicht so allein.«

»Wie zuvorkommend du bist, mein Lieber«, sagte Sheila, »aber ich nehm's auch mit noch mehr Männern auf.«

Sie stichelten noch ein wenig hin und her, aber Heini unterbrach die Plänkelei. »Weiter geht's, Leute. Pause ist vorbei.«

Sie spielten eine weitere Halbzeit, in der alle vergaßen, die Tore richtig mitzuzählen. Deshalb riefen die beiden Schiedsrichter eine entscheidende Verlängerung aus, in der schließlich die Süderumer Kampf-Krabben haushoch gewannen.

Insgesamt waren mehr als zwei Stunden vergangen an diesem Samstagnachmittag, es wurde langsam kalt auf der Wiese und man spürte jetzt doch, dass es Herbst und nicht mehr Spätsommer war.

Als Sheila sich am Spielfeldrand bückte, um ihre Fleecejacke aufzuheben, sah Heini, dass sie auf dem Steißbein eine Tätowierung hatte. Kein sogenanntes Arschgeweih, sondern ein gotisches Kreuz, ziemlich schlecht gestochen und bereits etwas verblichen. Sie schien Heinis Blick bemerkt zu haben und zog rasch das T-Shirt über die Stelle, so dass es das Tattoo verbarg.

»Aus meiner Gothic-Vergangenheit«, sagte sie und Heini merkte, dass ihr das Tattoo peinlich war.

»Sieht man«, gab er zurück. »Du magst es wohl nicht mehr?«

Sheila lächelte. »Geht so. Ich sehe es ja nicht, meistens vergesse ich, dass ich da hinten dieses Kreuz habe.«

»Schade drum«, meinte Heini. »Tätowierungen sollen ja erinnern. Und nicht vergessen werden.«

»Ich habe an der gleichen Stelle eine Hello Kitty«, kommentierte Sheilas Freundin Karola und amüsierte sich. »Ich bin sehr froh, dass ich im Spiegel nicht dauernd dran erinnert werde.«

Sie lachte und Sheila konnte es nicht fassen. »Hello Kitty? Spinnst du? Wie alt warst du da? Zwölf?«

Jetzt mischten sich auch die anderen ein. Die Teenager waren ganz scharf auf Tätowierungen, mussten aber noch warten, bis sie zumindest sechzehn waren, dann durften sie sich, allerdings nur mit Einwilligung der Eltern, etwas stechen lassen. Der eine Freund von Jonas hatte bereits ein Lippenpiercing und viele Ohrringe. Moritz wollte sich schon seit Jahren stechen lassen, konnte sich aber für kein Motiv entscheiden. Der brave Bankberater Christian Severus gestand auf Nachfrage, dass auch er tätowiert war, wollte es aber nicht herzeigen und schwieg sich auch über das Motiv aus. Stattdessen wurde er knallrot vor Scham. »Interessant«, sagte Karola und musterte den schmalen jungen Mann. »Stille Wasser sind tief.« Da wurde Severus junior gleich noch röter.

Heini und Sheila gingen nebeneinanderher in Richtung Parkplatz. Die Weide, die Heini als Spielfeld auserkoren hatte, lag etwas außerhalb von Westerup. Ein Feldweg führte dorthin. Heini war mit den Freddys und Moritz mit dem Auto gekommen, alle anderen waren per Rad.

»Willst du es behalten?«, erkundigte sich Heini bei Sheila und äugte noch einmal nach dem Tattoo.

»Bleibt mir wohl nichts anderes übrig«, gab Sheila zurück.

»Darf ich?« Heini zog ihr T-Shirt sanft aus dem Hosenbund und begutachtete fachmännisch die Arbeit. »Es ist schon ziemlich blass. Außerdem nicht gut gemacht, wenn ich das mal so sagen darf.«

»Wir haben uns eben damals noch nicht gekannt«, sagte Sheila und lächelte Heini sehr charmant an. Er schluckte.

»Man kann es weglasern.«

Sie schüttelte den Kopf. »Nee. Zu teuer und außerdem gehört es ja doch zu mir. Zu einer Phase meines Lebens.«

Dem stimmte Heini zu. Das eine Tattoo, das fürs ganze Leben galt, das gab es nicht. Man veränderte sich, das Leben veränderte sich, aber das Bild auf der Haut blieb dasselbe. Man musste akzeptieren, was es war: ein Zeitzeuge.

»Man könnte etwas draus machen«, schlug er vor.

Sheila sah ihn interessiert an. »Wie geht das? Kannst du das?«

»Man kann ein Cover-up machen. Ein anderes Bild darum herum stechen. So, dass es wirkt, als wäre es ein Teil davon.«

»Hättest du Ideen dazu?«, erkundigte sich die schöne Floristin interessiert.

Heini hatte eine Menge Ideen. Zu dem Tattoo im Allgemeinen und zu Sheila im Speziellen. Also nickte er. »Du kannst dir gerne mal ein paar Sachen angucken, die ich gemacht habe. Als Tätowierer fotografiert man ja seine Sachen. Und legt ein Album an, sozusagen. Ich habe auch eine Menge Entwürfe … also, wenn du magst, kann ich dir was zeigen.«

»Das würde mich auch interessieren«, mischte sich Moritz ein.

»Ich glaube nicht«, sagte Heini resolut und fixierte seinen Kumpel mit strengem Blick.

»… aber natürlich nicht heute«, fügte Moritz folgsam hinzu und zwinkerte.

»Super! Total gerne!« Sheila war begeistert. »Karola, kommst du auch mit?«

Heini stöhnte. Jetzt war er die eine Klette gerade losgeworden …

»Ach verdammt! Total gerne, aber ich hab nachher Yoga, das lohnt sich nicht mehr«, sagte Karola zu Heinis großer

Erleichterung. »Wie schade, Heini. Aber gerne ein anderes Mal.«

Heini grinste. Und verabredete sich mit Sheila für später.

Bevor sie alle auseinandergingen, machten sie aus, dass sie sich nun regelmäßig am Samstag um die gleiche Zeit auf dem Feld treffen würden – vorausgesetzt, das Wetter machte noch mit. Moritz wollte versuchen, über den Winter an die Sporthalle der Schule zu kommen, damit sie nicht aussetzen mussten.

»In zwei Wochen kann ich gar nicht«, fügte er hinzu. »Da ist Großeinsatz.«

Heini wunderte sich. »Auf Süderum? Gibt es so was?«

»Walpurgisnacht«, erklärte Moritz. Da ist traditionell ein Bikertreffen auf Süderum. Ich weiß auch nicht, wieso, aber das gibt es schon seit vielen Jahren. Um die tausend Harley-Fahrer aus ganz Deutschland. Die feiern dann Saisonende.«

»Aber das sind doch meistens alte harmlose Säcke?«, amüsierte sich Heini.

»Die meisten schon«, pflichtete ihm Moritz bei. Aber ein kleiner Prozentsatz sorgt für Ärger. Hells Angels und so. Du weißt schon, die schweren Jungs.«

Zu Hause erwartete ihn bereits Elisabeth mit kummervollem Blick.

»Sie hat die Heuschrecke nicht genommen«, sagte sie und Heini wusste sofort, was seine Stiefmutter meinte.

Seit vier Wochen war Nathalie verschwunden – aber sie lebte noch und zwar ziemlich sicher hinter dem Mauerspalt in Heinis Dachgeschoss. Er und Elisabeth hatten regelmäßig Futter vor den Schlitz gelegt. Und obwohl sie die Vogelspinne nie zu Gesicht bekamen – die Beute war immer irgendwann weg. Nur jetzt nicht.

»Seit gestern Abend liegt die Heuschrecke vor ihrer Höhle. Sie hat sie nicht angerührt.« Elisabeth setzte sich auf ihren Treppenlift und surrte nach oben, während Heini neben ihr herlief.

Das Dachstübchen war noch immer eine halbe Baustelle. Es war noch nicht verputzt und gestrichen, aber Heini hatte es gedämmt und mit Rigipsplatten verkleidet. Den Spalt zu Nathalies Versteck hatte er allerdings offen gelassen. Er hatte auch seine Sachen wieder nach oben geschafft, sein Bett und den wenigen Krempel, den er aus Hamburg mitgenommen hatte. Auf dem Sofa im Wohnzimmer zu schlafen war auf Dauer keine Alternative.

Trotz der Dämmung war es kalt hier oben, das Dach war noch nicht fertig eingedeckt. Die Dachdecker kamen immer nur für zwei Tage vom Festland herüber, sie hatten noch andere Baustellen und so zog sich die Sanierung länger hin als geplant. Es wurde langsam richtig kalt, besonders nachts. Heini hatte deshalb auch Gordons Terrarium im Wohnzimmer gelassen.

»Hoffentlich ist sie nicht erfroren«, sagte er und versuchte, mit der Taschenlampe in den Schlitz zu leuchten. Aber außer einem dunklen Loch war nichts zu erkennen.

Elisabeth nickte. »Das arme Tier. Es ist viel zu kalt hier oben.«

»Vielleicht ist sie einfach tiefer reingekrabbelt und hat einen anderen Hohlraum gefunden«, meinte Heini und versuchte, die Hoffnung nicht zu verlieren.

»Aber dann verhungert sie!« Elisabeth war ehrlich besorgt um das Wohl der Spinne. Sie hatte Heinis Tiere in ihr Herz geschlossen und kümmerte sich liebevoll um sie. Die beiden Papageien hatten nur noch Augen für Elisabeth und würdigten Heini keines Blickes mehr. »Käufliches Pack«, hatte er sie neulich geschimpft und sich prompt ein »Vollhonk« eingefangen – wo immer sie das herhatten.

»Wir füttern sie trotzdem«, beschloss Heini. »Sie weiß ja, dass es hier immer etwas zu fressen für sie gibt. Außerdem kann eine Vogelspinne lange ohne etwas zu essen überleben.«

Er glaubte selbst nicht daran, dass die schöne Eupalaestrus campestratus noch lebte, aber er wollte Elisabeth trösten.

»Ach übrigens«, sagte er und bemühte sich, so beiläufig wie möglich zu klingen, »Sheila Jürgens kommt gleich zu Besuch. Sie will sich ein paar Tattoo-Entwürfe ansehen.«

Elisabeth sah ihn interessiert an. Sheila war schon mehrmals zu Besuch gewesen, aber es war immer um die Umgestaltung des Instituts gegangen. Die Arbeiten daran waren noch nicht abgeschlossen, aber Sheila hatte ein paar tolle Ideen geliefert. Dazu hatten sie aber immer zu dritt im Wohnzimmer gesessen. Heini wollte Elisabeth aber nun verklickern, dass sie diesmal nichts zu essen oder zu trinken richten müsse – er wollte mit Sheila lieber allein sein. Er wollte aber auch nicht zu offensichtlich sein.

»Um fünf kommt ein schöner Woody-Allen-Film im Lichtspiel«, sagte Elisabeth und lächelte fein. »Den wollte ich schon immer mal sehen.« Sie machte kehrt und steuerte ihren Treppenlift an. Heini grinste und hätte sie für ihre Dezenz küssen mögen. Das Zusammenleben mit seiner Stiefmutter hatte sich in dem vergangenen Vierteljahr viel besser als erwartet gestaltet. Heini hatte sie richtig ins Herz geschlossen.

Wenig später, Elisabeth hatte das Haus gerade mitsamt Rollator und einer Bekannten verlassen, stand die schöne Sheila in der Tür. Sie hatte sich im Gegensatz zu Heini nicht umgezogen, was ihn daran gemahnte, sich von dem Besuch nicht allzu viel zu versprechen. Sie wollte seine Entwürfe sehen. Nichts weiter. Punkt. Und aus.

Immer wenn er Schneewittchen in der letzten Zeit getroffen hatte, hatte sich Heini eingebildet, dass da etwas zwischen ihnen war. Kein offensichtlicher Flirt, es war wie ein winziger Funken, der verhalten glomm. Aber er hatte sich nie getraut, in die Glut zu blasen, um zu sehen, ob dieser Funke noch ein Feuer entfachen konnte. Denn da war immer noch Timo, sein Cousin. Und dessen Name fiel weit häufiger, als es Heini lieb sein konnte.

»Magst du was trinken?«, bot Heini seiner Besucherin an. Sheila wählte grünen Tee, und da Heini nicht gerne alleine Alkohol trank, schloss er sich ihrer Wahl an. Außerdem, so fand er, passte grüner Tee ganz gut zur Situation.

Wenn Heini das Buch mit seinen Arbeiten herzeigte oder gar Entwürfe, die er noch nicht realisiert hatte, so war das immer ein besonderer Moment für ihn. Nicht alle Kunden seines Tattoo-Studios hatten das so gewürdigt, aber für ihn war jedes einzelne Tattoo ein kleines oder großes Kunstwerk und war aufgeladen mit einem gewissen Zauber.

Heini hatte sich stets zugutegehalten, dass er nicht einer war, der für Geld jedes beliebige Bild stach, sondern dass er immer versuchte, etwas zu finden, was dem Kunden so weit wie möglich auch entsprach. Wenn Leute zu ihm kamen und ihm Entwürfe zeigten, die seiner Meinung nach so gar nichts mit ihrem Wesen zu tun hatten, versuchte er, sie davon abzubringen. Er machte Gegenvorschläge, so lange, bis sie sich auf etwas geeinigt hatten, womit sie beide glücklich werden konnten. Natürlich war es vorgekommen, dass sich seine Kunden auf keine Diskussion eingelassen hatten, dann schickte Heini sie woandershin. Zum Nachteil seiner Geschäftsbilanzen. Aber Heini glaubte fest daran, dass das Bild auf der Haut auch den Menschen, der es trug, beeinflussen konnte. Es verlieh ihm im besten Fall Kraft. Oder Schönheit. Oder Würde. Deshalb war die Auswahl eines Motivs für ihn stets etwas Spirituelles, da war es nur folgerichtig, wenn er mit Sheila beim grünen Tee blieb und ihrer beider Hirn nicht mit Wein oder Bier vernebelte.

Im Wohnzimmer begrüßte Sheila erst die Tiere, dann setzten sie sich aufs Sofa und Heini zeigte seine Mappe mit den Bildern. Sheila war interessiert und fragte manchmal nach, wer sich welches Tattoo warum hatte stechen lassen, und Heini wusste bei jedem einzelnen noch die Entstehungsgeschichte. Aber er merkte auch, dass Sheila zwar interessiert, aber nicht so richtig bei der Sache war.

Schließlich klappte er das Buch zu. »Und? Wie gefällt's dir?«

»Gut.«

»Hm.« Das war nicht gerade besonders motivierend, fand Heini.

Sheila lachte. »Na ja, was soll ich dazu sagen? Sieht aus, als wärst du einer von den Könnern. Es sind ein paar tolle Sachen dabei. Aber ehrlich gesagt faszinieren mich die Bilder, die du hast, viel mehr.« Dabei schob sie sanft einen Finger unter seinen T-Shirt Ärmel, so dass der Kolibri frei lag.

Heini spürte, wie sich seine Wirbelsäule zusammenzog. Augenblicklich stellten sich auch die Härchen auf seinem Unterarm auf. Heini zog den Ärmel bis über die Schulter hoch. Es war nun nicht nur der Kolibri zu sehen, sondern auch die bunten Schuppen des Koi-Karpfens, der einen Teil seiner rechten Schulterpartie bedeckte.

»Das sind zum Teil japanische Tattoos«, erklärte er. »Sogenannte Irezumi. Aber auch andere, polynesische zum Beispiel. Überall, wo ich so hingekommen bin, habe ich mir etwas stechen lassen. Nur keine Tribals oder Old School. Jedes Bild hat für mich eine besondere Bedeutung. Jedes Motiv erzählt etwas über mich.«

Sheila bekam große Augen. Sie strich sanft über seinen Arm, den Bizeps und das Schultergelenk. »Wie weit geht das?«, fragte sie.

Heini zögerte einen Moment, ob es wirklich angebracht war, andererseits war er stolz auf seine Körperbilder und zeigte sie gerne. Vor allem Sheila … Er zog sich kurzerhand das T-Shirt über den Kopf und drehte Sheila den Rücken zu.

Einer der beiden Papageien pfiff anerkennend.

»Oooh«, sagte Sheila und es klang nach atemloser Bewunderung.

Auf dem Rücken versammelten sich die verschiedensten Bilder, die er im Lauf der Jahre angesammelt hatte, zu einem großflächigen Motiv. Bei seiner Weltreise hatte es angefangen. In Mexiko, mit dem Kolibri. Aber dann hatte er sich überall dort, wo er war, eine Erinnerung in die Haut stechen lassen. Auf Tahiti eine Schildkröte und einen Mantarochen. In Japan eben den bunten Koi, dazu Kirschblüten, Tiger und einen Drachen, in Bangalore die Gottheit Shiva. Aber alle diese Motive, von den unterschiedlichsten Künstlern gestochen, vereinten sich auf Heinis Haut zu einem kunstvollen einheitlichen Bild und umfassten, sowohl die Oberarme, die Schulterpartie und den Rücken, fast bis zum Steißbein, als auch einen Teil der Brust. Dazu waren seine Unterschenkel tätowiert.

»Wow«, hauchte Sheila. Heini wollte sich wieder zu ihr umdrehen, aber da hatte sie bereits ihre warmen Hände auf seine Schulterblätter gelegt und fuhr zärtlich die Linien der bunten Bilder nach.

»Das ist wunderschön«, sagte sie andächtig.

Heini fühlte sich geschmeichelt und hob an, von der Entstehungsgeschichte der Bilder zu erzählen, als er plötzlich ihre Lippen auf seinem Rücken spürte. Elektrisiert hielt er den Atem an. Sheilas Hände wanderten sanft nach vorne auf seine Brust, ihre Lippen küssten nun seinen Nacken, leicht, wie von Schmetterlingsflügeln gestreift fühlte sich das an.

Heini stand in Flammen. Er ermahnte sich, ruhig bis zehn zu zählen und Sheila dann zu sagen, dass das nicht ginge, nicht, solange sie mit Timo zusammen war. Aber er kam nicht weiter als bis zur Drei, da hatte er sich umgedreht, fasste ihr Gesicht zart mit beiden Händen und küsste sie dann voller Leidenschaft und Verlangen.

Die Vorhänge zur Straße waren nicht zugezogen, Elisabeth konnte jederzeit aus dem Kino kommen und die Papageien kreischten in heller Aufregung, aber Heini und Sheila verschwendeten keinen Gedanken daran, sie waren vollkommen damit beschäftigt, dem anderen die Kleider vom Leib zu reißen und ihre nackten Körper aneinanderzupressen.

Bevor Heini befürchten musste, jegliche Restvernunft zu verlieren, schleuderte er sein T-Shirt in Richtung des Vogelkäfigs, wo es auf ihm zu liegen kam und Pat und Patachon die Sicht nahm. Die Gelbbrustaras verstummten augenblicklich und schwiegen pikiert.

Heini versenkte seinen Blick in Sheilas smaragdgrünen Augen und surfte auf einer Welle nie enden wollenden Glücks.

19

Er wachte ohne jede Orientierung auf. Es war stockfinster, irgendein Gewicht lag auf ihm und es roch seltsamerweise nach frischen Brötchen.

»Sechs Uhr. Guten Morgen«, sagte eine Stimme in der Dunkelheit und dann spürte Heini einen zarten Kuss auf seiner Nasenspitze. So langsam kam die Erinnerung. Er lag im Bett von Sheila. Sie waren noch am Abend in ihre Wohnung gegangen, denn auf dem Wohnzimmersofa zu bleiben war keine gute Lösung. Und das schmale Bett im Dachgeschoss war ebenfalls keine Alternative. Also waren sie umgezogen.

Sheila bewohnte eine schöne Mansardenwohnung im selben Haus, in dem auch ihr Blumenladen war. Die Wohnung war wie ihr Geschäft: mit wenigen Mitteln stilsicher und liebevoll eingerichtet. Neben dem Holz der freigelegten Dachbalken und dem Dielenboden war die vorherrschende Farbe Weiß. Dennoch wirkte die Zweizimmerwohnung nicht steril oder kalt. Sheila hatte mit viel Liebe zum Detail alte Spiegel aufgehängt, großformatige Fotografien von Blumen, die wie fröhliche moderne Kunst wirkten, überall gab es Vasen mit farbenfrohen Sträußen und Accessoires vom Flohmarkt. Allerdings hatte Heini sich nicht lange mit der eingehenden Betrachtung der Einrichtung aufgehalten. Lieber hatte er eingehend die schöne Sheila betrachtet, nachdem sie sich in ihr Bett gekuschelt hatten.

»Sechs Uhr? Stehst du immer so früh auf?«, fragte er jetzt, nachdem er das Gewicht auf seinem Körper als Sheila identifiziert hatte. Langsam gewöhnten sich seine Augen an die Dunkelheit.

Sie legte das Gesicht auf seine Brust und kuschelte sich an ihn. »Sechs Uhr ist spät. Wenn mein Laden auf dem Festland wäre, müsste ich um diese Zeit schon im Großmarkt stehen. Hier muss ich nur auf den Lieferanten warten. Der kommt mit der ersten Fähre rüber.«

Heini schloss die Augen wieder und legte seine Arme um ihren nackten Körper. Sie lagen unter der warmen Bettdecke und Heini dachte daran, dass er noch nie so schnell mit einer Frau diese innige Geborgenheit gefunden hatte. Es hatte eine ernste Beziehung in seinem Leben gegeben, alles andere waren kurze, mehr oder weniger leidvolle Verbindungen gewesen. Aber auch in dieser längeren, drei Jahre währenden Beziehung hatte er selten diese innige Zweisamkeit gespürt. Diese tiefe Seelenverwandtschaft, das »Sich-zu-Hause-Fühlen« im anderen. Mit Sheila dagegen fühlte sich alles von der ersten Sekunde an so an, als wäre es für immer. So würde er noch in vierzig Jahren mit ihr im Bett liegen wollen.

Aber jetzt stemmte sich Sheila hoch. »Frische Brötchen! Komm in die Küche!« Sie schälte sich aus dem Bett und schlüpfte in einen Morgenmantel. »Was trinkst du, Kaffee oder Tee?«

»Tee gerne.« Heini setzte sich auf die Bettkante und angelte nach seinem Sweatshirt, das gestern Abend auf dem Fußboden gelandet war. Dann folgte er Sheila in die Küche, aus der ein warmer Lichtschein in den Flur fiel. Sie hatte den Tisch für zwei gedeckt, tatsächlich mit Brötchen, die noch warm waren, Marmelade, Honig, Wurst und Käse.

Heini staunte. »Isst du jeden Morgen so feudal?«

»Nein!«, Sheila setzte sich hin und schüttelte ihre langen Haare. »Nur wenn ich einen Ehrengast habe.« Dann stockte sie und beeilte sich, etwas hinterherzuschieben. »Also nicht, dass ich oft jemanden hier habe … äh … ach, du weißt schon.«

Heini wusste nichts, aber er überlegte, ob jetzt der richtige Zeitpunkt wäre, nach Timo zu fragen. Doch er entschied sich dagegen. Er wollte den Moment nicht zerstören. Obwohl er sich schämte. Egal, wie wenig er seinen Cousin mochte, er war absolut dagegen, sich an die Frau von einem anderen heranzumachen. Das war einfach nicht ehrenhaft – egal, ob die Frau selbst das wollte oder nicht. Da hieß es: Hände weg. Eigentlich. Aber Heini hatte vom ersten Blick an, den er auf Schneewittchen geworfen hatte, sich nach nichts anderem gesehnt, als mit ihr zusammen zu sein. Und hatte jeden Gedanken an Timo erfolgreich verdrängt. Er wusste, dass es Probleme, unschöne Szenen geben und er eventuell den Kürzeren ziehen würde. Aber das zählte jetzt alles nicht. Jetzt zählte, dass er in der behaglichen Küche mit der wunderbarsten Frau *ever* zusammensaß, ihre nackten Füße auf seinem Schoß, und in ein warmes Honigbrötchen biss. Das Leben konnte so schön sein.

»Wo hast du denn die Brötchen her?«

»Von Bäcker Schult, im Nebenhaus. Ich hole mir welche aus der Backstube, dafür bekommen sie einen kleinen Strauß von mir für die Ladentheke.«

Bäcker Schult, den hatte es bereits in Heinis Kindertagen gegeben. Stolz wie Bolle war er gewesen, als er zum ersten Mal ganz allein mit seinem kleinen Kinderportemonnaie zu Schult hatte gehen und Brötchen fürs Wochenende kaufen dürfen. Der Geruch, der die Bäckerei in einem Umkreis von 50 Metern umgab, war ein absoluter Kindheitsgeruch für Heini. Außerdem machte Schult mit Abstand die besten Milchbrötchen weit und breit. Daran hatte sich in den vielen Jahren seit seinem ersten stolzen Einkauf dort nichts geändert. Als könnte sie Gedanken lesen, grinste Sheila ihn an und sagte: »Die Tochter hat das Geschäft übernommen und führt es mit ihrem Mann. Es gibt so Sachen, die gehören einfach zu Süderum. Wie Bäcker Schult.«

Oder wie Hinrichsen Bestattungen, fügte Heini im Geiste hinzu.

Als sie sich ein wenig später vor der Tür voneinander verabschiedeten, wagte Heini, Sheila zu fragen, ob sie sich später noch einmal treffen würden. Sie überlegte.

»Mittag geht nicht, da bin ich bei der Tafel. Mit Timo. Aber abends vielleicht.«

»Wie schaffst du das?«, platzte Heini heraus. Er war fassungslos, wie selbstverständlich Sheila ihm unter die Nase rieb, dass da ja noch ein anderer Mann im Spiel war. War sie tatsächlich so abgebrüht und hatte vor, mit zwei Männern gleichzeitig eine Beziehung zu führen? Oder viel schlimmer: Wollte sie Heini damit verklickern, dass Timo die erste Geige spielte, während er eine beklagenswerte Eintagsfliege war?!

Aber Sheila deutete seine Frage ganz anders. »Gar kein Problem«, antwortete sie unbeeindruckt. »Mittags habe ich ja immer geschlossen. Und am Montag und Donnerstag fahre ich eben für eine Stunde rüber zur Tafel. Das ist doch nicht schlimm, ganz im Gegenteil.«

Heini wollte etwas einwenden, aber in dem Moment erschien der LKW des Blumenlieferanten am anderen Ende der Straße und Sheila winkte freundlich.

»Ciao«, sagte sie zu Heini und gab ihm einen leidenschaftlichen Kuss.

Es blieb ihm nichts anderes übrig, als den Rückzug anzutreten, aber Klärungsbedarf bestand bei Heini allemal.

Entsprechend unkonzentriert war er bei der Arbeit, und als am Vormittag der Anruf des Inselarztes einging, dass die Familie des Bauern Redlich einen Todesfall zu beklagen hatte, war Heini richtiggehend erleichtert über den Auftrag und Tapetenwechsel. Es handelte sich um die Großmutter der Familie, hochbetagt.

Also ab in den Bestatteranzug und die Freddys abgeholt.

Auch diese beiden wunderlichen Gesellen hatte er mittlerweile richtig gern. Zwar wirkten sie noch immer mürrisch und sprachen nicht mehr als unbedingt nötig, aber sie waren stets zur Stelle, keine Arbeit war ihnen zu gering, sie wussten über alles, was das Bestattungsinstitut anging, Bescheid und gaben Heini das Gefühl, dass er sich voll und ganz auf sie verlassen konnte. Ohne dass er etwas sagen musste (und ohne dass er daran denken musste), hielten sie die Kühlräume, den Leichenwagen oder den Kellerraum, in dem die Toten hergerichtet und präpariert wurden, sauber und in Schuss. Alle Apparaturen wurden gewartet, sie hatten stets den Überblick, ob irgendwelches Material – Gummihandschuhe, Plastikfolien, Desinfektionsspray – nachbestellt werden musste, kurz: Sie sorgten für den reibungslosen Ablauf im Verborgenen. Dass sie nun fest angestellt waren, machte in ihrem Engagement für das Institut keinen Unterschied – Heini und Elisabeth dagegen fühlten sich definitiv besser.

Bauer Redlich wohnte in Funkenhagen, einem Weiler bei Westerup. Der Weiler bestand nur aus dem Hof der Redlichs, ihren Wiesen und Weiden sowie einem alten Spritzenhaus. Ein wunderbares Idyll am Deich. Es war diesiges Herbstwetter, grau in grau, als der Leichenwagen auf dem Katzenkopfpflaster des Hofes hielt. Der Bauer, ein junger Mann etwa in Heinis Alter, kam ihnen entgegen. Er wirkte gefasst und Heini sprach ihm sein Beileid aus. Bauer Redlich schüttelte den Kopf.

»Danke. Aber die Omma hat den besten Tod gehabt, den man sich wünschen kann. Beim Lachen vom Stuhl gefallen. Herzinfarkt.«

»Ist das wahr?« Heini konnte sich ein Lachen nur schwer verkneifen. Von so einem Tod hatte er noch nie gehört.

»Jo.« Der Bauer grinste. »Ich will nicht herzlos erscheinen, aber meine Omma, die war immer gut drauf. Gestern Abend hat sie beim Skat haushoch gewonnen und sich darüber totgelacht.« Er stutzte kurz und grinste dann noch breiter. »Also buchstäblich. Sie war 93. Besser geht's doch nicht, oder?«

Nein, dachte Heini. Das war ein Tod, den sich viele wünschten, aber kaum jemandem war es vergönnt, so aus der Welt zu scheiden.

Als er die Leiche der alten Frau, die in ihrer Stube auf dem Bett lag, betrachtete, musste er dem Enkel der Toten recht geben: Besser ging's nicht. Obwohl die alte Frau Redlich bereits vor zwölf Stunden gestorben war, schien es, als amüsierte sie sich noch immer über ihren Gewinn beim Kartenspiel. Sie sah wächsern aus und jemand hatte ihre Augen geschlossen, aber ihr Mund war leicht geöffnet, und es schien, als würde sie grinsen. Der Totenschein des Arztes lautete auf Herzstillstand.

»Warum haben Sie uns nicht gleich gerufen?«, fragte Heini den jungen Bauern. »Wir hätten sie auch gestern noch abgeholt.«

Der winkte ab. »Nee, nee, lassen Se mal. Sie haben doch auch Feierabend. Und so haben wir alle noch mal von der Omma Abschied genommen.« Bei den Worten nahm er ein kleines Kind, das vielleicht zwei Jahre alt war, auf seinen Arm.

Das kleine Mädchen grinste verschämt und deutete auf die Tote in ihrem Bett. »Oma«, sagte sie und lächelte Heini an.

»Meike versteht das noch nicht«, sagte der Jungbauer. »Ist auch gut so.«

Die Freddys hatten bereits die Fahrtrage aufgebaut und warteten auf ein Zeichen von Heini, um die alte Frau umzubetten. Der Enkel verstand den Wink und verließ mit seiner Tochter auf dem Arm das Zimmer. Heini nickte den Freddys zu und diese hoben behutsam die Tote auf die Trage.

Heini folgte Bauer Redlich in die Küche, wo sich der Rest der Familie um den Tisch versammelt hatte. Er bekam einen Becher schönen starken Kaffee mit frischer Kuhmilch und klärte die Modalitäten. Niemand in dem Raum weinte, niemand war verzweifelt, dennoch spürte Heini, dass die Verstorbene vermisst wurde. Es war ein Verlust, den alle Familienmitglieder beklagten, der aber als natürlicher Teil des Lebens hingenommen wurde.

Heini beriet die Familie in allen Fragen des Begräbnisses und der Kosten. Eine Aufbahrung in den Räumen des Instituts war nicht mehr nötig und so konnten die Freddys die Verstorbene gleich für die Erdbestattung vorbereiten. Der Aufenthalt bei der Familie Redlich war für Heini angenehm und professionell verlaufen, nichts, was ihm so an die Nieren ging wie der Tod von Frau Schmiedecke, die drei Kinder zurückgelassen hatte. Konnte der Job des Bestatters nicht immer so sein?

Auf der kurzen Rückfahrt nach Westerup baten die Gebrüder Krüger, kurz bei der Tafel vorbeifahren zu dürfen. Heini wollte ihnen die Bitte nicht abschlagen, andererseits war er nicht besonders scharf darauf, Sheila in Begleitung von Timo dort zu treffen. Er würde also im Auto sitzen bleiben.

Heini parkte in einigem Abstand zum Gemeindezentrum und ließ seine beiden Angestellten aussteigen. Sie versicherten ihm, dass sie in wenigen Minuten wieder am Wagen sein würden. Die tote Oma Redlich musste in die Kühlkammer.

Statt der beiden Freddys kam aber Sheila nach ein paar Minuten aus dem Gemeindezentrum. Sie blickte die Straße auf und ab, sah den Leichenwagen und kam freudig auf ihn zugerannt. Heini ließ die Scheibe runter.

»Hey«, sagte Sheila und küsste ihn durch die offene Scheibe, »warum kommst du denn nicht rein und sagst hallo?«

Heini wollte nicht wie ein beleidigtes Kleinkind klingen und biss sich gerade noch auf die Lippe, bevor er »wegen Timo« antwortete. Stattdessen sagte er: »Ich wollte dich nicht in eine blöde Lage bringen.«

»Hä?« Sheila sah ihn amüsiert an. »Wie ist denn das gemeint?«

Heini hatte nicht die Absicht, zwischen Tür und Angel das mit ihr zu besprechen, also forderte er sie auf, sich zu ihm in den Wagen zu setzen.

»Nein, dafür habe ich keine Zeit, ich muss wieder rein.« Sie zeigte mit dem Daumen auf das Gemeindezentrum. »Ich kann Timo nicht so lange allein lassen, wir haben alle Hände voll zu tun. Leider.«

Mit einem Schnaufen stieß Heini die Luft aus. »Eben um den geht es. Ich finde es ein bisschen, also … seltsam. Dass wir was haben, obwohl du mit ihm zusammen bist.«

Schneewittchen sah ihn an. In ihrem Ausdruck mischten sich Fassungslosigkeit und Erstaunen. Dann wurde sie ernst. »Davon habe ich gestern Nacht aber nichts mitbekommen. Also, dass du irgendwelche Skrupel hättest.«

Ja, dachte Heini, weil ich ein triebgesteuerter Hornochse

bin, der sein Herz verloren hat. »Ich weiß. Es ist genauso meine Schuld. Das war nicht okay.«

»Das war also nicht okay.« Sheila setzte ein Pokerface auf. »Du meinst also, das war's dann?«

»Nein!« Heini war entsetzt. »Nein! Ich weiß bloß echt nicht, wie ich damit umgehen soll.« Er wollte noch so viel sagen, sich erklären, aber er brachte nichts von alledem über die Lippen.

»Tja, schade.« Sheila, die gerade noch am Fenster des Autos gelehnt hatte, stellte sich hin, mit einem halben Meter Abstand, und schob die Hände in die Hosentaschen. Ihre ganze Haltung drückte Abwehr aus. Heini schloss die Augen und versuchte, sich zu konzentrieren. Er wollte sie nicht verlieren. Er wollte ihr keine Vorwürfe machen. Aber er wollte sie auch nicht teilen. Noch weniger aber wollte er sie unter Druck setzen und ihr sagen, sie solle ihren Freund verlassen.

»Es hatte ja ganz gut angefangen mit uns«, hörte er Sheila sagen.

Jetzt hielt er es nicht mehr aus und öffnete die Fahrertür. Er wollte Sheila an sich ziehen, aber sie ging einen weiteren Schritt zurück und hob abwehrend die Hände. »Ich kann das nicht akzeptieren, dass du wegen Timo so ein Theater machst«, sagte sie. »Das ist ganz und gar überflüssig.«

»Na hör mal …«, setzte Heini an, aber dann sah er befremdet, wie Sheila in Lachen ausbrach und den Kopf in den Nacken warf. »Du Doofmann!«, brachte sie zwischen den Lachausbrüchen hervor und zog nun ihrerseits Heini zu sich. »Ich hab doch nichts mit deinem Cousin!«

Heini kam sich vor wie ein Idiot. »Nicht? Ich meine, du redest ständig von ihm.«

Sheila schlang ihre Arme um Heinis Oberkörper und drückte, so fest sie konnte. In ihrem schmalen Körper steckte erstaunlich viel Kraft. »Timo sponsert die Tafel. Er kommt einmal die Woche auf die Insel und hilft mit. Ohne ihn gäbe es das Ganze nicht. Dein Vater hatte vor drei Jahren die Idee und Timo war gleich Feuer und Flamme. Er hat die Mittel – ich hab die Zeit. So einfach ist das.«

Es brauchte ein paar Sekunden, bis Heini diese Information verarbeitet hatte. Auf diese Lösung wäre er sein Leben nicht gekommen. »Ihr habt also ein professionelles Verhältnis?«

»Nein«, gab Sheila zurück und lächelte ihn an, »ganz und gar nicht. Wir sind Freunde. Nicht mehr und nicht weniger.«

Heini kam sich so eifersüchtig und dusselig vor, dass er beschloss, lieber gar nichts mehr zu sagen, stattdessen küsste er Sheila. So lange, bis sich jemand hinter ihm räusperte. Es waren Sheilas Onkel, die darauf drängten, zum Bestattungsinstitut zurückzufahren. Immerhin lächelten sie.

Wenige Tage später hatte Heini die Möglichkeit, ein paar Worte mit seinem Cousin zu wechseln. Es war Samstag und die Crew traf sich trotz schlechten Wetters und ziemlich niedriger Temperaturen zum Jugger-Spiel. Moritz konnte nicht dabei sein, es war der einunddreißigste Oktober und das Bikertreffen fand auf Süderum statt. Er war im Einsatz und deshalb hatte Sheila Timo als potentiellen Ersatz für ihr Team mitgebracht.

Heini begrüßte Timo erfreut. Sein Bild von Timo hatte sich in den letzten Tagen, seit er von dessen Engagement für die Tafel wusste, komplett verändert. Er hatte auch mit Elisabeth darüber gesprochen, die erstaunt war, dass Heini keine Ahnung davon hatte. Offenbar hatte Sune es angeregt, einen Verein zu gründen, der sich um die Essensverteilung an die Benachteiligten auf der Insel kümmerte. Timo, der mit seiner Brautmoden-Kette sehr gutes Geld verdiente, war von Anfang an als Geldgeber dabei gewesen.

»Timo«, begrüßte Heini den blonden Hünen nun, »schön, dass du mitgekommen bist.«

Sein Cousin grinste. »Ach ja? Du bist ja nicht immer so begeistert, mich zu sehen.«

Heini beschloss, nicht darauf einzugehen, fühlte sich aber ertappt. »Ich wusste auch gar nicht, dass du die Tafel so unterstützt. Das ist ja super«, sagte er stattdessen und fand selbst, dass er irgendwie nicht sehr überzeugend klang.

»Ich glaube, du findest es eher super, dass ich dir deine Freundin nicht ausspanne«, gab Timo zurück und haute Heini auf die Schulter. »Aber keine Sorge. Da besteht keine Gefahr!«

»Dann zeig mal, was du draufhast«, sagte Heini und drückte Timo die Waffe von Moritz in die Hand – die lange Kette mit dem gepolsterten Morgenstern am anderen Ende.

»Okay«, Timo ließ die lange Kette durch seine Hände gleiten und übte dann ein paarmal, diese zu schleudern.

Sie standen noch an Heinis Auto auf dem Feldweg. Die drei Teenager um Jonas Schmiedecke hatten ebenfalls Verstärkung in Form von zwei Schulfreunden mitgebracht und trabten bereits über das Feld, wo sie spielerisch mit ihren Waffen übten. Sowohl Karola als auch Christian Severus verspäteten sich. In der Innenstadt von Westerup waren einige Straßen wegen der Bikerparade abgesperrt.

»Lass mich mal.« Sheila nahm Timo die Kette aus der Hand und übte ebenfalls ein paar Würfe. Sie stellte sich wesentlich geschickter an. »Ich bin heute mal der Kettenmann«, verkündete sie daraufhin. »Pardon, die Kettenfrau.«

Heini glaubte plötzlich, er habe etwas im Ohr. Ein dumpfes, ganz leises Dröhnen, mehr nur eine Vibration. Aber dann wurde das Geräusch lauter und auch die anderen schienen es zu hören. Brummen. Nein, dunkles Knattern. Die Erde schien zu beben. Das Geräusch kam immer näher, wurde immer lauter. Schließlich wurde ersichtlich, was das Geräusch hervorrief: Die Biker kamen. Auf der Straße, die aus Westerup heraus nach Dünsand führte, tuckerte der Pulk der Biker, vorneweg die dicksten Harleys. Langsam und gelassen, mit höchstens vierzig Stundenkilometern. Die Fahrer, bärtig, mit Kutten oder martialischen Lederjacken, fuhren gesittet in Dreierreihen nebeneinander und führten ihre Maschinen ein letztes Mal vor dem winterlichen Einmotten auf einer Rundfahrt um Süderum vor. Heini und seine Freunde blieben an seinem Auto stehen und betrachteten die nicht enden wollende Reihe an dicken und dicksten Maschinen.

Beinahe zehn Minuten dauerte es, dann war das Ende der Schlange erreicht.

»Cool«, kommentierte Jonas.

Timo zuckte mit den Schultern. »Wer's mag. Mir sind die allesamt zu ungepflegt.«

Heini sagte gar nichts. Er starrte der Parade noch immer hinterher. Und hoffte, dass er sich getäuscht hatte. Aber als sich plötzlich drei Maschinen aus dem Ende des Pulks lösten, wendeten und auf den Feldweg zuhielten, wusste er, dass er nur eine Chance hatte: Er musste um sein Leben laufen. Und zwar jetzt.

20

Das Tuckern der Maschine von Ali Hassan hinter ihm klang alles andere als gemütlich. Es kam vor allem immer näher. Heini rannte quer über die Wiese. Es gab nirgends etwas, hinter dem er Schutz suchen konnte, hier war Süderum plattes, weites Land. Am Horizont war der Deich zu sehen, aber dahinter nur das Wattenmeer, eine Sackgasse also.

Das Knattern der Harley kam immer näher und klang, als hätte er einen Schwarm wütender Hornissen im Rücken. Aber es war viel schlimmer. Es war der Boss der Hades Bros mit zwei Handlangern im Gefolge. Heini schlug Zickzackhaken wie ein Hase, bis er sich entschied, am Watt entlang in Richtung Westerup zu fetzen. Er war ein guter Sprinter, aber zum Glück ein noch besserer Langstreckenläufer. Er wusste, dass seine Puste noch lange nicht knapp werden würde, aber war er auch schnell genug? Würde er es schaffen, seinen Vorsprung vor den schweren Maschinen zu halten?

Heini hielt nun auf den kleinen Weg am Watt zu. Dieser war nicht gepflastert und führte zum Teil durch den Sand, so dass die Motorräder Schwierigkeiten haben würden, ihm zu folgen. Seine Verfolger müssten einen Umweg machen, diese Zeit wollte Heini nutzen, um sich einen Vorteil zu verschaffen.

Er sah bereits die ersten Häuser am Rand von Westerup: den Friedhof mit der Kirche und den angrenzenden Reetdachhäusern. Hier kannte sich Heini aus wie in seiner Westentasche. Vom Friedhof führte ein winziger Trampelpfad zwischen den Gärten hindurch, wunderbar beschirmt von dichten Kartoffelrosenhecken, die auch um diese Jahreszeit noch etwas gelbes Laub trugen.

Nun kamen Ali Hassan und seine beiden Begleiter auf der Straße zum Friedhof herangeschossen. Sie wollten Heini den Weg abschneiden und gaben Gas, um vor ihm den Friedhof zu erreichen.

Obwohl es ihm die Lunge beinahe zerriss, legte Heini noch einen Zacken drauf, er konnte die von Rachegelüsten verzerrte Visage des Gangsterbosses genau erkennen, als der sich grinsend über seinen Lenker beugte und mit seiner Maschine auf Heini zuhielt. Nur wenige Meter noch, dann hätte Heini den rettenden Zaun erreicht.

Sie waren beide gleichzeitig da. Heini konnte seinen vollen Lauf nicht mehr stoppen, er war sicher, dass er mit Ali Hassan zusammenprallen würde, aber er schaffte es, mit einem Hechtsprung über dessen Vorderrad auf den niedrigen Graswall zu springen, rollte sich dann ab, während die dicke Harley durch die Vollbremsung ins Schlingern geriet. Heini rappelte sich auf, zog sich an dem Zaun, der den Friedhof umgab, hoch und ließ sich auf der anderen Seite einfach fallen. Seine Verfolger waren stark, gefährlich, mit Sicherheit bewaffnet und skrupellos. Aber sie waren eines garantiert nicht: sportlich.

Am liebsten wäre Heini einfach liegen geblieben, aber er sah, wie Ali Hassan, jetzt rot vor Zorn, sein Motorrad mühsam wendete und seinen Gefährten Anweisung gab, nach dem Zugang zum Friedhof zu suchen.

Mit letzter Kraft kam Heini hoch und setzte seinen Lauf fort. Er schlug Haken um die Gräber, so dass er außer Sicht war, kletterte am anderen Ende des kleinen Dorffriedhofs erneut über den Zaun und verschwand dann in dem Hohlweg.

Dieser war verdeckt von herabhängenden Ästen und wer den winzigen Pfad nicht kannte, würde ihn so schnell nicht finden.

Heini ging in Deckung und blickte zurück. Ali Hassan und seine zwei Handlanger brachten es tatsächlich fertig, mit ihren Motorrädern auf den Friedhof zu fahren! Er war fassungslos. Das zeigte ihm, dass der Gangsterboss keine Grenzen kannte und keinerlei Skrupel. Wenn der ihn erwischte, würde Heini die nächsten Monate im Krankenhaus verbringen dürfen. Wenn er glimpflich davonkam.

Heini hatte Ali Hassans Gesicht nur kurz gesehen, aber er hatte erkannt, dass dieser versucht hatte, sich den Strich, den Heini ihm verpasst hatte, entfernen zu lassen. Offenbar war das nicht gut gelungen, denn jetzt war der böse Boss noch schlimmer verunstaltet.

Die drei Harleys kurvten zwischen den Grabsteinen umher, auf der Suche nach ihm. Heini musste sehen, dass er wegkam. Schnell würden die drei Biker merken, dass er sich nicht auf dem Friedhof versteckte, und früher oder später würden sie den kleinen Pfad doch noch entdecken.

Während er den Hohlweg entlanghastete, überlegte Heini, ob Ali Hassan seinen Nachnamen kannte. Sein Laden hatte schlicht »The Grave-Tattoo« geheißen. Aber Heini hatte immer einen kleinen Stapel seiner rabenschwarzen Visitenkarten neben der Kasse stehen gehabt. Darauf stand auch sein Name. Er überlegte fieberhaft, ob der Albaner oder Ali Hassan sich damals eine Karte genommen hatte. Falls ja, wäre er in seinem Kapitänshaus keine Sekunde mehr sicher. Falls nein, bedeutete das immerhin einen gewissen Zeitaufschub. Allerdings hatte er im Moment keine Wahl: Er musste nach Hause. Elisabeth war dort, alleine, und er musste sie warnen.

Gebückt und immer auf der Hut, nahm Heini nun den Weg

durch mehrere Gärten nach Hause, bis er schließlich völlig erschöpft und außer Atem in seinem eigenen Garten ankam. Er bückte sich unter eine Eibe und horchte angestrengt. Aber vom Tuckern der Maschinen war nichts zu hören. Er hoffte, dass Ali Hassan ihm nicht zuvorgekommen war, und trat durch die Hintertür in die Küche.

Auch im Haus war alles ruhig. Heinis Herz klopfte bis zum Hals, hinter jeder Ecke witterte er einen Hinterhalt. Die Küchentür stand einen Spalt offen und er horchte vorsichtig in den Flur. Er hörte das gedämpfte Brabbeln des Fernsehers, sonst herrschte Ruhe im Haus.

Auf Zehenspitzen schlich Heini in den Flur, wobei er sich wachsam umsah. Schließlich hatte er die Tür zum Wohnzimmer erreicht und stieß sie auf. Elisabeth schreckte vom Sofa hoch.

»Um Himmels willen! Bist du verrückt geworden?!«

Heini sah sich um. Der Fernseher lief, der Kamin loderte gemütlich und die Papageien schliefen selig. Absolute Idylle, kein Ali Hassan weit und breit. Bevor er sich aufs Sofa fallen ließ, hastete Heini zu den Fenstern und zog energisch die Vorhänge zu. Mit einem Blick prüfte er, ob sich draußen jemand auf der Straße befand, aber Fehlanzeige. Auch kein Motorradgeräusch war zu hören.

Erschöpft sank Heini neben Elisabeth aufs Sofa und versuchte, seinen Atem zu beruhigen. Elisabeth sah ihn misstrauisch an.

»Himmel, du bist ja käseweiß! Und so verschwitzt … was ist passiert?«

Heini zögerte einen Moment, ob er Elisabeth mit der Wahrheit verschonen sollte, aber dann entschied er sich dafür, ihr alles zu erzählen. Schließlich war sie ebenfalls in Gefahr, falls die Hades Bros ihr Haus ausfindig machten.

Seine Stiefmutter hörte entsetzt zu, verlor aber keineswegs die Nerven, so wie Heini befürchtet hatte. »Warum rufst du nicht Moritz an?« war ihr einziger Kommentar, nachdem er mit seiner Schilderung, warum ihm jemand wie Ali Hassan auf den Fersen war, fertig war. Auf die Idee war Heini natürlich auch schon gekommen, aber er war etwas zu beschäftigt damit gewesen, seinen Angreifern zu entkommen. Nun aber wählte er die Nummer seines Kumpels.

Moritz meldete sich nicht sofort und hörte sich auch ziemlich gestresst an. »Sorry, Heini, aber ich bin im Einsatz – ist es dringend?«

Heini bejahte und erzählte seine Geschichte noch einmal, allerdings in der Superkurzfassung.

»Wie? Der verfolgt dich?«

Heini stöhnte. »Mann, der ist hinter mir her, Moritz, ihr müsst sofort kommen, der Typ ist scheißgefährlich!«, blaffte er in den Hörer.

»Du, Heini, wir haben hier echt anderes zu tun. Die Biker feiern hier, das kann jederzeit eskalieren und dann haben noch ein paar von den Typen den Friedhof verwüstet, stell dir das mal vor …«

»Davon rede ich doch!« Jetzt brüllte Heini richtig. »Das sind die! Die Hades Bros! Ali Hassan, wenn der mich kriegt, dreht er mir die Gurgel um und hängt mich an den Zehennägeln vom Schornstein.«

Jetzt war es Moritz, der genervt war. »Alter, beruhig dich. Ich schau nach Feierabend mal bei dir vorbei.«

Das Tuckern. Es war noch weit entfernt, aber Heini war mittlerweile auf den Sound geeicht. Er beendete in aller Hast das Telefonat und zog Elisabeth vom Sofa hoch. »Schnell«, sagte er, »sie kommen. Hau ab!«

»Ich denk nicht dran!« Elisabeth stand wackelig und drohte

mit ihrem Stock in die Luft. »Glaubst du, ich lass dich in der Situation alleine? Da kennst du mich aber schlecht.«

Wäre es nicht so absurd gewesen, Heini hätte gelacht. So aber schob er Elisabeth aus dem Wohnzimmer, löschte überall das Licht und setzte seine Stiefmutter auf den Treppenlift. »Dann bleib wenigstens in deinem Zimmer! Sperr zu und rühr dich nicht!«

Zum Glück gab sie keine Widerworte, sondern ruckelte kopfschüttelnd mit dem Lift nach oben.

Heini kehrte ins Wohnzimmer zurück. Das Tuckern war nun lauter zu hören, offenbar war Ali Hassan auf der Suche. Auf der Suche nach Hinrichsen Bestattungen? Heini blieb nicht mehr viel Zeit. Hastig schloss er die Klappe des Kamins, dann warf er noch mehr Holz hinein und Unmengen von zerknülltem Zeitungspapier.

Das Motorengeräusch erstarb. Heini schnappte sich den Schürhaken und bezog Stellung hinter der Wohnzimmertür. Er hörte, dass die Männer, die hinter ihm her waren, vor der Haustür diskutierten. Schließlich ging etwas zu Bruch, es klirrte und etwas zerschellte auf dem Pflaster. Raues Lachen. Dann wurde ein Schlüssel ins Schloss gesteckt. Daraus konnte Heini schlussfolgern, dass Ali Hassan nicht ganz blöd war. Er hatte sofort geahnt, dass der Gipsengel neben der Tür einen Ersatzschlüssel verbarg, und hatte diesen, unter Zuhilfenahme roher Gewalt, auch gefunden.

Heinis Körper spannte sich wie ein Flitzebogen. Allein gegen drei – er war bereit, wenngleich er sich nicht viele Chancen ausrechnete. Kaum hatten die drei Hades-Brüder den Flur betreten, hörte Heini auch schon, wie einer von ihnen die Lampe im Flur zerschlug. Er hatte das Licht ja bereits ausgeschaltet, aber die Gauner wollten offenbar auf Nummer sicher gehen. Heini hielt den Atem an. Da hörte er plötzlich den Treppenlift summen. Er wagte einen vorsichtigen Blick durch den Spalt der Wohnzimmertür und sah zu seinem Entsetzen, wie seine Stiefmutter auf dem Lift abwärts abfuhr, dabei hatte sie von unten eine Taschenlampe auf ihr Gesicht gerichtet und schrie aus Leibeskräften. Es war gruselig und lächerlich zugleich. Die drei Männer erschraken auch im ersten Moment, doch dann fing Ali Hassan an, aus vollem Hals zu lachen.

Heini packte den Schürhaken fester und machte sich bereit zum Angriff, da trat einer der Handlanger ins Wohnzimmer. Der Kamin hatte, wie von Heini beabsichtigt, eine beachtliche Menge Qualm produziert, der das halbe Wohnzimmer vernebelte. Der große Typ war einen Schritt ins Zimmer getreten. »Hey Boss, hier brennt's«, sagte er, da schlug Heini zu. Er legte sein gesamtes Gewicht in den Schlag und der gusseiserne Schürhaken traf den Biker im Nacken. Dieser fiel um wie ein Baum. Er gab ein schmatzendes Geräusch von sich, dann lag er vorneüber wie tot.

Aber Heini hatte keine Zeit, die vitalen Lebensfunktionen seines Gegners zu prüfen. Jetzt musste alles ganz schnell gehen. Er drehte sich hinaus in den dunklen Flur, wo Elisabeth mittlerweile das Erdgeschoss erreicht hatte. Dank ihrer Taschenlampe konnte Heini erkennen, dass sie versuchte, Ali Hassan mit ihrem Rollator zu rammen. Dieser packte das Ding und hob es hoch, als wäre es ein Fliegengewicht, und schleuderte es ins Treppenhaus. Elisabeth konnte sich gerade noch fallen lassen, um den Rollator nicht auf den Kopf zu bekommen. Wütend stürmte Heini hinaus, zu allem entschlossen.

»Was ist denn hier los?«

Alle Köpfe wandten sich zur immer noch offenen Eingangstür, von der aus jetzt etwas Dämmerlicht in den Flur fiel.

In der Tür standen Sheila, die Freddys und Timo – mitsamt ihrer Jugger-Waffen. Auch die Brüder Krüger hatten sich bewaffnet, offenbar hatten seine Freunde geahnt, dass Heini in der Klemme steckte, nachdem er wie ein Feldhase das Weite gesucht hatte.

Ali Hassan und der Gehilfe, die Heini noch nicht bemerkt hatten, gingen sofort zu Gegenangriff über.

Timo breitete freundlich die Arme aus und sagte noch »Meine Herren«, offenbar in der irrigen Annahme, seine blonde Sonnyboy-Ausstrahlung allein reichte, um selbst den Nahostkonflikt zu befrieden. Aber der Gangsterboss rammte ihm wortlos seine Faust, an der ein Schlagring blitzte, in den Bauch. Timo riss die Augen auf, machte »Pfff« und klappte zusammen wie ein Taschenmesser.

Heini seinerseits hatte mit dem Schürhaken den anderen Handlanger von Hassan attackiert, aber der hatte gerade noch Lunte gerochen und sich zu ihm umgedreht. Er wich dem Schlag aus, packte gleichzeitig den Schürhaken und versuchte, ihn Heini zu entreißen. Heini ließ nicht los und war drauf und dran, sich auf den breitschultrigen Typ zu stürzen, aber in dem Moment schwang Sheila gekonnt die Jugger-Kette, die sich mehrfach um das Bein des Bösewichts wickelte und ihn zu Fall brachte. Der ließ den Schürhaken los, Heini schlug erneut zu und hoffte inständig, dass er am Ende des Tages nicht zwei Genickbrüche zu verantworten hatte.

»Hau ab!«, schrie Sheila ihm zu. Heini warf einen Blick zu Sheilas Onkeln, die sich tapfer mit Ali Hassan abkämpften. Immer einer schlug mit der Pompfe auf den Boss ein, und wenn Hassan sich zu ihm drehte, rammte ihm der andere den gepolsterten Spieß in die Seite. Auf diese Weise besiegten sie ihn niemals, aber er war abgelenkt und sie machten ihn mürbe. Leider stand Hassan dabei nicht günstig genug, dass Heini auch ihm eins mit dem Haken überbrezeln konnte. Deshalb zögerte er. Es war natürlich nur folgerichtig, dass er jetzt abhaute, andererseits konnte er die beiden älteren Herren und seine zarte Sheila unmöglich mit dem wütenden Monster allein lassen. Doch Hassan nahm ihm die Überlegung ab. Mit einem markerschütternden Wutgeheul packte er die Waffen der Gebrüder Krüger – die natürlich nicht losließen –, zog sie an sich heran und knallte die beiden älteren Herrschaften auf diese Weise mit den Köpfen aneinander.

Dann nahm er Heini ins Visier. Zeit zum Rückzug. Die Tür zur Straße versperrte ihm der dicke Türke, also wich Heini in die Küche aus. Er rannte hinein, rutschte auf dem glatten Linoleumboden aus und knallte unsanft gegen den Esstisch. Aber Hassan ging es nicht besser. Bei dem Versuch des Türken, Heini hinterherzuhechten, hatte Elisabeth, immer noch am Boden liegend, geistesgegenwärtig ihren Arm ausgestreckt. Ali Hassan, Boss der Bosse, stolperte und stürzte ebenfalls der Länge nach in die Küche.

Er lag bäuchlings, hob den Kopf und starrte Heini grimmig an. Doch dann wurde sein Blick abgelenkt. Heini wunderte sich und folgte dem Blick des Hades-Bosses. Und er sah, was dieser sah. Und warum alle Farbe aus dessen Gesicht gewichen war, denn dort saß sie, die wunderschöne braun behaarte Eupalaestrus campestratus. Nathalie, die Vogelspinne. Sie war ein bisschen staubig, sah mager und mitgenommen aus, aber sie war am Leben. Ali Hassan war starr vor Angst. Hektisch versuchte er, von der Spinne, die ungefähr dreißig Zentimeter von ihm entfernt saß, wegzurobben. Nathalie bewegte ihre Beine und sofort wurde Ali Hassan steif wie ein Stock.

Heini erkannte seine Chance. Er vermutete, dass die Spinne hinter dem Mauerwerk an einem Versorgungsrohr hinuntergekrabbelt war – dorthin, wo es warm war. Dann war sie durch einen Schlitz, die es in diesem alten Gemäuer überall gab, wieder ans Tageslicht gekrabbelt. Heini war ihr unendlich dankbar für das perfekte Timing und robbte zu ihr hinüber, nahm die Spinne sanft hoch und hielt sie ganz nah an das Gesicht des Gangsterbosses. Dieser wagte es nicht, sich zu rühren, und sah aus, als würde er gleich anfangen zu weinen.

Draußen gab es jetzt einen Tumult. Heini hoffte, dass Sheila und die beiden Krügers alles im Griff hatten. Dann hörte er das Geräusch eines Funkgerätes und gleich darauf erschien Moritz in der Küchentür. Er war uniformiert, offenbar war die Botschaft, dass sein alter Kumpel Hilfe brauchte, doch noch irgendwann in sein Hirn gesickert.

Heini musste keinen Ton sagen, Moritz erfasst die Lage sofort. Er fixierte Ali Hassan mit dem Knie auf dem Boden und gleich darauf klickten die Handschellen um die fetten Fesseln.

»Als du gesagt hast, Hades Bros, hat es bei mir geklickert«, meinte Moritz seelenruhig und riss Ali Hassan, der keinerlei Gegenwehr zeigte, vom Küchenboden hoch. »Wir hatten da so ein Memo bekommen wegen des Bikertreffens. Auf wen wir besonders achten sollen. Tja, da hab ich eins und eins zusammengezählt.«

Etwas spät, aber immerhin, dachte Heini, sagte aber nichts. Er war überglücklich, dass Moritz jetzt übernahm, und folgte ihm in den Flur. Dort stand Moritz' Polizistenkollegin und kümmerte sich um die Verletzten. Sie rief über Funk nach Verstärkung und dann nach einem Krankenwagen.

Die beiden Krügers waren bei Bewusstsein, hielten sich aber die Schädel – sie würden wohl eine ordentliche Prellung davontragen.

Heini schloss Sheila erleichtert in seine Arme, die einen schrägen Blick auf die Spinne warf, sich aber von dieser nicht abhalten ließ, ihre Arme um Heini zu schlingen.

Elisabeth saß munter und wohlauf auf der Treppe und versicherte, dass ihr nichts zugestoßen sei.

Moritz übergab Ali Hassan der Kollegin und beugte sich zu Timo, der noch immer am Boden kniete und sich die Leibmitte hielt.

»Alles in Ordnung?«, erkundigte er sich.

Timo sah jetzt auf. Er wollte etwas sagen, machte den Mund wie ein Fisch auf und dann wieder zu. Moritz dagegen wurde feuerrot. Sie sahen sich in die Augen und alle im Raum wussten, was passiert war: Der Blitz hatte eingeschlagen.

Heini schickte ein Stoßgebet zum Himmel, blickte in Sheilas grüne Augen und sagte: »Ich hab's mir überlegt. Ich bleibe hier.«

Epilog

Ein Jahr später

In zwei Stunden ging die Fähre. Heini sah nervös auf seine Uhr. Zum gefühlt hundertsten Mal in der vergangenen Stunde. Er war so aufgeregt: Tahiti wartete!

Noch einmal versuchte er, sich zu konzentrieren. Hatte er an alles gedacht? Er ging die Unterlagen zum wiederholten Mal durch. Aber eigentlich, so stellte er fest, hatte er mit Herrn Wohlrabe, dem Bestatter vom Festland, alles geklärt.

Es klopfte kurz an der Tür, dann steckte Jonas den Kopf herein. »Tee?«, erkundigte er sich.

»Danke.« Heini winkte ab. »Bin schon nervös genug.«

Jonas nickte, lächelte und schloss die Tür wieder. Er spürte, dass Heini allein sein wollte.

Vor zwei Monaten, ziemlich direkt nachdem er den Schulabschluss in der Tasche gehabt hatte, hatte Jonas Schmiedecke sich bei ihnen beworben. Heini hatte sich gesträubt, er war der Meinung, dass das nicht der richtige Beruf für einen so jungen Menschen war, und schob vor, dass nur ein Meisterbetrieb ausbilden könne. Tatsächlich aber durften die beiden Krügers ausbilden und sie waren es auch, die sich schließlich für Jonas starkmachten. Mit wenigen Worten hatten sie Heini vor Augen geführt, dass sie nicht mehr allzu viele Jahre über volle Arbeitskraft verfügten. Wenn Hinrichsen Bestattungen weiterleben wollte, war Nachwuchs gefragt. Außerdem war eine spätere Spezialisierung zum Thanatopraktiker äußerst vielversprechend und konnte eine internationale Karriere nach sich ziehen. Also hatte Jonas seine Ausbildung angefangen und Heini hatte es noch an keinem Tag bereut. Bis auf gelegentliche Unpünktlichkeit war Jonas ein aufmerksamer und begabter Lehrling.

Heini stand auf und ging zum Terrarium hinüber. Gordon döste im hellen Licht der Lampe. Er war hier gut aufgehoben, dachte Heini und sah sich in dem neu gestalteten Büro um. Alles weiß gestrichen, helle Holzmöbel standen auf dem abgeschliffenen und geölten Dielenboden. Sheila hatte ihm extra fürs Büro zwei Abzüge von ihren großformatigen Blütenfotos gemacht. Außerdem stand immer ein frisch von ihr gebundener Strauß auf dem Schreibtisch. Eine Palme und eine Bananenpflanze rahmten die Kommode ein, in der Heini alle Papiere und Kataloge aufbewahrte, obendrauf stand Gordons attraktives Terrarium. Der dreibeinige Gecko hatte eine beruhigende Wirkung auf seine Kunden, hatte Heini zufrieden festgestellt. Er lenkte ab, ohne aufzuregen.

Nathalie und die Gelbbrustaras waren momentan bei Elisabeth untergebracht. Sie halfen ihr, sich in ihrer neuen Wohnung einzuleben und sich nicht so allein zu fühlen. Jeden Morgen kam Elisabeth auf ihrem Rollator ins Institut gewackelt – sie wohnte schräg gegenüber im Erdgeschoss. Sie war im vergangenen Jahr regelrecht aufgeblüht.

Der Anfang war nicht einfach gewesen, denn als im Winter das Dach endlich gedeckt war, war Heini auf den Geschmack gekommen. Er hatte alle Räume nach und nach entkernt, sie hatten Steigleitungen gezogen und die Elektrik neu installiert. Das Büro, der Raum für die Abschiednahmen und dann peu à peu die Wohnräume im alten Kapitänshaus – irgendwo war immer eine Baustelle gewesen. Sie hatten mit Hilfe der beiden Freddys, die nicht nur Tischler, sondern quasi auch Installateure und Elektriker waren, und Moritz' fast alles in Eigenleistung gemacht – sogar den Speicher hatten sie zu einem Wohnraum umgebaut. In all dem Lärm und Dreck hatten sie aber den Betrieb weitergeführt. Elisabeth hatte tapfer im Büro Stellung gehalten. Sie erledigte die Sekretariatsarbeiten ebenso wie Buchhaltung und Steuer. Manchmal dachte Heini, dass es zu viel war für die gesundheitlich angeschlagene Frau, aber das Gegenteil war der Fall. Je mehr sie gebraucht und eingebunden wurde, desto besser ging es Elisabeth. Und als die Reihe an ihrem Schlafzimmer war, hatte sie von selbst den Entschluss gefasst, das Haus zu räumen. Sie würde in eine kleine Wohnung ziehen und das Haus denen überlassen, die es mit neuem Leben füllen würden.

Heini holte Gordon sanft aus dem Terrarium, gab ihm einen Abschiedskuss auf den schuppigen Kopf und setzte ihn wieder zurück. Der Gecko zeigte nicht die geringste Regung.

Dann verließ Heini das Büro, um sich von den Freddys zu verabschieden. Die waren gerade dabei, im Keller die Kühlfächer zu desinfizieren, sie trugen dabei ihre weißen Plastikanzüge, gelbe Gummihandschuhe und Mundschutz. Das hielt sie aber nicht davon ab, Heini fest an sich zu drücken und ihm auf die Schultern zu klopfen. Keiner von beiden aber fühlte sich bemüßigt, sich den Mundschutz herunterzuziehen und etwas zu sagen. Heini kannte sie mittlerweile gut genug, um sie auch ohne Worte zu verstehen.

Er klopfte auf den Türstock. »Denn man tau, Jungs.« Sie wedelten zum Abschied mit den Sprühflaschen.

Heini ging die Treppe wieder nach oben, warf einen letzten Blick in den kleinen weißen Raum, den sie vom riesigen Wohnzimmer abgetrennt hatten, und war zufrieden. Auch hier war der Boden abgeschliffen und die Wände waren weiß getüncht. Die Anschlüsse für Elektrik und Wasser hingen aus der Wand, ansonsten war der Raum leer. Aber das würde sich bald ändern …

Erneut sah Heini auf die Uhr. Eineinhalb Stunden! Sein großer Tramperrucksack, der ihn bereits auf seiner ersten Tour um den Globus begleitet hatte, stand im Flur und wartete auf seinen Einsatz. Es war noch Zeit, den Freunden adieu zu sagen.

Heini verließ das Kapitänshaus und lief um drei Ecken.

In der Westeruper Fußgängerzone hatte ein schicker neuer Laden eröffnet: »Schütz' Brautmoden«. Er betrat das Geschäft, begrüßte die beiden blonden Verkäuferinnen und ging nach hinten durch ins Anprobezimmer. Auf dem Weg dorthin überlegte Heini, ob blond zu sein wohl eine der Anforderungen war, um einen Job bei Timo zu ergattern. Aber vielleicht war das nur reiner Zufall.

Im Anprobezimmer stand Moritz. Mitten im Raum auf einem kleinen Podest. Er trug einen schwarzen Anzug, an dem Timo nervös herumzupfte. Ein Lehrmädchen hatte die undankbare Aufgabe, abzustecken und mit Schneiderkreide die Stellen zu markieren, die Timo noch nicht gefielen.

»An der Hüfte müssen wir noch ein bisschen rauslassen, mein Schatz, das spannt und wirft Falten.« Er kniff ein Auge zu und musterte Moritz kritisch.

Moritz grinste Heini an und wendete sich dann an seinen Lebensgefährten. »Selber schuld, du kochst einfach zu gut.«

Aber Timo war im Augenblick nicht zugänglich für Komplimente. »Und dieses Revers … Irgendwie spricht das noch nicht zu mir.« Er seufzte unglücklich und das Lehrmädchen fühlte sich bemüßigt, am Revers mit der Schneiderkreide ein paar Striche zu machen.

»Bringt es nicht Unglück, wenn der Bräutigam das Brautkleid vor der Hochzeit sieht?«, feixte Heini.

»Wer ist hier die Braut und wer der Bräutigam, frage ich dich?« Timo stemmte die Hände in die Hüften. »Nein, nein, nein. Ich würde es nicht ertragen, wenn Mo in irgendeinem Fummel bei der Hochzeit aufkreuzt und ich müsste ›Nein‹ sagen, weil er so unmöglich aussieht.«

Moritz tippte sich an die Stirn. »Er liebt mich in Uniform, das sagt ja wohl schon alles.« Damit stieg er von dem kleinen Podest und umarmte Heini. »Wann geht's los?«, fragte er.

»Eine Stunde zwanzig«, gab dieser zur Antwort. »Und in acht Stunden dann die Maschine von Frankfurt.«

»Geil, Alter, Tahiti!« Moritz nickte anerkennend und Timo schürzte missbilligend die Lippen. Er mochte es nicht, wenn Moritz so redete. Aber er heiratete ihn trotzdem, »auch wenn es mir schwerfällt!«, wie stets augenzwinkernd beteuerte.

»Ich wollte mich verabschieden und außerdem noch mal nachsehen, ob alles okay ist.«

Timo half seinem Verlobten aus dem Sakko und schickte das Lehrmädchen damit aus dem Zimmer. Dann entblößten beide ihre Oberarme und zeigten Heini ihren jeweils mit Plastikfolie umwickelten Bizeps. Heini wickelte erst Moritz, dann Timo die Folie vom Arm und begutachtete die darunterliegenden Tätowierungen. Diese waren noch ganz frisch, erst vorgestern hatten die beiden Freunde die letzte Sitzung gehabt. Es war Heinis Hochzeitsgeschenk an die Jungs gewesen. Sie hatten sich das gleiche Motiv an die gleiche Stelle stechen lassen: einen altmodischen Seemann mit neckischem Käppi, engem blau-weiß gestreiftem T-Shirt, weiten Hosen und beeindruckenden Muskeln. Der Seemann grinste keck und trug seinerseits ein rotes Herz auf dem Bizeps. Es war ein sogenanntes Old-School-Motiv, nichts, was Heini sonst so machte, aber dieses hier war ihm ausnehmend gut gelungen und gefiel ihm sogar. Damit die Tattoos gut heilten, musste man sie an den ersten zwei Tagen regelmäßig waschen, eincremen und dann mit Frischhaltefolie bedecken.

»Heilt gut, ich glaube, ihr könnt die Folie jetzt weglassen«, sagte er.

»Wickeln die sich auf Tahiti auch in Frischhaltefolie?«, wollte Moritz wissen.

Heini lachte. »Glaube nicht. Aber ich kann die Tradition ja dort einführen.«

»Pass auf dich auf«, sagte Timo und drückte ihn an seine Brust. Er konnte die Knuddelei einfach nicht lassen.

»Und sei rechtzeitig wieder da!«, mahnte ihn Moritz. »Ohne euch findet die Hochzeit nicht statt.«

Heini versprach, in vier Wochen zuverlässig wieder auf der Matte zu stehen. »Länger reicht das Geld eh nicht«, sagte er. »Und Sheila muss den Laden ja auch wieder aufmachen.«

Damit verließ er die Freunde und Schütz' Brautmoden und machte sich auf den Weg zu seiner Liebsten. Sie hatten verabredet, dass sie sich, eine Stunde bevor die Fähre ablegen würde, bei ihr treffen würden. Doch Sheila stand schon auf der Straße, als er kam. Sie trug bereits ihren großen Rucksack auf dem Rücken und winkte ihm freudig zu. Er beschleunigte, rannte schließlich, nahm sie in den Arm und wirbelte sie einmal herum – mitsamt Rucksack.

»Nicht!«, sagte Sheila und hielt sich die Hand vor den Mund. »Mir wird schlecht.«

»Von dem bisschen Drehen«, gab Heini zurück und küsste sie.

Sheila sah ihn verliebt an und lächelte. »Nein«, erwiderte sie. »Nicht von dem bisschen Drehen.«

Heini starrte sie an. Er begriff, dass sie ihm etwas mitteilen wollte, aber er konnte einfach nicht verstehen, was das war. Das Zahnrad in seinem Kopf ratterte laut und vernehmlich, aber sehr langsam.

»Ich darf noch fliegen«, half Sheila nach.

Jetzt war die Botschaft angekommen. Heini machte den Mund auf, wollte etwas sagen. Er machte den Mund wieder zu und drückte Sheila an sich. Er vergrub seinen Kopf in ihrer Halsbeuge und fühlte seine Augen feucht werden. »Ich bin so glücklich«, flüsterte er.

»Ich auch.« Sheila legte ihre Hand in seinen Nacken und küsste ihn zart auf den Hals. »Ich auch.«

Dann gingen sie Hand in Hand hinüber zum Beerdigungsinstitut, um Heinis Rucksack zu holen.

Das neue Schild am Kapitänshaus war nicht zu übersehen. Schwarz und silbern strahlte es von der Fassade: »The Grave – Tattoo & Funeral«.

Nachbemerkung

In unserem 20000-Einwohner-Ort gibt es drei Bestatter. Mitten im Ort, unauffällige Geschäfte, die Schaufenster mit schwarzen oder violetten Samtstoffen ausgekleidet, eine Urne, vielleicht Seidenblumen oder ein Engel als Staffage. Nie sieht man jemanden hineingehen, nie kommt jemand heraus. Stille Läden, die nicht um Kundschaft buhlen müssen, denn die kommt von ganz allein. Mir ist keines der drei Geschäfte jemals ins Auge gestochen, vermutlich hätte ich noch vor kurzem auf die Frage, wie viele Bestatter es bei uns gibt, keine Antwort gewusst.

Erst nachdem ich vor einigen Jahren die amerikanische Serie »Six Feet Under« gesehen habe, in deren Zentrum eine Bestatterfamilie steht, habe ich mich gefragt, was sich hinter der Tür dieser Geschäfte für Dramen abspielen. Was das für Menschen sind, die ihr Leben dem Tod gewidmet haben.

Natürlich, und das weiß der geneigte Leser ohnehin, sind es ganz normale Leute. Keiner von ihnen hat irgendwelche abartigen Neigungen und hat deshalb diesen Beruf gewählt. Aber es sind Menschen, die, wie viele andere in seelsorgerischen Berufen auch, besonders stark sein und über seelische Gesundheit verfügen müssen.

Wenn man sich eingehender mit dem Thema beschäftigt, stößt man im Internet sehr schnell auf den sowohl informativen als auch unterhaltsamen Blog des Bestatters Peter

Wilhelm: www.bestatterweblog.de. Herr Wilhelm hat auch Bücher zum Thema verfasst und man stellt fest: Nicht selten haben Menschen dieser Berufsgruppe eine besonders feine Art von Humor.

Diese Paarung aus Komödie und Tragödie war es, die mich nicht mehr losgelassen und letzten Endes zu der Geschichte eines Bestatters wider Willen geführt hat.

Besonders gefallen hat mir auch die Erzählung einer Verwandten, die von einem Geschäft wusste, das es bis in die sechziger Jahre irgendwo in der Pfalz gegeben haben muss: »Freud und Leid – Brautmoden und Bestattungen«! Leider konnte ich darüber nichts mehr in Erfahrungen bringen – wer immer etwas darüber weiß, soll sich bei mir melden, das wäre dann Stoff für eine Fortsetzung!

Marie Matisek im Sommer 2014

MIX
Papier aus verantwortungsvollen Quellen
FSC® C014496

List ist ein Verlag
der Ullstein Buchverlage GmbH

ISBN: 978-3-471-35100-0

Gesetzt aus der Minion
Satz: Pinkuin Satz und Datentechnik, Berlin
Druck und Bindearbeiten: GGP Media GmbH, Pößneck
Printed in Germany

Marie Matisek

Mutter bei die Fische

Ein Küsten-Roman

Taschenbuch.
Auch als E-Book erhältlich.
www.ullstein-buchverlage.de

Große Gefühle am Fischbrötchenstand

Auf Heisterhoog bricht der Sommer an. Falk Thomsen, Strandkorbvermieter wider Willen, träumt von einer ruhigen Saison am Meer. Doch dann kommt seine Mutter zu Besuch. Gerade als sie heftig mit Piet vom Fischimbiss anbandelt, taucht unerwartet Falks verschollener Vater auf. Für ihren Ex hat Falks Mutter jetzt gar keine Nerven, sie will Piet vom Fischimbiss. Und Falk will endlich wieder Zeit für seine Freundin Gina haben. Stattdessen zerreißt er sich zwischen Vater, Mutter und Job. Und bemerkt dabei gar nicht, welches Unheil noch heraufzieht.

ullstein